郑简 著

远离戈多

远离戈多
墨线
第三性
二胡之恋
飞来之蝠
第三种女人
在深夜里发笑
石榴树下
乡村边缘
被子
三更 起床了

九州出版社 JIUZHOUPRESS | 全国百佳图书出版单位

图书在版编目（CIP）数据

远离戈多 / 郑简著. —北京:九州出版社, 2012.12
ISBN 978-7-5108-1904-9

Ⅰ. ①远… Ⅱ. ①郑… Ⅲ. ①短篇小说－小说集－中国－当代 Ⅳ. ① I247.7

中国版本图书馆CIP数据核字(2013)第004840号

远离戈多

作　　者	郑简　著
出版发行	九州出版社
出 版 人	徐尚定
地　　址	北京市西城区阜外大街甲35号（100037）
发行电话	（010）68992190/2/3/5/6
网　　址	www.jiuzhoupress.com
电子信箱	jiuzhou@jiuzhoupress.com
印　　刷	三河市东方印刷有限公司
开　　本	720毫米×1020毫米　16开
印　　张	15.5
字　　数	242千字
版　　次	2013年1月第1版
印　　次	2013年1月第1次印刷
书　　号	ISBN 978-7-5108-1904-9
定　　价	38.00元

目　录

远离戈多

戈多不是贝克特笔下的戈多，戈多是一个女孩，一个书读得少却极解风情的女子。公司倒闭后，我已好久没有戈多的消息了。戈多就像四月清晨里的薄雾，太阳出来后就消失殆尽。戈多后来打电话给我时，我正在物色下一个猎物。我所谓的猎物，不过是一个能陪我打发孤寂岁月的女子。我并非《沉默羔羊》里的比尔，更不是时下媒体上披露的什么“变态杀手”或者“摧花狂魔”。我就是我，一个对自己烦透了的人。

还是说戈多吧。她说要见我，很随意很尖锐的语气。

她说，你死到哪儿？怎不打电话给我？

这样的女孩真是俗不可耐。一旦与男人有过床笫之欢，就忘了谁是谁了——我曾是她的老板。我一向认为夜晚发生的事与白天的事不能一视同仁，一定要泾渭分明。而戈多却错误地认为夜晚是白天的延续。

然而不管怎么样，在一个有月的夜晚，一个独自喝着酒的寂寞男人，接到这样的电话，就是柳下惠也不会拒绝的。何况在过去的许多夜晚里，那些温馨的细节在我孤寂的时候总让我久久回味。这样说我是不是显得太次了，就像煅过了头的陶器，卖不了好价钱的。但我一向认为坦诚是我唯一能拿出来炫耀的品质了。一位诗人曾说过这叫“露水的品质”。是的，我和戈多也许可以称作世纪末的露水夫妻，如果硬要把肉体的事合法化的话（我所说的合法与红本本无关）。别扯淡！回到戈多！

当我在城市闪烁的灯海里看见戈多时，她两手攀着人行道边喷有蓝色涂料的防护铁栏，目不转睛地盯着来来往往的车辆与人流。海关大楼上的时针指向凌晨一点。我感觉她是一只从动物园里逃出的母狮，前爪抓住栅栏，外表平静，心里却在盘算着她的美味佳肴——我，她昔日的老板。想及这些，上前见她与否我就有些踌躇。

趁这个机会，给戈多一个速写。戈多来自一个原始植被仍被保护得很好的深山老林区。她渴望读书，渴望走出大山，却因家穷，一切都是奢望。

按理说，有遮天蔽日的树林，戈多应该是一条白色的精灵，而她的身上却有一种异乎寻常的黑。我想戈多准是常常赤身裸体地在林中捕捉阳光，像时下贵夫人、闲妇们那样，把金色的阳光当做黄瓜皮或珍珠霜粘贴或涂抹到自己的躯体上，就像涂着橄榄油的健美运动员。戈多第一次纤毫毕现地袒露在我的面前时，我两眼发直，惊讶万分，完全一副旁观双子楼倒塌的样子。有这样色泽均匀的肤色，该要去捕捉多少阳光啊？诸君别以为我在危言耸听。面对戈多光着的身子，我的耳中隐约响起原始部落粗犷的鼓乐。那喧天的声响，把我带入茂密又潮湿的原始丛林里，我莫名地兴奋起来。

我是酋长吗？我正要享受她的初夜吗？我是谁？一个破落的个体户，一个充满铜臭的投机商人而已。

从前我是一所创收效益很差的机关里的一个小小的科长。在领导们凌厉目光里战战兢兢地工作，在繁多的公文堆里荒废光阴。这样的日子持续了五年后，我逃遁了。逃遁的时候正接近年关。而每逢年关，外表已呈苟延残喘状的单位又会奇迹般地回光返照，发挥小金库的魅力，每个职工分个三万、五万的是很轻松的，所以很多人忍受着三百六十四天的煎熬就是为了最后一天的辉煌。而我现在对此嗤之以鼻，我果敢地办理了停薪留职下海搏击去。我并非是清教徒，对金钱物质寡欲，而是因为我受不了这种漫长的等待，受不了庞大的分母支撑着一个孤单的分子般的日子。等待的苦与女人的十月怀胎无异，所以男人是注定怀不了孩子的。是的，我是习惯不了等待的。

比如现在吧！戈多走进我的办公室来应聘时，我就已经站在等待的末梢了，那种脆弱与渴望交织的心情让我老是心绪不宁。然而她来了，穿着花格子短裙和纱质白色上衣，季节刚好是夜生活最喧闹的夏天。她说“赵总您好”时，我舒畅得如沐春风。要知道我以前单位里的那些黄脸婆们做作虚假的声音早就让我烦腻透了，左一声“赵科长”右一声“赵科长”甜腻得让我全身都冒出津津的汗渍了。我很早就在期待一种柔美的声音了。这不，戈多来了，在我正逢百年大旱之时，戈多无疑是甘霖啊。戈多喋喋不休地诉说着她的经历时，我几乎是在迷醉与晕眩中听着的。从看见她的第一眼开始，我已打定主意要她了，不管她能给我的公司带来多大的效益。说到底我要的是花瓶，一个精致的花瓶，我不在乎花瓶是哪朝哪代出产的，就让那劳什子价值见鬼去吧！

戈多问我，公司安排住宿吗？我说安排的。我的公司说起来寒碜，不过是每月花九百五十块钱租来的一个类似写字楼的小套房。两个面积不等的卧室、一个客厅外带卫生间与厨房，也不过才七十几平方米，关了门之后，有可能成为一个温馨的家。

这样蹩脚的公司怎能不出点事呢?

平常的日子里，我通常是不回在城里的家，单身男子的生活是很自由的。不回家的我便住在公司的卧室里。我去定做了一张很大很舒适的软床，还在房里种植了一盆盆令人浮想联翩的花草，像紫罗兰、巴西木、绿萝什么的。床的对面墙上挂着索菲亚·罗兰衣衫褴褛极富挑逗性的画像。在孤单的夜晚里是罗兰的迷蒙的眼神伴我入睡的。好了，现在索菲亚只是一张分文不值的画罢了，因为我把戈多安排在我隔壁房里的一张小小的弹簧床上。床的四周堆放着乱七八糟的广告材料，成品、半成品的都有。

实不相瞒，我是承揽广告业务的，媒体广告、路牌制作、办公指示牌、灯箱广告，钛金的、铜滴塑的、PVC 板的、菲林片灯箱布等等，凡能赚钱的什么都做，只要有利可图，客户又不要求我打正式发票的活我都接。

我为什么不把戈多的房间布置得温馨些？毕竟她是一个女孩子。我想，我是有预谋的。太舒适了，她就不会渴望她隔壁房子里的那张大床了。其实面试的时候戈多看我眼神就有些飘浮了。虽然是第一次见面，又是上下级关系，但我相信我的魅力。大言不惭地说吧，我就是属于能让女人一见钟情的那种。我在我卧室门板上贴了块刻有“经理室”字样的铜滴塑牌子，而在她的房门上贴的却是“样品仓”，再加上一部电话、一套藤沙发与两张办公桌，公司五脏就算俱全了。

没有业务时，我会躺在经理室里面憩息。大部分时间我都在读《红楼梦》与《百年孤独》，或者顾城的《墓床》。我的床头上没有什么《商战策略》、《与一百个老板对话》之类的书籍。我不需要这些东西，我以为靠自己的智慧就足够谋生了，根本无须这些纸上谈兵式的说教。我一直是这样自负的。我的思想时常游离于书本之外，因为戈多就与我一墙之隔。她正坐在门外客厅的办公桌前，守着一部电话及一个竖立着的装着许多乱七八糟文件合同的公文夹与一个挤满了或长或短烟蒂的烟灰缸。我可以清晰地听见她起身去上厕所的声音，旋即是冲厕水欢快又兴奋的声响。通常此时书我是看不下去了，我会拉开窗帘看楼下街道上的营营众生。我的公司处于繁华闹市，临街而立。米黄色的窗帘隔开了繁华与纯净，躁动与静谧，黑暗与光明，虚幻与真实。我总是觉得我现在所经营的一切是不甚真实的，有些虚幻，经不起风吹雨打，只有正在发生的我与戈多的故事才可能有几分阳光般的真实。

接下来，我必须向大家交代一下公司运作情况。我通常是叫一大批没有底薪只有业务抽成的业务员夹着装帧漂亮的广告画册去各大公司、企事业单位、酒店、装潢公司递画册、宣传、游说，死缠烂泡，直到对方有了意向。接下来就是我出动的时候了。我得亲自去投单。一般情况下，我把先期所做的叫做“投石问路”，一旦路已找出来后就好办了。接下来，我必须全身心去投入无休止的宴席与歌声里，辗转征战于酒店、歌厅，与各种各样的领导、老总、小姐、妈咪在杯光交斛与臀波乳浪中周旋，直到单签下来为止。所以我的夜晚是忙忙碌碌的。在讨价还价声中，在温软细语中，在灯红酒绿中，算计着即将到手的孔方兄们是我整个繁忙夜晚的真实主题。

应该说戈多还没来之前，我的身边从不缺女人。只要你肯花钱，不愁身边没有奇花异草。而且我的女人都是新鲜的，这样形容是要冒着被女权主义者臭骂一顿的危险的，不过，我斟酌再三，认为这样说的确是最恰当的了。比如昨晚的那个水灵灵的江西妹子中午还打来电话对我大呼小叫的，问我晚上还叫她坐台吗。

我用美酒与女人招待我尊贵的客户——我的上帝——那些肥头肥脑的头头们。我的身边自然也时时需要一个女子，一个能帮我调节现场气氛、替我喝我喝不下去的酒，使我保持清醒头脑的漂亮女人。戈多来到我身边之前，这个位置是留给酒店歌厅的小姐们。虽然小姐们大都来自中国偏远的旮旯之地，但她们无一例外地打扮得光艳照人、摄人魂魄。对于陪我的小姐，我几乎夜夜换口味，用一个很通俗的比喻说，比换烟牌子还勤快。很少有一个小姐坐我的台两次的，我说女人新鲜就是这个意思。然而没有相对固定的女人，能对我像老情人一样，不要小费，这种女人俗称是被养起来的小蜜或金丝雀。我没有。因此我必须付出比别人更多的小费。当一切奢华都过去了，我会心痛地算着一笔账：一个小姐三百五百不等，连同陪客户的小姐，我每晚的小费开支对于我这样蹩脚的公司来说是一笔天文数字。虽说“舍不得孩子套不到狼”，但是孩子舍弃得多了，狼却不是很多。长此以往，这些新鲜的女人仍然会把我的公司拉垮的。

好了，现在戈多出现了，一切的不合理就要过去了。面对戈多，我有一个让自己很得意的想法，这个想法使我严肃又沧桑的脸庞浮现了少有的笑意。我真阴险的，不是吗？我必须把戈多弄到手，不管用什么手段。好在她现在与我近在咫尺。

说实在的，在与戈多的日常接触中，我隐约读出戈多眼神里的一丝异样，但是一旦她发现我在留意她时，那一点异样就随即消失。

也许戈多会与我成为最好的一对的。我想。

我的盛宴往往要持续到午夜过后，有时还要更晚些，当那些“上帝们”各自搂着他们的杨玉环、赵飞燕们回他们东西南北窝时，我却要孤单一人开着车子歪歪扭扭地在寂寥的毫不生动的街道中疾走。今晚也不例外，我打着酒嗝费力地爬上弯弯曲曲的楼梯，摸索着把钥匙插入锁孔。几乎同时房门打开了，戈多穿着淡红色的睡衣一言不发、平平静静地站在一直在散发着难闻酒气的我面前。很多年过去后我回想这一幕，才知道戈多肯定是没有睡去，她并非是被我的开门声吵醒的，她是在漫漫长夜中等待着她老板的归来。毫无倦意的笑容与适时的开门证明了这点。

当我瘫坐在客厅的沙发椅上时，眼前茶几上早已放着一杯热气腾腾的浓茶，茶的香气令我被酒精麻醉了的大脑清醒了许多。帮我倒了茶的戈多并没有急着回房，她还在忙忙碌碌地给热水器添水。从厨房到客厅，戈多若隐若现的身子在睡衣里影影绰绰。也许是晚上喝太多酒吧，我一直觉得口干舌燥的，身体里老是有一股火被酒精推着搡着要往外涌，我知道那是什么。我还很年轻，三十不到，我也是一个血性男儿。然而我必须忍住，必须！我是老板，戈多只是一个伙计罢了——一个睡在我隔壁的女伙计？

我说，戈多，你别忙啦，去睡吧，明天还要上班。我的声音肯定是一些抖动的碎片，传递的速度一定不流畅。

戈多说，没关系。眼睛火辣辣地盯着我的脸庞。

我想我的眼神同样是不成熟的，不善于掩饰，眼前这个读书不多的女孩一眼就可以看穿我的。然而我一定要遮掩，我不能把自己的什么底都袒露出来，为了我的计划，为了那灯红酒绿的生活与该死的小费，我不能太主动，戈多是我要找的固定的伴，她会是一个可以任我随意差遣的伴——一个呼之即来挥之即去的伴。一句话，戈多是最佳人选。即便是这样，我仍然要镇静，装得没事似的。

这样想着时我尽量把头往后拗向沙发靠背，我闭上眼。因为此刻戈多正拿着一块抹布在擦我面前的桌子，桌上有我刚才不小心溅出来的一些茶水。戈多伏下身来，动作很优雅，低胸的睡衣里居然什么都没穿，只有两团精致的肉在我面前晃动，红色的花蕊坚挺而不驯，极刺眼，极挑逗。我肚里的火又冒上来了，我艰难地闭上眼。

我说，明天……再整理吧！我是在哀求吗？要不，怎么声音显得这样的哀婉而无助。

在这个夜深人静的时刻，戈多没有回答我。

很快的，我感觉到一个温软的肉体靠在我的右肩——穿着薄如蝉翼的睡衣的戈多也坐到沙发上了。她的头斜靠在我的肩膀上，而她冰凉的小手自然而然地搁在我的腿上。

我勾引了她吗？事后我是这样问自己的。或者，是戈多读懂了我的期待，给了我一个温柔的极富肉香的答案。我甚至曾想过是戈多自投罗网的，我根本都没有撒网，她就自己跳上岸了，这不能怪我。那么是什么促使她这样做呢？金钱？这个破落的公司大家都清楚它究竟值多少钱。戈多到来之前，差不多是收入的与支出的持平，有时碰到一些呆账还略有亏损。难道是爱情？可别再说了，在我的公司里谈情说爱是很荒唐的，就像与战争狂徒谈和平的意义。那么是什么？姑且理解是寂寞吧！

那不是一个完美的夜晚，应该说是一个很糟的夜晚。

躺在我怀中的戈多一言不发，而她的手像蛇吊住了我的脖子。她的睡衣像受了惊吓的毛茸茸的小动物蜷成皱巴巴的一堆，这样，戈多身子的大部分在灯光下暴露无遗了。

这个夜晚真美啊！我呻吟着。我这个机关里的小小科长；我这个受过高等教育的知识分子；我这个受够了单调枯燥虚假做作的生活的男子；我这个持着一份莫名其妙的期待之心的充满诗意的人，此刻就要占有眼前这个可爱的女孩，占有！

从客厅到我的大软床只有几步之遥，这一点我在前面介绍我的公司时已经做了交代。我抱着戈多松软的身体迫不及待地进入我的“经理室”。当我们俩人都解除了身上所有的一丝一缕时，我迎面看见索菲亚·罗兰略带嘲讽的微笑。去你的，索菲亚，这还不是你们这一帮人操纵自如的把戏。盛传中的好莱坞是一个原始的部落，男女的苟合已臻化境，寻常得一日数餐也不疲倦。我这一套算是小巫见大巫了。

我虽然历经为数不少的女子的洗礼，然而面对戈多均匀而光滑的肉体在柔和的灯光下、在红花绿叶间发亮，我仍然惊讶不已。这是怎样的一具尤物啊！她欲睡还醒的眼神，她散发着玫瑰色泽的小嘴，她的近似铜币的小肚脐以及微微翘起的苹果形臀部，无不散布着一些神秘未知又不可抗拒的元素。

我要占有身边的这个女孩！

我们在互相的揉捏与亲吻中发出了原始而真实的呼唤。我是酋长，而戈多是一个渴望浮华的异族女子，以她最美的曲线与最纯的肌肤博得与酋长亲近的伟大机会。

可是当我要进入她的身体时，不幸的事发生了。戈多不再迷离，戈多不再睡眼惺忪，戈多不再呓语喃喃。我遭遇到她最坚决的抵抗。戈多用她的温暖的小手紧紧地捂住了她的神秘之门，任我怎样的甜言蜜语怎样的努力都没有用。我很颓唐也很懊丧，究竟怎么啦？哪一个环节出错了？投怀送抱可是她啊！走得好好的火车怎能说脱轨就脱轨呢？

我不死心，蓄积了力量准备了第二次的进攻。然而，我遭到更惨绝的失败。戈多用力推开我，背过身去，留一个硕大的屁股朝着我。

戈多说，我不想做那事，我只想让你抱抱我……停了一会儿她又说，我只想和你躺在一起，我们不要那样好吗？

不要那样，可是我即将爆发的火山咋办？

我狠狠地问她，你是不是性冷淡啊？好好的，咋就成这样！

戈多没有被我的问话惹出火气来，只是把脸深深地埋在被单里，丰腴的双肩隐约在抽搐。

戈多悠悠传来的软软话语是滔天冷水吗？它会扑灭我心中熊熊燃烧的大火吗？

好吧，抱着你。我无奈地说。说完我把手探过她的胳肢窝，把我滚烫的掌心放在她丰满的双乳上。戈多并没有抗拒，她又温柔如初了。戈多的小手仍然在我身上游走，戈多是要弥补她刚才对我的淡漠。

戈多是多么善良的女子啊！然而她不知道欲望的火焰一旦烧起来是很难扑灭的。戈多与我相拥着也不知过了多久，当戈多的鼻息均匀地发出时，窗外早点摊忙碌的声音已响起，而我仍然没有一丝倦意。

哦，这个可恨的夜晚！

说话间又一年的春节将到，从那个糟糕的夜晚起，戈多夜夜都摸到我的房里来，然后在我的怀里安详地睡去。她仍然拒绝我的进犯，除了做爱外，其他她都答应，任我软硬兼施都无济于事。飞逝的时光并没有改变她的初衷，这个女子让我既痛苦又迷惑。有一段时间我被惹得几乎快要疯了，闭上眼满脑子里都是戈多让我欲罢不能的肉体。公司都有些无心经营下去了，然而戈多用她款款的缱绻与不动声色的恬静又把我拉回到公司业务上面来。

夜晚的戈多是多情又缠绵的，她陪我接待客户，她在我的监督下有分寸地与客户眉来眼去——当然全是虚情假意的，她用大杯大杯的酒与那些色迷迷的男人们干杯。她帮我化解了很多难关，我俩配合的双簧是那样的天衣无缝。戈多在我的悉心导引下扮演着一个小姐们无法替代的角色，她使我公司的业务订单成倍增多。看着周旋于酒桌与包厢的戈多，我欣喜若狂，我的计划成功了。然而我又是悲哀的。床上的戈多是那样的凛然如圣女，无数的让我徒手而归的夜晚叠加起来，我的欲望煎熬到了极点。白天时的戈多心绪平静，好像未曾发生过什么事，一如聂鲁达的那个戴着蓝色贝雷帽的女友。而夜晚的火苗却在我的心里燃烧。

我想是我必须向她陈述我的渴望了，我无法忍受事情不彻不底不清不楚的。

在这当儿，我接到一个陌生男子的电话。

他说，请放开戈多。嗓门粗粗的。

我说你是谁？

他说，我是戈多的未婚夫。

我愕然。我可从来没有听说过戈多有个未婚夫，戈多来应聘时也没有说过她有未婚夫。这是从哪冒出来的？于是我认定这个人是一个敲诈犯或者是无聊浅薄之徒。我决计不再理他。我并不是省油的灯，区区一个电话就要让我放弃可爱的戈多，也太小看我了。接完电话后，我很快就把这事给忘了。

接下来的日子里，那个陌生男子的电话总是在很不合时宜的时刻响起，有时是大白天，有时在夜深人静我正搂着戈多酣然入梦时。我拿起电话接时，任我喂喂喂地叫，他就是不回答；有时他又用很强硬的语气威胁说，如果不放开戈多，别怪他做出什么事来！电话我又不能不接，因为我的业务很大的一部分是用电话来联络的。奇怪的是，不管是白天还是夜晚，他每次打来电话我都在公司，而且印象中戈多好像从来没有去接过这个陌生的电话。我被吵得烦了，曾经萌生去报警的想法。后来考虑再三还是没有去，因为万一人家问我与戈多到底是什么关系，我又说不出一个所以然来，再说我的意识里也不想我与戈多的这种关系被别人盘问来盘问去的。这样想着我就打消了报警的念头。

现在戈多坐在我的面前，办公桌上堆着很多薯条、花生米之类的零食，墙壁上时钟已敲响了十一下，我刚刚又恼火地接了一个那个陌生男人的电话。

我说，戈多，谢谢你这段时间的辛苦帮忙，但我还是要你离开公司。当然，我会付给你应得的薪水与奖金。我克制我心中的恼怒，尽量用平静的语调说话。

戈多说，我不要，我不走，我要和你在一起。戈多看着我，神态不安但语气坚定。

我说，你必须离开，我还想把公司经营下去，这是我的事业。不管你与那个人之间发生了什么，总是与你有牵连的，也可以说是因你引起的……我没有再说下去。我想我的声音没有回旋的余地。在公司与戈多之间，我做了明智的选择。可是我真能舍弃她吗？在与她的朝夕相处中，戈多似乎已让我隐隐有些难舍了。

戈多静默了许久才悠悠地说，我和他是小时候定的娃娃亲，虽然已经登记了，但从来没有行过礼、同过床。我，我就是厌烦他才跑出来找工作的。应聘的时候我没敢说，怕你不要。

我说，没有夫妇之实，你又不喜欢她，干嘛不离婚？

我不敢。戈多说，我爹与他爹是世交。在我们那儿，一个结过婚的女人又离婚了，以后就没有颜面回去了。

哈，都啥年代，还有这样的地方这样的事。我心里虽这样想却没有说出口。

午夜时分，我们的谈判从桌上到床上，没有任何实质上的进展。虽然我可以强行解聘她，因为我是老板。但是我没有这样做，说不出是什么原因。

生活一如既往地过着，所不同的是，我现在每夜都要接到一个电话——戈多未婚夫的电话。这个电话就像幽灵让我本不完美的夜晚变得动荡而狰狞。嘀呤呤的电话铃声如同宁静夜晚里突然响起的摇滚乐，给我带来的不是美妙的享受，而是寝食不安。戈多要我上床前把电话拿起，我忍痛做了，为了避开这个让我不愉快的电话，我可能要丢掉一些可贵的订单的。我的内心在呻吟。有时候我想干脆约那个所谓的未婚夫出来谈谈，帮戈多把这事揭过去算了。因为我确实不想失去戈多，她帮了我多大的忙啊！然而我宁静地想想，我与戈多算什么，我凭什么要去做这样的事。我想，等这阵子忙过去后再好好地坐下来解决我与戈多的事，这种事是不宜拖泥带水的。

电话被挂起来后，我与戈多终于相拥地平静了好多时日。

年底公司忙碌了一阵子，埋明年的单、账务的追讨、分发业务员的奖金……我疲于奔命，忙得焦头烂额。看着一笔笔款子渐渐汇入我的账户，有钱的快乐使我几乎已淡忘了戈多的烦事。

直到有一晚，四个警察敲开房门向衣服穿得很少的我们要暂住证、结婚证、身份证之类的乱七八糟的“疑难杂证”时，我与戈多的事情才发生了质的蜕变。

那个夜晚的后半夜我们是在间隔我的公司一条街的区公安局的审讯室里度过的。

戈多说，她有一个合法的丈夫，但不是我。戈多强调我与她只是上下级关系，却又无法解释与我同床的理由。

一个鼻尖上长着红痘子的年轻警察问我，给过钱吗?

我说，给钱的女孩我不要。年轻的警察口气凶凶的要我老实点，我只好闭嘴。

如此这般的唇枪舌剑持续了两天又十七小时，我的一些有门路的朋友把我从局子里提了出来，顺带也把戈多放出来。据说我与她在治安管理处罚中是具连带关系的，我能出来她就没有理由待在里面。

接下来日子就更惨了。不知哪个狗日的告密，工商局、税务局知道了我这个开张在居民区里的未经注册的黑公司。在我从局子里出来的第二天，他们就把一叠叠行政罚单和学习通知传到我手上，罚单上的数字大得让我目眩。他们离开时，还顺带把我挂在门口的公司招牌给揭走。我隐约感觉有些不对劲，我以为活该我倒霉。

年关已到了，一切都要结束了，我的故事也要走向尾声了。但是对接二连三发生的事我很不解。我的非法公司之所以能够相安无事地存活了三年又五个月，是因为我给予客户很大的互惠，包括不菲的回扣与账面上看不出的款项。在这个城市里类似我这样的公司多如牛毛。我想只要客户们还想长久合作赚钱是绝对不会把我给卖了的。那么是哪一个王八蛋举报呢？我知道现在刚颁布了一条不成文的地方法律条款，凡是举报此类事情的可得罚金的百分之二十甚至三十的抽成奖励。

出来了的戈多再没有来找我。我倾尽所有，包括把一些库存的广告材料贱卖掉，交完了罚款及还朋友们帮我在局子里花的疏通费，还欠了五万多元的债务。房东要我把床、电话、办公桌、藤沙发等留下作为最后一个月的租金与水电费，到了这地步我也只好应允了。事情处理完后，我一身空空地离开那套住了三年多的房子。

很多年后，我回想这出闹剧时，脑子里有几个疑点：那个适时响起后来哑了的电话，电话那头的那个素未谋面的戈多的未婚夫，还有出来后就像蒸发掉的戈多。我也曾怀疑是否戈多与那人在合谋做着什么事，一切都是如此的蹊跷。戈多再也没有出现，就像贝克特的戈多，压根儿没有出现过。戈多虽然与我过从甚密，但她从来没有向我要过一分钱，我也装着给忘了，没有给过她生活费以外的钱。戈多就这样不声不响地消失了。

我一直在算计着别人，猎获别人，我是否成了他人的猎物还不自知？我始终没有真正占有戈多，我与戈多究竟谁是猎物？或者说我们都是他人的猎物。

这是一个谜，一个司芬克斯之谜。

大年过后，我停薪留职的期限也到了。我没有了公司，又欠了一屁股的债，我再也不敢在商海里留恋了。只好重新回去过那一成不变的机关生活，科长的职务早已被别人顶替了。我得重新面对那些黄脸婆，重新面对单调乏味的上班下班，重新面对领导的教诲。百无聊赖时，我也会想起戈多，想起那些互相厮杀挣扎而未果的夜晚，想起她美丽的胴体，想起我未遂的酋长之梦。有时我也会期待，期待另一个戈多再出现在我的身边，可这些想法也只不过是想想而已。我知道我是必须远离戈多们的，远离原本不属于我的生活。所以当戈多在许多年后又打电话给我时，我已心如止水了。但是我仍答应见她一面。或许我只是想知道这个女子现在成什么样了。另外，她究竟要与我说什么？人总是矛盾又好奇的嘛。

我说，戈多，你去找别人吧，我已一贫如洗了。这是我与戈多再次见面后我说的第一句话。

我们选择了一个咖啡茶座。分别许久的戈多更加明艳了，她的皮肤白了许多。她说她去做了漂白。白皙的戈多更有了少妇的风韵。戈多说，她的丈夫……她现在说起丈夫是很自然的口吻了。用举报所得的十多万块钱在村里盖了幢三层小洋楼，引来了村里人如潮的瞻仰与啧啧的艳羡。

戈多说，她对不起我。她说那个晚上发生的事以及后来公司被查都是她与丈夫合谋好的，目的是举报奖金。

她说，她一直很愧疚，想跟我说清楚，可又怕我生气，所以这么多年来一直不敢来找我。但她内心老是受到谴责，她说她知道我现在的处境很不如意。

她一直在重复着说她很内疚。她说她丈夫现在老是拷问她被我睡了几回。丈夫有时想起她与我发生的事时，就发火，还打她。她说她真的好后悔。

她说，现在只要我愿意，随时都可以要她，她答应我的一切要求……戈多絮絮叨叨地说，没有激昂，没有廉耻，非常平静。我从她的眼神里读出一丝真诚。我是在面对一部厚重的卢梭的《忏悔录》了。

然而，此刻，我不再好奇了。当一切猜测都被证实后，事情就显得哪怕一点点生动与悬念都没有了，就像喝着一杯淡然无味的隔夜白开水。我现在已是不为她所动了。

戈多离开时，给了我一个号码，她说她还要待在城里找工作，不打算回去。她要我随时呼她，并且一再叮嘱我要记得加上我的姓氏代码。她说这样她才会知道是我呼她。我笑笑，没有做声，她的话对我已不再引起任何诱惑与幻想。我感觉自己是多么疲乏不堪，疲乏得懒得搭腔。

回来后我已不记得我把那张写有戈多的号码的纸条弄到哪去了，后来我干脆把我原来的手机卖了，我也从来没有呼过戈多。

从此，我要彻底成为一个洗尽铅华的男人，不再回忆悠悠往事，不再怨天尤人。

墨　　线

父亲晚年做的那事，是我绝没有想到的。但是事实摆在面前，你不信也得信。父亲说，儿啊，咱说个事。父亲说这话时，我正在写道德文章，以便寄出去换钱。我没有听清父亲的话。什么？我问父亲。父亲说，你能不能停下手里的活？我说，可以。

父亲是一个老实巴交的匠人，一辈子以木头为生，拉着笔直的墨线，改良树木的尸体养活他的妻儿。父亲的话不多，与村外海堤边的树没啥两样。年轻的时候，父亲四海谋生，凭着一手木工绝活。父亲做的床非常结实，既不晃荡也不吱声，经得起折腾，据说，20 世纪 70 年代很畅销。父亲因此顶起一座人见人羡的两层石头楼房。那个时候，父亲是村里最骄傲的男人，罩着看不见的光环，接受村人朴素的致敬。

父亲一步步自豪地趋向暮年。

父亲目睹村里的男人，外出经商，或者，以旅游为名赴港打短工。父亲不为所动。但是父亲明显失了先前的锐气，我把这个理解为年老体衰的缘故。找父亲做活的人，稀少得像出土文物，不是随便可以挖掘得到的。努力了大半生的父亲，终于闲了起来，确切地说，是让人给晾了。我相信只要还有一口气，父亲是绝不会停下他的活。问题是人家不需要他的手艺。父亲总不能去求人让他做吧？事实上父亲曾求过一回。他对人家说，让我做，工钱折半，保证牢靠。人家很为难，没有做声。毕竟多年的老邻居。父亲以为人家嫌贵，又说，要不，供一顿地瓜酒，工钱就算了。父亲好喝点小酒儿，仅此一好。父亲这样说时，我正在家里读圣贤“成己为人，成人达己”的文章。我当然无法用圣贤的箴言理解父亲的行为。尽管父亲如此贱卖自己的手艺，人家还是没有答应，理由是孩子们喜欢新款式。就为这句话，父亲回家后一言不发，吃饭、睡觉、走路，都沉默不语，就像他做的那些老式眠床。我们也无法安慰他，进入一个人的心里其实非常艰难，再说，做思想工作又不是我的能耐。成年后的我，没有子承父业，操起的是一支无足轻重的笔，而不是父亲可能期望过的，刨刀或者锥子什么的。

父亲终于赋闲了，这在我看来是大好事。我十二分愿意父亲在家享享清福，让我借此沾上孝顺的美名。但父亲显然不是我这号以捏造故事为生的人，可以理解的。父亲在沉默了数日后的一个晚饭上，郑重宣布，他要给家里造几件像样的家具。他说为别人造了一辈子，也该为自家造点。他还说，自己百年后的棺材也要事先造出来。父亲的话，特别是最后的一句话，让餐桌上的我们全都胃口大败。我接腔道，爹，您还是歇着吧，要是真闷得慌，可以到村老人会耍耍牌嘛。父亲看我一眼，没有吭声。我以为父亲默许了，心里高兴，胃口又上来了。

但是第二天，父亲在屋里翻箱倒柜。他把一只高高的木箱子找了出来。木箱两端系着一条粗糙的牛皮带子，看上去既紧又实，那是父亲早年走乡串里做活的行囊。父亲把里面的东西全倒了出来，墨斗、锥子、钉锤、小扁锯、刨刀、钻尖、锥形螺旋、一段枯干的墨线……还有几朵卷曲的刨花，横了一地。父亲蹲下身子，一样一样拿起来擦拭，神情专注，像农民面对种子。

接下来的日子，家里不时响起了铁器与木头摩擦的声音，夹杂着锤与钉相互咬啮的声响。父亲已经拉开架势，大兴土木了。父亲的工场设在一楼的过道与天井里，我们一家人出出入入，都要在满地的木屑刨花与横七竖八的木材粗胚中，小心穿行，像我们在雨天趟水而过的样子。父亲专心忙活，对路过的我们很少停下手里的活计，即便是我们的问候，他也只是闷闷地应一声，连抬头都给省了。只有个别几次，他需要一个拉墨线的，才把我从书桌上叫过去。此刻的父亲，热情又好教，像一个退休教师。他说，你拉住系着铅笔头的墨线，按紧在角条边上……按紧，甭晃，注意！我没说松手，你千万别动。松动了，线就不直了。父亲循循善诱，我不由得小心起来，像对待笔下的稿子。父亲在角条的另一头，用他一只老茧层层的大拇指按住线，而另一只手的拇指与食指轻轻拈起线。这时线像一张弓，或者说更像一把摊开的扇。我感觉手里的线快要滑掉了，慌忙死死地压着。突然，父亲松开了拈线的手，啪的一声，指起线落，墨线像一条小黑蛇笔直地趴在木条边上。父亲说好了，就开始往他的墨斗里卷线，我只好把拿线的手松开。那小小的墨线在父亲手指连续的打转下，疾行着，跳跃着，翻卷着，瞬间就没了影。而它刚刚滑过的木头上，齐齐整整趴着的小黑线，是那样的笔直，一丝不苟。墨线是软的，父亲的眼色是直的，柔的东西却能划出如此笔直的线来。我仿佛悟到了什么，又好似一无所获。关于父亲作为一个木匠的一生，他的是非曲直，岂是一条墨线所能涵盖得了的？父亲倘若是那墨线，那我们是什么？是啊，我是什么？

我突然觉得父亲的举止与我伏案爬格，要命地相似，但究竟哪相似，我又说不出来。

现在，父亲吃饭也不跟我们一桌，一个人捧着一只大海碗，夹几筷咸菜，就蹲到他的工场去了。母亲唤他来添菜，他人应着，却没有来。看来父亲是下狠心，要整出一堆像样的家具了。我们都不清楚父亲干嘛要这样，也不知他老人家所要做的家具，是啥样。棺材。他的棺材，会是什么样的？父亲做家具究竟要不要图纸？我们不得而知。我写作当然需要拟草稿，而且不只一次，这已经是我多年养成的习惯。而父亲呢，做了一辈子的木匠，到老来做一些自己要用的东西，还需要打草稿吗？带着这些疑问，我开始留意，父亲工场上的任何一页纸片。父亲对我放下笔，来他的工场逡巡，一点也不疑心。他忙他的，偶尔叫我拉拉墨线捡个钉头什么的。有一天，我终于找到了一个纸团，它像男女交欢后擦拭的东西，随意丢在一堆蓬头垢面的刨花与木屑里。我抑住兴奋，装着随意地踢着脚下挡路的刨花，把纸团从过道踢到天井，远远离开父亲的视线。我迅即弯腰捏起纸团，随手揣进裤兜，回到我的房子。我迫不及待打开纸团，我在褶褶皱皱的纸上，艰难地辨出一个图案来。一个让我咋舌的棺材图。父亲居然为他的棺材绘制蓝图。看着图，我感觉自己快要窒息了。

看来，父亲是一意孤行了。

父亲已在他的工地上忙忙碌碌了近半个月。这半个月来，他极少和我们说话，他越来越缄言，他甚至一眼都不看我们。他不闻不问地活在他的木头与刨花堆里。父亲晚年这个样子，渐渐让一些串门的村人看在眼里，并且零零星星地说些碎话了。我不得不经常停下我正在写着的道德文章，思考父亲的行为，但每一次都未果。我苦恼万分，我不想落入别人的话柄。从小到大，我在父亲的教育下，清白做人，像刚从热汤里捞出来的雪白豆腐，透着清纯的特质。我乐意看到操劳了一生的父亲，让我好好地供养着，别让我日后产生“子欲养而亲不待”的遗憾。然而我又能对他说什么呢？我说，爹啊，您老歇着吧，咱家不缺这点东西。这不跟拒绝父亲的那人家说的一回事吗？我内心清楚父亲绝对不中听这话。村里的老人，像父亲这把年纪的，吃了饭就坐在以前生产队留下的打谷场上，东一句西一句地闲扯。我多么希望，父亲也是其中的一个啊。可是父亲兴趣索然，他一门心思放在他的工场、他的家具、他的棺木上，他对我的规劝无动于衷。父亲与我虽然从未发生过争执，但我觉得父亲仿佛有意与我较劲。

改变父亲，很难。

日子一天天过去了，父亲一日三餐变成两餐，甚至一餐了。我们送过去的饭菜，常常原样不动地搁在一张父亲做好的长条凳子上，上面浮着层淡黄的木屑。

父亲愈来愈沉寂，像一个不食人间烟火的仙人，沉醉在他的世界里。父亲佝偻着背，穿行在木头与木头之间。在他的世界里，父亲的举止干净利索，一点都不含糊，划着一条条笔直的墨线。顺着线的走向，父亲把他的意旨融入线里，手起线落，哔哔啪啪，整出他心里早已成形了的像模像样的物件来。走进他的工场，我能真切地嗅及原木发出的芳香，清新纯净，有时我以为这味道来自老年父亲的身躯。父亲在他的世界里游刃有余，他不用睁开眼就能找出他所要的工具，小到一段用来标记号的红色铅笔头，他也能准确无误地从遍地的刨花堆里翻出来。

“父亲与他的木头和谐相处”，这是我从他那儿回来后，写在纸头上的话。

不管父亲如何痴迷，我还是决定要把父亲从他的世界里拉回来。我不能放任他这样。我并不想这样做，可我有什么办法呢？在这个人言比刀利的地方，换成别人，也会这么做的。虽然我手头上并不阔绰，但让他像别人的父亲那样，到老人会悠闲地下下棋，玩玩牌，甚至要点小钱，安享晚年，还是绰绰有余的。我希望别人遇见我，即便不夸我孝顺，也不会指着我的脊梁骨损我。苦恼的是，父亲一辈子只顾忙活，连光屁股小孩都会要的纸牌，他都不会，更不要说搓麻了。他除了木头，就是木头。

炎热的盛夏来临了。父亲做的棺材已露出初胚的形态。我的心绪愈发不宁。我的道德文章根本写不下去。看着吧，倘若任父亲所为，关于我的流言蜚语，会在这个村落，像夏天的蚊蝇那样的密与多。这个时候，村里流行起一种叫“六合彩”的赌博，是从邻近的香港传过来的。据说只需出很少的钱，买龙啊、猪啊、鸡啊什么的，庄家的赔率达三十八倍之多。倘若下家手头紧，可先欠着，等开奖后，再兑现也不迟，甚至还可以直接用电话告知庄家你要买的彩码。村里的老人闲来无事，拿个三五块钱，凑个热闹，碰碰运气，居然还有人中了彩回来。一时间，村人都在嗡嗡嘤嘤，跃跃欲试。

父亲成天待在他的工场里，仿若与世隔绝，与木头共荣耀。外面发生的事，他全无知觉，醉心在他的木头世界里。

为什么父亲不能在他的晚年，融入世俗，跟别的老人一样呢？而是像一个静寂得不起微澜的另类，让我背着闲言碎语，写自欺欺人的文章。

我像在构思小说一样，开始谋划着拯救父亲的策略。我用了“拯救”这个语词时，心里泛起一层酸涩的悲壮。是的，一向恪守操行的我，却要放下笔，与博彩者同流合污。

我常常离开书桌，从父亲的工场穿越而过，像一束瘦长的风，到庄家那里，取回彩码信息的复写纸，然后坐在父亲工场的木头上阅读与诠解，像读卡夫卡或者马尔克斯。父亲埋头苦干，偶尔停下活儿，往他的墨斗槽里添墨水。只在这种时候，他才会看我一眼，神情复杂，没有吭声。

父亲识些字，但他拒绝使用文字，只相信感觉。

我的那些复写纸片常常要遗落在他的工场，素白的，薄如粥膜，轻盈地飘落在金黄的木屑世界里，刺目而张狂。它们的突兀，打乱了父亲苦心营造的，自我封闭世界的和谐与秩序。父亲不只一次把那些散乱的纸片收拾起来，送到我的书桌前。他从来只对我说一句话，“自己的东西不要随便丢！”我当然很珍惜自己的东西——我写过的稿子，哪怕遭遇了世人的非难，我也像守着百年不遇的金矿似的小心呵护。父亲啊，您为何不问问儿子，那是些啥？有用吗？那样，我就可以堂而皇之地给您讲讲六合彩，讲讲另外的一种生活——有别于木头世界的生活。

父亲愣是不问，倔得像一橛矮墩墩的木桩。

我说过，我参与六合彩，全然因为父亲。我小心地下着注，都很小，两块，或者三块，但我还是挺认真去钻研的。偶尔博得一些彩头，在帮父亲拉墨线的当儿，就当趣话说与父亲听，大多的时候，是我在自言自语。父亲低着头，佝偻着背，默不作声。只有一次，他嘟哝了一声：别把那当正事。我由此判断出父亲的心思略有松动，至少，他把我说的话听了进去，没有排斥。恰在这时，发生了一件戏剧性的事。一个博彩者通过本地的一份生活报上编发的一幅漫画，推测出彩码，大刀阔斧，买了一个大注，赢回了十几万块钱。民间把此事演绎得绘声绘色，报纸订量突飞猛进，大有“洛阳纸贵”之势。说来也巧，每逢开奖日的前一天，周一与周三，报上的漫画总是很凑巧地提供了隐晦的信息，按图索骥，还真没让博彩者落空。我常有稿子在这份报的文学副刊上露面，以前漫画是文章的点缀，现在文章倒成了漫画的陪衬了，很多人买报只看图，瞄完就随处丢。

这一天父亲又让我帮他拉墨线，我顺带了一份周一的报纸来到父亲的工场。我说，爹，您说怪不怪？一个普普通通的图，还挺有门道的。父亲说，啥门道？他卷了墨线，一手拿起曲尺，一手握着铅笔头，在一段扁平的横木上比比划划。我把报纸塞到父亲眼前，父亲扫了一眼，便定住了。然后，他从牙缝里蹦出两个字——鼠辈，就不再言语，摸起刨刀，叉开马步，弓着腰，哐哐嗽嗽的刨刀声又响起了。

报上画的是，一个人坐在电脑前挪动鼠标，设计一张木床，他的脚边，散了一地的锈迹斑斑的木作器具，画的一侧注着一行小字：年代变了，观念变了，一切就这样简单！父亲为什么说那两个字？他是有所感，或是有所悟？看着父亲佝偻的背一高一低，像灰色的波浪在木头世界里悸动，我不得而知。

当晚，我花了十元钱，买了一注，就买鼠。第三天黄昏，我从庄家手里拿回三百八十元，我把钱拿去买回了几瓮父亲爱喝的家酿地瓜酒，还有一大袋卤料，径入父亲的工场。父亲停下手里的活，眼光热热地看着我。买酒给父亲吃，是常有的，但用博彩所得，却是第一次。我宁愿相信，父亲欣慰的眼神，源于他无意间说中了彩码。

后来我干脆订了一份报纸，准时送到父亲的工场。日子一天天地过去了，父亲看报的时间渐渐长了。好几次父亲拿着报纸来到我的桌前，与我交流图意，我热诚地应和，一如他教我拉墨线的认真。但是父亲只是说说，并没有去买过。我对他说，爹，净是说，没用的，拿一两块钱去试试，无妨的。父亲居然顺水推舟说，是啊，试试……要不你帮我买一个？

我当然乐意当这个差。

父亲一点点地退出他的工场。父亲渐渐出现在饭桌上，并且向我探问他所需的博彩信息，比如毛泽东的诞辰，某个汉字的繁体写法、一段难解的谜面……父亲主动到外面拿回一本破损的旧书，书上写着密密麻麻的蝇头小字，说是六合彩的提示语。为了弄清纸上写的东西，父亲给自己配了个小型放大镜，连同老花镜。父亲把这些博彩辅助物，与他心爱的木作器具一道，放在散发着木头之香的工场上。

父亲的改变让我窃喜，我更希望，父亲能坚决地从他的木作世界里走出来，不再回头。

说话间六合彩已在我们这个滨海村落，泛滥成村人自发的生活主题。每逢周二、周四，庄家的门槛都要被络绎不绝的人群踩烂，因为这两天是开奖日。大家聚首在一起，热切交谈，互通有无，倾其所学，把难解的隐语、术语，套上十二生肖的特征来诠解。随着天气温度的剧增，村里的六合彩狂热得像十年浩劫。父亲的工场，不知从何时起，在周一与周三，没有再响起铁锯与坚硬的木头相吻的声音。父亲得在开奖的前一天去赶彩民聚会，尽可能多地获得有用的信息，以便求同存异排列组合，得出最佳的彩码。父亲再也没有在全家的饭桌上缺席。父亲经常找我问话，总是以“儿啊，咱说个事”作为开篇语。眼看着父亲已逐渐走出我所担心的生活，我又欣慰地回到我的道德文章上。我乐意看到父亲每次花点小钱，费点心思，然后抱着一个绚丽的希望，过他的晚年。我想，比起他无人问津的木活，沉迷于六合彩是合算的。父亲积蓄不多，但这又有什么关系呢？要那点小钱，怎能算钱呢？充其量毛票零花罢了。说句冠冕堂皇的话吧，国家经济日新月异，我们小家庭日子也跟着沾了不少光呢。即便父亲拿我的钱去耍，我也二话不说。父亲劳累了一辈子，晚年好不容易找到一个乐子，我怎能剥夺呢？所以我从不过问父亲花了多少钱，中过什么奖。倒是父亲有时会在饭桌上神采飞扬地公布他的战绩，或者别人的幸运。我们听了都笑笑，心里想，也好，总比闷声不响地鼓捣他的老式眠床死气沉沉的棺材好吧。

有一天，父亲在全家人面前，半开玩笑地说，这一次我算得很准，决定要买个大注，中它个大奖回来，把老房子翻翻。他说的老房子现在没人住了，父亲在那房子里成家立业生儿育女。全家人温情脉脉，看着父亲翕动的嘴巴，静静倾听他的豪言壮语。当然，没有人相信，一生谨慎的父亲，怎会做出格的事呢？父亲说的话，就跟小孩子立志要当科学家一样。

毫无疑问的，父亲一生，与他拉的墨线一样，一丝一厘都不含糊。

这一天，父亲与往常一样，来到我的书房说，儿啊，跟你说个事。

我写得正欢，以为他又要问我博彩信息。我没有回头，说，爹，您等会儿，弄完这个我就来。

父亲默不作声地站在我的身后，我又心无旁骛地回到方格里去。

不知隔了多久，父亲再一次说，儿啊，说个事。父亲的口气软弱无力。

我不耐烦地向后摆摆手说，就好，就好，您再等会儿。等到我终于完成了稿子，回头去找，父亲已不在了，不知他是什么时候离开的，他在我身后等了多久？我都无法确知。

拉了一辈子墨线的父亲，再也没有到我的书房里来，我也不以为意。

事实上，直到那个仲夏的凌晨，父亲干瘦的身躯，挂在老屋门前的檐梁上摇晃时，我还疑是一场梦。在那之前，我刚刚睡去，因为熬夜，写一篇叫“新时代，新风尚，新生活”的报刊特稿。我被慌张的家人叫醒，跌跌撞撞地跑到老屋前，清晨的薄雾还未散尽，父亲的背影一片墨黑，像阖在晨曦里的一扇矩形窗子。父亲勾着头，双眼微睁，嘴巴紧闭，一如他以前做木活的样子。

陆陆续续赶来的村人，七手八脚地把父亲从檐上解下，平放在老屋前的空地上，像放下一块刨平的木板。我的悲伤慢慢地洇染开来，像村前渐渐涨起来的海潮。不知怎得，父亲用推子刨木板时，佝偻的背，模糊了我的视线。父亲在木屑与刨花堆里穿梭的身影，父亲教我拉墨线的神态，显得那样清晰可辨，而醉心于六合彩的影像，却全是空白。

村人来来往往，为父亲的入殓忙碌。父亲废弃了已有些时日的工场，寂静而空旷。看着这个地方，突然又想起父亲佝偻的背。零乱的器具与木头，久违的味道隐隐袭来，我的鼻子一酸，眼泪便来了。父亲的棺材，支在两条平行并排的长凳上，孤单地放在工场旮旯，原木的纹理泛着淡黄的光晕。我坐在父亲曾经坐过的地方，痛苦铺天盖地淹没了我，夏日的炙热穿透天窗的透明玻璃，射在我的头顶。迷迷糊糊中，我看见父亲走了进来，踽踽靠近他的棺材，费力爬了进去，然后用他一只枯瘦的手，拉密了斜横着的棺盖。嘭的一声，我醒了过来，灵堂上家人惨烈的哭声隐隐传来。

父亲的“七日祭”一过，家里来了人，要取父亲下的赌注——六千块。我心里呻吟了一声，想起父亲最后一次到我的书房找我说事的情景，他的口气颓废而无助；想起曾有一段时日，父亲神情寡淡落寞，踯躅在他废弃多日的工场，坚硬而粗糙的大手摩挲着那些寂寥的木作器具，以及墨汁干涸的墨线……他拾起一两朵发霉的刨花，伸到鼻子前嗅了嗅，然后仰天长长地嘘了口气。父亲佝偻的背单薄而清寂，似乎又回到做木活时的样子。一家人看在眼里，但都没有在意，大家以为他在寻思着彩码。

打发了庄家，我回到书桌前，写下了以上文字，没有间歇。我清楚，这些东西一弄完，我的笔就要枯竭了，我再也不能在素白的纸笺上卖弄什么了。是的，再也不了。

第 三 性

昼伸出手时，触及一只柔软无骨的小手，抬头就看见一张清秀的脸庞。昼缩回手，冲女人笑笑说，哦，你买，你买。女人也笑笑说，真不巧，就剩这一本。他们同时看中一本叫《第三性——萨特与波娃》的书。

昼所在的地方是一家折价书店。昼过去不知道有这样一家书店，他在一家大型书店办了张优惠卡，打了九折，但买起书来，还是感觉力不从心。自从找到这家书店后，昼就很少再去光顾别家，甚至连先前常蹲的路边书摊也少去了。昼干瘪的口袋不允许他过分满足对书的嗜好。这家折价书店不大，仅占了临街两个门面，但书的种类还是挺齐的，而且便宜，便宜得令人生疑。昼疑是盗版，回回挑书，格外用心。但智者千虑，必有一失，他还是买回了一本，老是把“化工厂”写成“代工厂”，把“天平”印作“大平”的短篇小说集。昼愈看愈来气，抱着书躺在床上翻得呱呱响。虽说只有六块钱，但昼寝食难安，不全是钱的缘故，是因为买回一本扔也不是，留又无益的书，就是鸡肋还可以啃啃，可书不是鸡肋。昼想去换，但他对店家是否同意换没底，一向深受“吃亏就是福”训示的昼，只是抱着试试看的心理，谋划着换书事宜。昼折腾了一宿，想着要用什么措词，才能让店家相信他。昼到达的时候，店里有很多人在找书。他刚开口说，这书质量有问题，可能是盗……话还没说完，店主就打断他的话说，你是要换，还是退钱？都可以。昼如释重负，他没有想到店主这样爽快，免去了口舌之苦，又隐隐为昨夜的彻夜无眠喊冤。

昼的生活很简单，工作之余就是看书，偶尔也写些稿发出去，自娱而已。除了单位与家外，昼最常待的地方就是书店了。每周至少去一次，像与什么人约会似的，大致选在黄昏时分，骑一架破单车，不疾不缓，到了，踢下支架，一头就钻到书店里去，老半天才出来。出来时提着一塑料袋的书，有时一本，有时三五本，也有空手的时候。但无论有没有收获，离店时，昼的心里总是快乐的。来得勤了，又有规律，店伙计都对昼面熟了。但今夜，昼来得很唐突，十点过了才来，平常这个时候，他早就歪在床上看买来的书了。

昼的女人又在家里骂骂咧咧。起因是昼找不着一本书，问女人，女人眉一挑，轻蔑地说送人了。这事不知发生过多少回了，昼很气愤。昼说你怎么可以这样慷慨！女人来劲了，指手画脚地嚷嚷，就你那破书，值几个钱！堆得满屋都是，全都是些无用的垃圾！昼愈加愤懑，说书是我的，你要拿走，至少也该尊重我一声。女人把枣仁小的眼睛眯得更小，戳着昼的鼻梁说，就你这德性，也配讲尊重。我嫁到你家来，除了这些书，你还有什么？有什么！无能的臭男人，还有脸讲尊重，我看你一辈子是要输到底了！咄咄逼人的女人指责得昼无话可说，昼心里感到莫大的委屈，无处发泄，气得手直发抖。这几年来，昼没少接受这种电闪雷鸣的再教育，昼心灰意冷。他看着女人因发怒而变形的脸，心里禁不住嘀咕，当时怎会与她结婚呢。昼不是没有想过离婚，但女人娘家势力庞大，铁齿铜牙地说没这么简单，要离，可以，几年的青春损失费得赔。昼想，瞧她那模样，哪有青春过的痕迹啊。但昼是万万不敢把这样的话说出来的。昼指望着女人自己闹得心烦了，像擤一顶鼻涕似的，把他摔了。昼真心实意祈祷着这样的日子能早早来临。

女人看着气得面呈酱色的昼，并没有歇下机关枪似的嘴巴，反而愈演愈烈。明天邻里又要幸灾乐祸了，他们的闹剧给小区平庸的生活带来了一缕快活的空气，居民们以昼为中心话题，过足嘴巴瘾。昼万般厌倦，却又无计可施。这时凑巧停电了，昼大赦般丢下一句“我去书店”，拔腿就溜，女人在黑咕隆咚的门洞里喊道，又是书店，有本事你就死在外头别回来。女人恶毒的诅咒昼不以为意，心里反而想，倘是能说死就死，一了百了，也省得这忒多烦心事！

街道上的行人像昏鸦，急急切切地往家赶，只有昼逃离家。昼心酸满腹，把胯下的单车踩得嘎吱嘎吱响。昼抬起头，城市的夜空像一朵硕大无比的乌云，追着他赶。他都快要窒息了，乌云里似乎又长出一千只蝙蝠爪子，朝他抓来，他只有埋头狠命地踩着车子。

一到书店，透过玻璃门，昼看见三两个店员懒懒散散地坐在高脚椅子上，百无聊赖地打打闹闹。这是常有的情景，昼熟视无睹，径入书店里间。中途有一个店员向他问好，昼漫不经心地应着。偏在这个时候，他留意到店里的一个女人，因为她穿着显眼的黑色背心与白色马裤，又是店里唯一的女顾客，但昼没有再细看。昼逃离家的心情还没有恢复过来，他是来看书的。后来就发生了两人同时要拿那本书的事儿。

女人说话时脸上带着浅浅的笑，眼光灼灼。昼不由得垂下眼睑，却看到她黑色背心吊带下，露出一小段白色的胸罩带子，黑白分明，诱惑着昼。昼慌乱了，说着话掩饰，你拿走吧，下回我再来买，反正这儿我常来。女人抚了抚书脊说，要不我先拿着，等下再说。昼点了点头。女人手里已有两三本书了。女人弯下腰去浏览书橱下格的书时，昼看见她的上衣后襟缩了上去，露出一小截雪白的臀沟，昼的心喧腾了好一会儿。女人直起腰时，昼慌慌收回视线。女人问昼，看过波娃的《第二性》吗？昼说看过。昼应得心不在焉，他的大脑还停留在那截雪白的东西上。女人很快地扫了昼一眼，舔了舔嘴唇，欲说还休的样子。昼以为她要就《第二性》提些尖锐的涉及男权女权的话题来，结果风平浪静。两人沿着窄窄的过道走走停停，翻翻这本，看看那本，有时昼走在女人前头，有时又落在后头。女人没有再问话，偶尔自言自语说，这本看过了。女人说看过的书，昼格外留意，想知道女人都看些什么书。阅书如阅人，昼总是这样想。但是昼一无所获，女人说看过的书没有规律可循，有时是一本时尚菜谱，有时又是一本附有插图的域外随笔，当然也有胡言乱语的所谓新生代的作品。但有一点是肯定的，那些众口一词的名家大师之作，女人连摸一下都不。波娃是一个例外，也许是同为女人吧，昼这样想。昼在走走停停中，有些神思恍惚，仿佛成了女人手里牵着的一条巴儿狗，亦步亦趋地跟女主人走。为了平息这个尴尬的念头，昼挑了一本鲁迅先生的人生小说《孤独者》，拿在手里翻。昼已全然忘记了刚才发生在家里的那场战争，忘记了他为什么会在深夜还跑到书店里来。

在书店里，昼产生了一个错觉，深夜的城市是一个漫无边际的原始丛林，吞噬所有的夜行者，而这家书店就是丛林里闪着温馨光辉的小木屋，让长途跋涉的昼找到宁静的归依。昼对自己的念头感到震惊，甚至隐约有些羞耻，一小时前，他还处于万念俱灰的情绪里，此刻却萌生了莫名其妙的亢奋。

是因为那些雪白的东西吗？

昼的手指茫无意识地在书橱格子间摩挲着。

突然，女人说，差不多了，你还看吗？昼被惊醒，看，看，哦，不，不看了，挺晚的。女人把垂下脸颊的一绺头发轻轻撩到耳后，笑笑说，不看，那……去买单吧，好吗？昼点点头，脚步已很卑贱地跟上女人婀娜的身影了。女人的腰很细，上衣又短，没有把后腰全罩住，快到臀部那儿，白白的背从中间无可救药地凹了一条沟。昼看着那精致的曲线浮想联翩。女人似乎背后长了眼，回过头，看了昼一眼，眼里有一丝恼怒。昼慌忙把手伸进衣兜，装着掏钱夹。

女人先到，把手上的一叠书摞在柜台上，回身把昼手里的书也拿了过去说，一块算吧！收银的抬头看看昼，眼里写满探询。昼忙说，不用不用，自己来，自己来。女人没有再坚持，只是把那本《第三性》放在她要买的书堆上。昼心里暗笑，你还担心我抢了你的书？当然昼没有说出口，只是默默地站在女人身侧，耐心等收银员打单。女人买完单子并没有急着离开，而是站在昼身后随意翻弄着手里的书。昼交完钱，提着袋子推开店门，女人跟了出来，举着《第三性》对昼说，你先拿去看，看完再还我。昼措手不及，嗫嗫嚅嚅地说，我又不认识你，怎么还你？女人笑笑，嘴巴努努身后的书店说，我还会再来的，我们还会相遇的。昼说，要不算我买的吧，我给你钱，你先带回去看。女人有些嗔怒地说，瞧你说的！昼原想再推辞，担心女人真生气了，只好把书接过来，转身朝他的单车走去。昼开完车锁直起腰时，发现女人就在身后，直愣愣地盯着他看。昼有些不解说，书还是你拿走吧，我下回来再买。女人笑出了声说，我不是要讨回书，我是想请你喝一杯，可以吗？

夜更深了，街灯像情人的眼，迷迷蒙蒙。一丝夜风吹来，昼缩了缩脖子，他不是冷，而是觉得事儿太突然了。容不得昼犹豫，女人一只白皙的手已抓住车后座了。昼只好跨上破绽百出的皮座，一只脚搁在脚踏板上，另一只脚像支点撑着地。等女人的半边屁股蹭到后座上后，昼着地的那只脚猛一点，车轮便歪歪扭扭地转动起来了。女人的手搭在昼后腰的皮带上。昼心里咯噔了一下，只管紧握住车把，像一头野牛似的一蹿一蹿地朝前猛踩。突然，女人说到了。吓得昼慌忙刹住车，车头菜篮子里的书被强大的惯性冲得一蹦老高，又落下，那本《第三性》，落下时歪在旮旯边上，书页零乱张开，像一颗破败不堪的卷心菜。

女人说到了的地方是一家新开的酒吧，门楣上用霓虹灯绕成一个个亮晶晶的大字，全是英文，昼看不懂。女人指引着昼把车停好，便牵昼的手推开一扇厚重的水晶门。女人火热的举止，让昼局促不安。他们一进去，立即被巨大的声响所淹没。昼企图要看清里面人的脸庞，但除了镁光灯投射着的舞台外，其余都影影绰绰。女人牵着昼穿行在一个个台子之间，昼不知道女人要把他带到哪里去。喝一杯非得到这种地方来吗？

书店的安静，酒吧的喧嚣，完全是两个极端。昼侧首看看女人，朦胧的光罩着的女人一脸平静，倒使昼越来越不安。他想让自己尽量从容点，结果愈糟。他突然害怕女人把他随便丢在哪个台子上，然后离开。昼想起电影《卡萨布兰卡》里的一个乱哄哄的酒吧场景，男女主人公也是这样手牵着手，穿行在熙熙攘攘的人群里。昼心里感到很温暖，渴望着女人能这样一直拉着他。昼把女人的手攥得紧紧的，手心儿都冒出了津津汗渍。他们终于在舞台西侧找到了一个三角形的台子。女人问昼要喝什么。昼说啤酒吧。女人用无名指勾来一个穿着短及臀部的白裙子的侍应生。这时舞台投来一束红色的光，女侍应生的大腿一片红晕，像浸在显影液里。女人把桌面上的两听啤酒全打开，每一声清脆的“噗”，都让昼心惊肉跳。女人递给昼一听，自己拿了一听，然后举及头顶说，为了第三性，干！第三性？昼懵了，但没有做声，与她响响地磕了一下。

这个时候舞台上有人在赌一种名贵的葡萄酒。挑战者只要交一百块钱给酒吧，就可以上台与一个风骚迷人的小姐摇骰子，以点数多寡计胜负，三战两胜制，胜者高居台上，直到无人应战，即可把酒带走。场面一下子沸腾了，好像地下有热火烘烤着。台下的人群纷纷给胜者鼓掌助威，嘈杂的人声让昼辨不清声音的来源，他感觉自己像一面鼓，麻木地接受鼓手的槌击。女人不得不探过头来与他说话，形同耳语。昼闻到女人身上，淡淡的雪花膏味，心神为之一荡。

女人拿起桌上最后一瓶酒说，为了这个美丽的夜，干！没等女人勾手指头叫侍应生，昼先勾了，喝了酒的昼渐渐豪情万丈。这时，葡萄酒已堆满舞台上的那张方形茶几，胜利者正冲台下的人群晃着“V”字手势。女人探身过来，轻轻地蹭了昼的面颊一下说，我去一下。昼在晕眩中点点头。台上的赌客已带着他赢来的一大箱葡萄酒下来了。这时主持人手持麦克风出来喊话，接下来请欣赏夜小姐为您带来的风情万种的钢管美女秀！台下顿时安静了下来，像被一只只无形的手捂紧了嘴巴，一些老客早已把脖子抻得老长，像兰州拉面的手功。

灯光暗了下来，只留一束红光照着舞台中央的那根锃亮的钢管，红光中显出一个女郎，裹着蓝色披风，踏着天鹅舞步。她似乎在寻找着什么，一步一顿地趋近钢管。人群屏住呼吸，唯有“WILD MAN”迪士科不时雷动般地吼几声。突然女郎往后一甩手，身上的披风随之像一朵云轻飘飘地憩息在舞台上。女郎袒露的装束引起人群的一片嘘声。黑色小文胸，只围住乳晕四周的一点点面积，饱满的乳房呼之欲出，一条窄窄的底裤，也仅能遮住要害部位，而臀沟上一片布也没有，准确地说只有一线窄小的布条。女郎肤白似雪，仿佛一道闪电，穿透环绕着她的红光。女郎缓缓爬上钢管，从容地做着劈腿、仰倒、勾管旋转的动作，引得台下人群的脑袋，一忽儿东一忽儿西。

昼喝着酒，等女人回来。台上的女郎舞着舞着，突然就到了舞台西侧昼所在的位置来。昼的眼神与女郎相遇，惊觉女郎眼熟得紧。这时女郎突然双腿叉开，蹲了下来，朝台下的昼勾了勾手指，人群发出参差不齐的嗤笑声。昼仿佛被什么击中一般，他认出了这个叫夜的女人。昼恍惚了起来，等他再次抬头寻找女人时，她已回到钢管上舞动她柔软的腰肌了。

昼扶着桌子站了起来，喝下去的酒在肚里翻江倒海。昼晕晕乎乎地走出酒吧，他没忘记带走女人的《第三性》。门合上后，所有的声响全都在昼身后生生切断。

夜静了，像魔鬼睡着了的样子，汽车疾驰而过的声响格外的刺耳。昼恍恍惚惚地把车骑入快车道。渐渐地，昼把破旧的单车踩出极速来。昼踩得满头大汗，踩得摇头晃脑，甚至还做了一些单手扶车把的高难动作。昼平平仄仄过来的一生，从来没有像今晚这样激情澎湃。当昼感觉一股巨大的撞击力从背后袭来时，昼与车就飞了起来。在飞翔的过程中，昼想起临出家门时女人的诅咒，嘴里嘀咕着，这回来真的了，就“嘭”的一声像一堆烂泥炸到地上。篮子里的《第三性》像一只雪白的鸽子翩然飞起，扑翅的声响穿透夜空，最后飘落在昼身侧，翻卷的书页上抹着的一坨鲜红的血迹，在夜色普照下，慢慢濡入纸张里，像一朵娇艳的玫瑰，闪着猩红的光芒。

乐声狂响，夜还在酒吧里舞尽媚人风姿。

二胡之恋

乡村二胡

在我们的故乡，每逢有人离世，总会请来一帮乡间乐队吹吹打打。一来表示对死者的尊重，二来消弭丧事的凄凉。那些乐手，大多年老色衰，穿着陈旧的粗布衣裳，一脸的颓唐与漠然。手中的乐器，也跟他们人一样，呈现历经风雨的灰褐色，或者古铜色，像从土里掏出来。但是，乐器发出的声音，出奇的嘹亮。或悠扬，或柔和，或哀怨，或壮阔，或亢奋的旋律，在乡野草莽间骤然响起，天地之间，一片哀鸣。倘若送葬队列中只有一种声音兀自响着，未免清寂而空旷，让人心里无来由的空空无着落。

少年时代，我们喜欢凑丧事的热闹。村里有人归天，我们反而过节般的兴奋，乐队奏出的异于庸常的声音，让我们乏味的乡村岁月生机盎然。乐手们的乐器名目繁多，有时而苍劲肃穆，时而尖锐高亢的唢呐；有低沉洪亮、荡气回肠的尺八；有韵味悠远、古色古香的琵琶；有浑厚圆润、柔美流畅的曲笛；有质朴无华的二胡，也有曲致激越的打击乐器锣、镲、腰鼓、梆子……所有的乐器里，我最喜欢的就是那毫不起眼的二胡。一把木制琴柄，连着一个木制琴筒，琴筒呈六边形，像一具袖珍棺材，筒的一端蒙以蟒皮，张着两根细细的金属丝弦。拉的人把琴筒搁在腿上，双眸微阖，神色凝然，让观者陶醉而神往。更美的是那声音，缕缕不绝，似断非断，像一段无形的丝线，撕扯听众的七情六欲。那声音又不是一下子扯出来的，是一寸一寸地扯，直到悲恸之感充满你全身每个毛孔，让你不号啕大哭一场，心里就堵得慌。

二胡，貌不惊人的二胡，却发出了人间极美至哀的声音。乡间的祠堂戏台、田间阡陌，常常弥漫着《二泉映月》、《良宵》、《江河水》那呜咽幽深的琴语，声声入扣，催人泪下。

二胡，在我的少年时代，像一块通红的烙铁遗留在我身上的疤痕，永难磨灭。我之所以这样说，是因为二胡与我的老同学胡琴有关联。

我的老同学胡琴，不但与二胡的别称同名，而且也与我一样，非常着迷二胡简朴的外形，迷恋二胡渲染的悲凉忧伤的情绪。我曾多次看见少年胡琴像一个失心的人，茫然跟在送葬队列里的吹二胡的，走到人家早已掘好的墓穴旁。

我不知道，扯上这么一段关于二胡的往事，对我将要开始的叙述究竟有多大的必要。

又见胡琴

那一天，是我离乡经年后第一次回到生我育我的乡村。自从上了大学，好久了，我没回来过一回，也未曾再听及少年时代所喜爱的乡村二胡的旋律。这一天，村里一个姑表长辈过世，我原是回来奔丧的，不想却在村庙旁的小店铺门口，遇及我的老同学胡琴。

胡琴像一只颓废的村狗蹲在地上，手里抓着一瓶来历不明的饮料，专心致志地吸吮着。吸管被气流折磨的声音在午后暧昧的阳光里嗡嗡作响。

我倒吸了口冷气，这就是我的老同学胡琴？

胡琴胡须拉碴，神情痴迷，全然不理会我的惊诧。显然，他早已认不出我了。

天才胡琴

胡琴和我，还有逗子是从小厮混到大的同学。我们三人好得不得了。但胡琴与我对二胡的偏好，逗子特烦。他说那东西晦气，一见就倒霉，所以他极少跟我们一道去追逐乡村的葬礼。即便这样，村里一些读金庸、梁羽生的人，还是戏称我们是“三剑客”。我们三家离得近，咫尺之遥。村里的旧房子盖得紧，一家连着一家，即便隔着一条陋巷，也是窄得仅容一两个人身子擦着身子过，远远看去恰一指宽。房子又大多是平屋，村人可以轻而易举地穿梭在各家的屋顶。村里的小孩子喜欢刺激与冒险的生活，觅找玩伴往往不从大门长驱直入，反而喜好猕猴似的攀援短墙穿越屋顶。有时不小心踩破了谁家脆弱的瓦片砖砾，立即招来了屋里粗野又善意的嗔怪与呵斥。小孩子们慌忙捂紧嘴巴，踮起脚尖悄无声息地飘到另一户人家的领空，这倒有些亲历了书中、影视里飞檐走壁的侠客味道。

而我们哥儿们三个随着年岁的增长，渐渐地不屑于做这些鸡鸣狗盗之事，搭在一块时热衷于谈论自认为是成熟的人该讲的话题。诸如读了《牛虻》便讨论生活是什么，看了保尔·柯察金的故事就争论“英雄”的定义。三人经常为捍卫各自的理论见解吵得脸红耳赤不欢而散，隔天又和好如初。平常谁要是懒得回家，就随便歪在哪一个的家里吃喝拉撒，父母们也都习以为常，不以为意。

我们三人中要数胡琴最有故事。胡琴有两三事，算得上奇闻轶事，至今还流连徘徊在人们的唇齿之间。

有一年冬天，气候湿而燥，我们学校里流行起一种叫疥疮的皮肤病。起先从一个陈仓来的同学身上发作的。大家并没有太在意，以为不过是蚊虫叮咬或者用了不干净的水引起的，不管不理它，说不定就会自生自灭。那时我们绝没有现在的孩子这样娇贵，那样小的事根本不值得大惊小怪的。

但接下来事情并没有按人们的意愿发展，而是走向相当糟糕的恐慌之境。具体症状表现为，晚上睡觉时全宿舍的人都听见从那陈仓同学床上，传来阵阵指甲抓挠皮肤的粗糙声响，急切杂乱，少有间歇。夜深人寂，听起来像甲壳虫爬过蛀空了的木板的声音，与甲壳虫声相伴的是陈仓同学的辗转反侧与长吁短叹。闻者心里无不充满了脆弱的忧患与莫名的烦躁交织的情绪。这一连串烦人的声音摧残了大伙儿近一周后，又有一个同学也加入了陈仓人的不眠之夜。同学胡琴是全宿舍第三个“幸运者”，我与逗子当然也未能幸免。后来陆陆续续又有人壮大了这个阵列，最后发展到全宿舍十二张床二十四个人人人有分儿，谁也不搞特殊化，真是同舟共济、祸福与共啊！

更可怕的是，其他宿舍也有人开始东施效颦，学起陈仓人的甲壳虫交响了。从同学间平时的闲聊可以得悉，甲壳虫队伍已由星星之火燎原成熊熊烈焰了。

事情终于到了清晰又明朗的境地，不收拾是不行的了。

同学胡琴自告奋勇把疫情翔实地反映给生管。生管捏着鼻子来宿舍视察了同学们的灾情后，便很专家地说是疥虫，传染性极强的，病人躺过的床、坐过的椅、触摸过的杯子，甚至翻过的书都有可能成为传染源。听了生管的诊断，我们这群乳臭未干的学生仔木木地围着老生管唏嘘不已，大有瘟疫降临般的心慌意乱。因为上下十二张“鸭子床”挤挤挨挨地放置于一个 12 平方米多一点的空间里，每张床又睡着两个人，朝夕相处，谁能保证没动过别人用过的东西、挨着别人的身子呢。

所以小小年纪的我们对病魔的降临心惊肉跳是必然的。

生管无视病情发起的缘由，口沫横飞地呵斥我们不讲卫生，酿成这样的灾难。

我们一致指辩陈仓人是罪魁祸首，得了病不趁机请假休学，偏赖着，结果祸国殃民。

陈仓人自知理亏，像一只体质单薄的秋蝉，缩在别人背后不敢作声。

但生管那老头儿仍固执地指责灾害全因我们没有洁身自爱生活混乱造成的。

生管的措词俨然把我们看成社会上那些玩女人而弄出毛病来的人了。

我们虽然无比愤怒，也只能选择闭嘴。因为当时学校的床位很紧张，而生管掌握着我们住宿的生杀大权。他若厌烦谁，就可推托说没有床位了，那么你只好去校外租房子了。这样一来，既要多花几个冤枉钱，又要来回奔波，很不方便。所以明知老生管强辞夺理，我们也只有忍气吞声，我们都知道好汉不吃眼前亏的至理名言。

倒是胡琴从人群中毅然地站出来据理力争，说他是无辜的。他说集体宿舍里出现了传染疾病而没有及时把它扼杀在最初的萌芽阶段，说明学校的管理疏漏，管理人员没有明察秋毫，学校对学生的关心不够，学校有不可推卸的责任，必须买药来给我们医治。

胡琴义愤填膺时，有好心的同学悄悄扯了扯他的衣角想要劝止他，但胡琴仅仅回过头坚定又深怀感激地看了同学一眼，又继续伸张他的正义了。

胡琴的凛然让我们这帮平时被学校个别下层管理人员要挟排挤过的学生豪气顿生，也纷纷七嘴八舌地加入申诉队伍，同仇敌忾起来。这时胡琴把布满疥痕的手往虚空一扬，领袖似的及时制止了可能出现的骚乱。

胡琴两眼逼视着老生管说，现在不是滥加指责与呵斥的时候，学校应就此事的失职忏悔，并拿出有效的措施来防范与治疗！

忏悔。当时在我们学生中私下传阅着两本书，一本是黄色手抄本《少女之春》，另一本是卢梭的《忏悔录》。我想胡琴肯定是从卢梭那儿得到灵感的。

生管一张老脸顿时勃然变色，像刚出土的长沙马王堆千年女尸，一脸灰灰蒙蒙的历史混沌，即将喷出口的呵斥全都融入唾沫而咽到肚里去了。老生管的话语表达不出来，孤零零地站在我们的半包围圈中，布满老年斑的枯手指着胡琴愣是抖得如同刀下的瘦竹笋，嘴里净是“你……你……你”的乱叫。

我们的胡琴并没有惧怕退缩，反而趋前一步用他满是疥痕的手要去扯生管的衣袖与之理论，生管慌得连连后退，在水泥地上踉踉跄跄地跳起老人森巴舞来。

看着生管那惊慌失措的狼狈样，围观的我们快意地在深冬阴郁的阳光里朗朗大笑起来。

我们，一群心无芥蒂的少年，与社会上某些龌龊人士岂可同日而语相提并论？老生管不该拿国家未来的娇艳花朵栋梁之材与社会浊流作比，也难怪我们年纪轻轻却嘲笑一个老头子的狼狈状而没有一丝同情之心。

胡琴最终还是放弃了扯住生管的念头，他自知自己现在是一个染病之人，适才过于激愤而忘记了病人理所应有的道德准则。

但胡琴仍然朝正在慌忙撤退的生管的背影朗声嚷道，如若学校逃避责任，拿不出措施来，我们自然是要罢课回家治疗去的！

也许是胡琴最后的一句话起了催化作用，也许是生管害怕胡琴再去扯他的衣袖。胡琴的仗义执言奏效了。生管终究还是向学校如实反映了情况，学校特地为这个突如其来的疥患召开了一个行政会研究。研究结果是学校慈悲为怀特许我们放半天假清理宿舍卫生，披晒被褥，漂洗草席与衣裤，并用漂白粉水把宿舍从上到下进行了一场史无前例的清洗消毒。

胡琴大刀阔斧地指挥着大家把宿舍里的一应什物都搬到屋外有阳光的地方曝晒，闻着那刺鼻的药水味，我们老想作呕，但还是很兴奋地大声嚷嚷。

学校还息事宁人地买了些硫黄软膏分发给每个人，并宣称只要涂抹在患处疥疮很快就会消失，还一再告诫我们在治疗期间不得到别的宿舍串门闲坐，不得与其他年级的同学打交道，也不得在班级里恶意传染。若有触犯者，一律处分；屡教不改的则记大过或予以开除。

学校毕竟是学校，我们这帮一点社会经验都没有的小青年三下五除二就土崩瓦解了。

那一段日子我们真是过得诚惶诚恐如履薄冰啊，除了教室就是宿舍，两点一线，余下的就是食堂与厕所了（进食与新陈代谢谁也免不了）。路上遇到没有遭遇疥患的同学也不敢与之多加交谈，其实人家听说你是十二舍的还唯恐避之不及呢（当时我们住第十二宿舍）。学校的日常生活与学习气氛一如大敌当前般的戒备森严。同学们只好静下心来一方面细致入微地找寻身上的患处抹上药膏；另一方面又担心别的同学不幸染上了，栽赃过来而致使自己遭遇学校的处罚。

要知道，我们学校的严厉在方圆百里可是出了名的，这也是家长们纷纷把子女送到这里来的一个重要原因。我们能在与学校一役中取得这样辉煌的胜利应该说是前无古人，恐怕也是后无来者的了，所以我们都很珍惜这来之不易的战斗成果。唯有胡琴一人，一副优哉游哉的神仙模样，该干啥还干啥，洒洒脱脱，没有非常时期的非常行为。他仍然像往常那样喜好串门，一下晚自修全宿舍就他一人行踪不定，想必又到别的宿舍神侃去了。要么就是到哪个僻静的角落，演绎他的二胡之恋了。

哦，忘了交代一个事情：上中学的第一年，胡琴不知从哪弄来一把陈旧的二胡。说它陈旧，是因为那二胡的样子，就像先前我与胡琴在村里的送葬队里看到的那种，写满泥巴的色泽，漆色剥落，弦松筒裂。但胡琴把它视为珍宝，平常轻易不借人观摩。曾有一个同学，被我们的音乐老师课堂上夸过的，从此自视精通五律乐理，想借胡琴的破二胡来把玩，不想竟遭到胡琴的拒绝。该同学顿时拉下脸来挖苦道，你以为你那破玩意是稀世珍宝啊，说白了，不过是一把烧火棍罢了！

胡琴任其数落，不作辩解，低着头拨弄那两根瘦骨伶仃的琴弦，试着拉出几个调子来。吱吱呱呱的，颇为刺耳。

那同学又来劲了，讥诮道，简直像一母猫在叫春！

这话够损人的，我们以为胡琴会奋起反击怒目相辩。但胡琴没有，他甚至连抬一下头，看一眼那个损他的同学都不。

胡琴的高姿态倒让我们大失所望，乏味的课余生活越发乏味了。

有了二胡的胡琴起先是下课后跑回宿舍里摆弄，扭扭捏捏地拉着不成调的曲子，呜呜咽咽，像一个小娘们拿腔拿调说着话。有的同学就嘲笑他说，胡琴啊，甭拉了，你拉不动你自己的。有的同学嫌吵，要他去别处拉。胡琴没法子，只好把二胡带到空旷的操场上去。胡琴在操场上拉二胡，就不碍谁的事了，于是就再也没有人去理会他了。

晚自修后失踪的胡琴，其实没有去别的宿舍串门，想想也是，谁会欢迎他呢？谁还敢引“疥”入室呢？胡琴也没有到操场上拉二胡，那一段艰难岁月，胡琴一直把二胡藏在旅行袋里，让他的二胡休养生息。身上痒得特难受了，还有什么心思拉二胡呢？

那么胡琴去哪呢？

治疥其实并不像学校说的那样轻描淡写，抹一抹就会好的。有人好了又复发，屡好屡发。那些整个初中阶段都在治疥的人，被我们戏称为“三朝元老”。即便是治好了，患处留下的痕迹也久久无法消退，让许多在盛夏有暴露欲的同学再也不敢袒胸露乳，特别是体育课上，更是不嫌炎热地把自己包裹在严严实实的长袖长裤里，艰难地做着引体向上及一千五百米的长跑训练。那股难受劲想必未曾亲历过的人，理解也只能是停留在纸上谈兵式的片面与肤浅。

一帮人中治疥最卓有成效的就数胡琴了，以至于后来他的举措风靡全校，成为全校疥民争先仿效的范本。那个时候，胡琴与凯旋回朝的拿破仑没有什么两样。

晚自修后失踪的胡琴独自跑到操场上无人的一隅。他发明了一种对付疥疮的妙法：先仔细地翻遍全身，特别是好发疥疮的旮旯之所，比如腋窝、大腿内侧、指缝等，然后用圆珠笔把患处一一精心圈起来，就像在肌肤上画几何图案。胡琴的躯体顿时盛开了一朵朵小蓝花。

最后，胡琴指着某一朵小蓝花咬牙切齿地说，在某一个时辰内我要让它寿终正寝！

胡琴独创的治疗程序是这样的：先以经过高温燃烧消毒过的细针挑破疥泡，然后用二锅头滴洒清洗，再把硫黄药膏敷抹在患处，一日多次不等，如此这般对被圈定的据点轮番进攻。他解释说用笔圈起是为了防止有漏网之疥，涂抹药膏时不小心漏抹了；用细针挑是不至于把患处扩大，而且愈后不会留下不可磨灭的伤疤；而用高酒精浓度的二锅头消毒与硫黄软膏涂抹双管齐下是为了斩草除根以绝后患。

胡琴身上的一个个疥疮，果然如他所预言的，没有再多作负隅顽抗，就溃不成军了。我们在艳羡胡琴脱离疥疮苦海之余，对他行之有效的土办法更是佩服得五体投地。胡琴治疗肮脏的皮肤病居然用上了毛主席的“逐个击破”的战术方针，这简直是理性的创造哲学的思辨，可谓高屋建瓴，我们全都惊诧莫名。

于是大家便争先恐后地购买二锅头与细针，效仿起胡琴的杏林之技来。因为争相买酒，学校以为学生们因功课紧张而试图从酒精中寻找解脱之径，还煞有介事地派了人调查，结果发现始作俑者是胡琴——这个斗胆要与校方对质论辩的学生，只好一笑置之，不加制止。学校持的是隔岸观火的态度，但话说回来，凡是按胡琴口耳相授的步骤治疗的同学，不出一周，便手到病治，简直可谓妙手回春。

胡琴的华佗扁鹊之术不胫而走。胡琴，这个乡下来的小子，在这个沉寂的校园里机缘巧合地扬名了，而这一切全都缘于那偶然邂逅的疥疮。诗人车前子说，“有些疾病，是天才的印记。或者说疾病生出天才”。

肮脏的疥疮让胡琴沾上了天才的印记与光芒。

胡琴的聪明才智终要因疥疮而大放异彩，注定要在学校的治疥史上留下光辉灿烂的一笔，正所谓“留取疥技照汗青”。因为疥疮的垂青，胡琴将要被代代的莘莘学子口耳相传而永垂不朽了。

治疥的卓越成就使胡琴迅速在同学中声名鹊起。路上相遇时，人们用无限崇敬的目光对他行注目礼。倘若与他打招呼并能得到他的热烈回应，则打招呼者便有了无上的荣光，这荣光从某种意义上说比当着千百号人上台领什么“卫生标兵”、“全勤冠军奖”更具不凡的魅力与诱惑。大凡人们总倾情于散落草莽的英雄，而不大苟同在台上光环炫目的成功者。

胡琴的斐然成就想必也影响了平日一脸夫子相好似学富五车的老师们。因为在治疥期间，我们发现凡教过胡琴的夫子皆面带欣色，沾沾自喜，像是又逢金榜题名、洞房花烛夜的欣喜若狂。我们全都知道，这帮师者平常老是流露出对工资待遇、住房条件、工作环境的不满，有时在课堂上把满腹的牢骚强行灌输给我们。更有甚者，带着一脸的愠怒神色走进教室，闹得我们连放个屁都不敢，两腿愣是紧紧地并拢到下课铃响，还要等到老师离开教室了才敢“掷地有声”。而今，夫子们却在胡琴身上获得了前所未有的成就感，正所谓“名师出高徒”呗。老生管也因为与胡琴有过一战，又是头一个向学校汇报疥情的人，便自恃行了伯乐之德，一张老脸一扫古尸之阴晦，灿烂似赤婴。

现在，十二舍再也不会遭人疏远与歧视。虽说疥疫尚未彻底烟消云散，革命仍未完全成功，残渣余孽还让几个因早先持观望态度，执行胡琴治疗方案稍迟的同学困扰不堪，但大家都知道离最后的胜利已是指日可待。

终于，其他宿舍的同学居然大大咧咧地把饭盒拿到我们十二舍来吃，任我们百般劝告都无济于事。令人伤感的是，他们旁若无人地把残羹剩饭，连同海底浮游生物的残骸、爬行动物的尸体，丢弃在我们宿舍的桌子上后便扬长而去。

我们十二舍的人都明白同学们是为了瞻仰胡琴的芳容而来的。倾慕英雄是我们时代的普遍心理，无可非议，我们是理解的，但总不能因为这个而把我们好不容易整出的窗明几净的环境破坏殆尽吧。倘若长此与往，疥虫肯定又会再次光临我们洁净的身体的。然而我们胸怀坦荡的容忍与苦口婆心地劝说，并没有与来访者达成共识，宿舍环境仍然没有多少可喜的改观。

我们静下心来想，显然，这一切皆胡琴而起，理应由胡琴来解决，不是说解铃还需系铃人吗？

在这个历史关头，胡琴在做什么呢？

胡琴杀尽了身上的疥虫后，又沉迷到他的二胡世界里去了。我们在操场上找到胡琴时，胡琴正用他大义灭疥的双手，拉着一支哀怨的曲子。

空旷的操场上，夜色多么迷人，而胡琴拉出的旋律又是那样的忧伤。我们实在不忍打断演奏者的痴迷，但我们的内心，如同胡琴拉出的曲子一样，也是忧伤如焚啊！

在宿舍里，胡琴对我们的看法没有表示任何异议，但他一时又找不出良策来婉拒人们对他的格外青睐。人怕出名猪怕壮，成名的负累像先前的疥虫缠住了胡琴。

胡琴低着头十指痛苦地抓着蓬乱的头发苦思冥想。

胡琴，我们的好兄弟，我们的英雄，我们并不想把你逼上绝路，你大可不必如此痛苦万状。我们只是要你一起来想出一个好办法阻止人们的畸形崇拜心理。

冬天午后的日影，长着脚悄然踅走了。

胡琴抬头看了看宿舍黑黝黝的天花板说，要不，我干脆退学算了。

退学，这可不是闹着玩的，责任可大呢！我们全都把头摇得像秋天里熟透了的柿子，异口同声地否决了胡琴荒唐的想法。

为避成名之累而退学，也太堂吉诃德了吧。

想想看，因为治疥而名闻校园，又因闻名而被追逐崇拜，然后又因被追得紧、追得累而要放弃大好学业与可能光辉灿烂的前程，这算哪门子事？

胡琴抬起头痛苦万分地对我们说，那你们说该咋办，总不能让学校来干涉吧？

瞧您，说到哪去？学校正因为出了你这样一个奇才喜不自胜呢，哪会来管这劳什子事。

夫子们肯定会说，被人崇拜是好事，好些人朝思暮想还得不到呢！你这不是得了便宜又卖乖吗？夫子们平常看到电视里刘德华、陈小春们在台上声嘶力竭的扭腰转胯，而台下成千上万的歌迷、影迷如痴如醉并雷鸣般的喝彩呐喊时，总会流露出不屑的神色说，瞧这一帮傻蛋，不就会哼几首歌的大活人，犯得着这样卖命地为伊疯狂吗？

我们都知道夫子们吃不到葡萄怪葡萄酸了。

胡琴抬起一张愁苦的脸说，要不，这学期宿舍里所有的卫生我全包了，连同每月一次的大扫除，行吧？

胡琴说完就站了起来去他的床上拿书。

聪明过人的胡琴知道我们不会再有异议了。注视着他的背影，我们心里充满的是霸王别姬的悲怆心情。

想想吧，一个没有任何过错，反而立下赫赫战功的奇才，却要承受这样的“款待”，这是何等的不公啊！虽然我们心里都不好受，但没有一个人站出来反对，也没有人说一声胡琴让我来帮你打扫吧。

许多年以后回忆这段陈年旧事，我既羞愧又悔恨，尤其是惊悉了胡琴惨烈的结局，心里更加痛楚万分。

激烈盲目的崇拜之风因胡琴的勇担重任虚怀若谷而鸣锣收兵。胡琴夜以继日无怨无悔地打扫着宿舍脏乱不堪的卫生。人们仍然来找胡琴，仍然以崇敬的目光注视他，仍然在我们十二舍桌子上任意挥洒他们的餐后垃圾。

只是每天晚自修之后，胡琴就一个人跑去操场拉一阵子二胡，拉的是独奏曲《良宵》，他已经在尝试着拉成曲儿。但他拉得别扭，那琴声跟老鸦叫似的，把操场上早熟的少男少女全都赶跑了。有人把胡琴的举动向学校举报，但学校考虑到胡琴拉琴的时间是课余，既没有耽误学业，相反的，一定程度上还可扼制操场上的早恋学生，就没有横加阻止。这下，胡琴在操场上拉二胡，就名正言顺了。

在胡琴呜呜咽咽的琴声里，时光像那些动人的音符，在乐手的指间弹拨下，一溜，中考就临近了。

同学们收起炽热的追星之欲，一心奔赴锦绣前程。

正当大家为中考的逼近惶惶如丧家之犬时，白天的胡琴拎着一副象棋从从容容地四处找人下，逮一个问一个，而夜晚，则在静寂的操场演绎他的二胡之恋。

对于迫在眉睫的大考，胡琴晃晃悠悠一如局外人。

胡琴嗜棋如同好二胡，举校皆知。曾经有一次，他在课间十分钟下快棋，连挫三勇，好不得意，下到上课了还不知晓，让任课老师拧了耳朵，胡琴还以为是败北的同学的恶作剧，居然头也不回地骂道，他妈的，别闹！为此被罚在老师宿舍门口的红方砖站了一小时。

方砖上金鸡独立的胡琴，犹在思索着刚才未遂的一着棋，神思恍惚似瞌睡，惹来老师的少不更事的小女儿拍手唱道：调皮学生不认真，先生捉来罚站头晕晕。

自此，就有好事者在伊甸园里幸灾乐祸地传播着胡琴的恋棋典故。胡琴不以为意，他以其日趋成熟的二胡独奏回应众人的津津乐道。

中考，老师们夸张地说是人生的重要转折关头，是穷学生跳出寒门的救命稻草。老师的金玉良言、苦口婆心并没有让胡琴收敛好琴、好棋之风。如果你以为那是胡琴的学业成绩出类拔萃到不用为考试愁肠百结，就大错特错了。在班里，胡琴充其量是击水中流。也就是说，可以挣扎着争上游，亦可能一松懈而跌入下游。

不知是胡琴对老师们的夸大其辞麻木了，还是已成竹在胸。反正胡琴当时在一大群正为中考焦头烂额的同学中显得是多么的大度，大度到置宝贵时间于不顾，大度到视前途如粪土。

我不清楚“大度”这个词，我用对了没有。

老师们总是说，同学们啊，寸金难买寸光阴，白了少年头空悲切，一分耕耘一分收获呵。

虽然我们并不认同老师们世界末日般的悲天悯人，但谁都想好好抓住最后的关头，加油添水，挥戈奋击，争取考上重点高中，或者中专、师范，从此走上阳光明媚的康庄大道。

可胡琴似乎不像我们这般狂热。仔细回想，胡琴从来就很少狂热过，即便是大家对他众星捧月似地膜拜时，也未见他有多张扬。他的学习生活，他拉二胡的课余爱好，依然按部就班地进行着，一如我们南方风和日丽的四季经年的更迭。

胡琴沉而不浮，敏而不佻。

胡琴，是修为得道的前生高僧转世而来的吗?

大度的胡琴在如斯紧张的岁月里当然找不到与之对弈的棋手，现在可是与治疥一样重要的非常时期，谁还会有闲心思与之明辨楚河汉界呢?

“这可是人生的重要转折关头啊!”所有的人都以此为由拒绝胡琴的诚邀。

孤单的胡琴黯然神伤，没有了治疥时飞扬的神采。人们似乎已淡忘了胡琴曾帮他们度过了一场可怕的时疫，淡漠了胡琴曾是他们朝思暮想的偶像。

无边的夜晚来临了，胡琴把一腔孤单寄情于二胡，夜风轻盈，吹来了胡琴幽咽而悠长的琴声，像迎风而泣的妇人，抽抽噎噎，搅得我们迎考前焦虑的心绪，愈发难平。

寂寞的胡琴拗不过对象棋的痴迷，居然承诺谁若愿意与之对弈，就愿意请吃冰棍（当时没有冰淇淋，最高级的是两毛一根的雪糕，余下的就是五分钱一根的冰棍了）。你想想，在炎热的盛夏吃着甜甜的冰棍，那是多么诱人的事啊！招贤若渴的胡琴简直可比曹孟德了。可惜，应召者寥若晨星。在众人心目中，中考比冰棍还“冰棍”。

胡琴感受到从未有过的孤独，就像一把无人问津的二胡，孤寂地挂在墙上。

而我，也早已忘怀了少年时代对二胡的痴迷，我害怕中考考砸了，在我心里，二胡的声音再迷人，也比不上中考之后的捷报传来。看着胡琴的执迷不悟，我是心存不屑的。

常常的，没课的时候，你可以看到“高处不胜寒”的胡琴，悄无声息地在讲台上铺开一副棋，自己一个人下。

而夜晚，胡琴照例去拉他的二胡。他手里的二胡，就像老师的教鞭，形影不离。胡琴已经学会了拉《良宵》，虽然听起来与大师相去甚远，但说句实话，全校有谁像他那样投入？即便是我们的音乐老师都做不到。音乐老师常常要在课堂中跑回宿舍，吃几口酒，然后满嘴酒味地回来继续他的五线谱，让我们在他弥漫的酒气里昏昏欲睡。

胡琴学得是那样的专注，天蒙蒙亮他就起床，跑到学校后面的山上去。那是一座蕴藏了许多岩石的大山，芳草萋萋，一小片一小片的，像大自然无意间的点缀，让人耳目一新。而裸露的山岩，则发着白色的光芒，引诱着我们常常抱一本书静坐其上，阅读。教室是沉闷而喧哗的，而后山空旷又静谧，仿佛时光的流水，在这里拒绝远行，而是绕膝而驻，随着我们铿锵的朗诵，起起落落。而现在，胡琴选择了这一圣地，与他的二胡长相厮守，把我们背“之乎者也”、“ABCD”的时间用来背谱儿。倘是周末，胡琴会拉琴至深夜，才一个人心满意足地从月华如水的后山，回到灯火通明的宿舍里来。自从迷上二胡后，胡琴已很少回家了，老是要我与逗子帮他编造不回家的理由搪塞他的父母，给他带下一周的生活必需品。先前我们三个人说说笑笑一路寻花问柳的回家情景，再也未曾出现过了。有一次我们上引体向上，体育老师把胡琴叫出来示范，他死硬不出来。大家才发现，因为买不起拉琴的金属指套，起先他用布条缠，但拉起来不利索，只好让它裸着，结果左手的几个指头都给按烂了。

一个人下棋的胡琴，在讲台的一头执红子先下，然后双臂一摆一摆地跑到讲台另一端执黑子走下一步，决不偷工减料，偏袒一方。每下一着棋胡琴绝不马虎，苦思默想许久才小心翼翼地落子，而后就不悔棋了。学校棋界，胡琴是最信奉“落子不悔真君子”的古训的棋手。

胡琴苦心孤诣地下着独棋，像拉二胡般的投入，一盘棋往往要花一个多钟头。

棋终了，胡琴会摊开双掌自言自语，输了，输了……如果不换车，还有得战，哼!

不知说谁输了，也不知他懊悔下错了棋却为何不在厮杀中改过来。

莫非胡琴真将君子遗训当回事?

对了，胡琴下棋有一着迥乎常人的起始步。棋局一摆开，不管三七二十一，胡琴即用一只边“炮”干净利落地打掉对方底线的“马”，然后一点事儿都没有地静坐着等你迎战，俨然垂钓商河的姜子牙。事已至此，你虽被逼得心不甘情不愿，也不得不顺他意，与之换子，以“车”吃来犯的“炮”。因为谁都不乐意一开始就失了子，总得找回点平衡感吧。

棋如人生，每个人的一生其实都是在找寻平衡点，心灵平衡、位置平衡、得失平衡……谁也不愿在严重失衡的生活里度日如年。平衡如同走钢索的杂技艺人一丝不苟的表演，平衡意识事关全局成败。

初与胡琴交战，总觉得这人真是岂有此理不可理喻，全然不按规则办事。游戏理应遵循规则，所谓规行矩步。奇的是，反传统不按常规下棋的胡琴，在一个千把号人的学校里还真少逢对手。

胡琴私下曾说过，他不善用“炮”，而擅长使“马”。他这是“知己知彼，百战不殆”啊！许多人都让这猝不及防的招数打得措手不及，慌乱的情绪又影响了整盘棋的正常发挥，最后唯有丢盔弃甲推盘认输。

胡琴的这一着，也许是通常所说的下马威吧。什么新官上任三把火，什么先下手为强，凡此等等，说的都是这意思。

胡琴无形中循应了这个颠扑不破的至理而摘取了胜利的玫瑰。

胡琴的这一手怪棋，让他的知名度在原有治疥的基础上又提高了几许。连那些平日里对低年级的同学趾高气扬的高中生们都须仰视他。他们终于俯下自以为高贵的头颅，低眉顺眼，重新审视我们这帮低年级同学；在食堂里排队买菜，再也不敢对我们吆五喝六，用粗壮的肩膀把我们挤到角落里去；课间列队做操时，也再不会对我们推推搡搡。

胡琴迅速攀升的声名，就像一只在大盘熊市时莫名其妙一路飙升的小小基金股，让我们这群忧国忧民、愤世嫉俗又乳臭未干的小年轻，终于找到了疏浚心灵块垒的途径与资本，狠狠地扬眉吐气了一把。

真是快何如哉！

那段日子，胡琴的威望给本来惨淡经营的中考岁月注入了活跃的元素。我们吃着粗茶淡饭，读着枯燥乏味的书，听着老师口沫横飞的说教，居然还能仗着一份高昂的士气去参加中考。记得在去考场的车上，我们齐声高唱了气势昂扬的《毕业歌》，车厢里群情激昂，好像要奔赴保家卫国的前线。

而这一切的激情，全得益于我们优秀的同学——胡琴的恩赐。

逗子曾对我说，胡琴以后极有可能会成为备受士兵们爱戴的将军。我嘴上说是，心里却不以为然。

治疥让胡琴美名远扬，但因这名声沾上不忍卒睹的肮脏疾病的便宜，多少有些不伦不类难登大雅之堂。

象棋就大不一样，象棋是国粹，在数千年源远流长的中国文化里，它可算是一枚异彩纷呈的璀璨明珠。胡琴在国粹里辉煌驰骋，快意恩仇，也算是传承祖宗的衣钵精粹，走入正道吧。就像词与诗之殊异，词乃小道，而诗是雅物，是正道。

治疥是胡琴的词，而棋则是胡琴的诗。

胡琴总算混出了点名堂。

“为咱村争了口气”。

先前父母们送我们出外求学临别的赠言就是这一句话。固然，胡琴的杰出成就不在学业上，但他另辟蹊径独树一帜。不像我与逗子，同是从村里出来的人，至今还毫无建树，默默无闻，学业平平；治疥的业绩又不起色；下棋也不精，自家的“王”老是被人像牛鼻子似的牵着转悠。胡琴可为我们村争了光，换句话说，他是咱村的骄傲。

胡琴影像

我曾听村里的老一辈说过，旧时的二胡与现今的二胡迥异，在外形细节上有了些微的改良。那么胡琴呢？少年时代的胡琴与眼前的胡琴，历经了岁月风沙的磨蚀，是否也发生了质之别？也许人与物不可同日而语，物可以历久弥新，愈悠久，价值愈不菲，而人呢？

此刻，蹲在小店铺地板上的胡琴，让我想起影视作品里描绘的骑着小毛驴在古道上绝尘而去的先贤，非但形似，神亦似。当然，将一个小小的初中生比作古之圣贤，并非我之所愿，但我不知道为什么我要这样想。我老觉得生活中往往有一些细节或情景，与早已遁逝而去的古人古物相恍惚，我的这种念头由来已久，眼前的胡琴只不过是唤醒了我内心深处久违的感觉罢了。

但是现在，我很苦恼与困惑，事隔多年后我竟然已经无法与胡琴，这个昔日的同窗交流，哪怕是一个眼神或者一两句简单的话语。究竟是什么促使了这隔阂？不得而知。

有时我想，逗子对二胡的陌生，对二胡的反感，就是因为他压根不懂二胡。他无法像胡琴那样，融入二胡的世界，全身心地去热爱二胡，所以胡琴对二胡的痴迷，逗子总是不解。也许这也是隔阂吧？鲁迅先生能从与闰土的隔膜里找到其朦胧的答案，我却不行。当然，我根本不值鲁迅先生一个指头儿，我不过是治疥高手胡琴的同乡罢了。

喝光了饮料的胡琴，摇摇晃晃地站了起来，拍都没拍沾满泥土的屁股，勾着头，踮起脚尖，手臂划船似的一摆一摆，缓缓走了，像村外河沟畔弱不禁风的垂杨柳，或者柳絮，轻轻飘飘。

你知道我当时想什么吗？

我想，此刻的胡琴该是另一个时代的人，或者过去的，或者未来的，反正不属于我们这个虚假做作的时代。有时我们去观摩裱褙起来的古旧的画像，总会觉得每一个毛孔里充满了很悠久很悠久的味道，像沐浴在二胡拉响的乐声中。二胡的样子——拙朴、简洁、轻盈，像眼前的胡琴。

二胡，与热爱着二胡的胡琴，他们，是那样的浑然天成；他们，不属于我们的时代；他们，都将为这个时代所遗弃。

在胡琴面前，我的描述语无伦次，我的思维开始混乱，我苍老的心灵与青春的外壳是多么的不相称！

是胡琴感染了我吗？无法自知。

此刻，午后炎热不退的阳光是真实的，胡琴丢下的空饮料瓶是真实的，晃悠在路上的三三两两的村人当然也是实实在在的。影子似的胡琴却是虚幻的，仿佛太虚仙境里的神灵，仿佛是那不可捉摸的二胡之音，虚幻得让我以为刚刚看见的是一场悠远的童年春梦，醒来时却发现了满床的斑斑尿渍。

在这个炎热的乡村盛夏，渐走渐远了的同学胡琴，让我莫名地起了一层的鸡皮疙瘩。

胡琴，胡琴，我们的老同学胡琴！

另类胡琴

屈指算算，自我考入大学后就很少见到胡琴了。知道他结了婚又离婚，得自于乡邻与同学的口耳相传。

或许，世人以讹传讹的癖好，促成了我所要接着讲的故事的神秘而未可知。

那一年中考填志愿，大家争先恐后地往重点高中、师范学校、热门小中专挤。20 世纪 80 年代初，中专生吃香的程度不亚于现今的 MBA。同学们热烈地传递着小道消息，所有的热门学校与专业都被炒得热火朝天。窗外盛夏的热浪又助长了这场志愿填报会向高潮迸发，人影穿梭如织，场面浮俗而喧闹，喧闹得不出点事似乎有些不正常。

胡琴一脸淡然静若处子，像众弦齐鸣中唯一的走音，在雀跃的人群里很另类，沉静而不浮躁。胡琴的家人没有像其他同学的家长那样簇拥着来，他孤单地坐在教室西窗下的一张桌子旁。窗外的三角梅正红红艳艳地开着，那花朵儿一朵朵争相怒放，像志愿会上窜来窜去的同学们！

胡琴低头翻看《填报志愿须知》与《报考学校明细则》，偶尔拿笔在书上比比划划，而志愿表上除了他的名字外还是一片空白。不时有同学探头探脑地过来问他准备报考哪所学校，胡琴笑笑没有回答。一会儿，与胡琴熟络的同学就围过来，在胡琴的志愿表上指指点点，这其中就有我们“三剑客”中的逗子。其间有同学重提胡琴的杏林之术，笑说胡琴不如去学医，而且最好是专治疥疮的皮肤病医生。有的说胡琴要是报考体校，学棋，保不定哪一天成了像聂卫平那样大师级的棋手，你是象棋，他是围棋，多风光啊！

胡琴不理会众人善意的取笑，略一沉吟，拿起笔从从容容地填上了一所兽医学校的名称与学校代码。他的这一举动不啻宁静夏夜里的一个惊雷，不仅引起我们哄堂大笑，就连平时肃穆得像秦始皇兵马俑的班主任也笑得前俯后仰。

兽医，哈，兽医，哈……多难听啊！大家都这样嚷道。

哈哈，胡琴啊，你可真幽默！……改了吧，改了吧，我这还有剩表。

班主任笑着说，随手递给胡琴一张崭新的志愿表。

班主任的话音一落，全场肃静，静得众人那不合时宜的呼吸声喘息声听起来都很刺耳。我们停下正在忙乎的活儿，围着胡琴，面面相觑，最后又都将目光聚焦在胡琴身上，如同先前因为疥患与生管唇枪舌剑的样子。我们希望胡琴不要顺从班主任的意愿，改表。我们热切地期待着胡琴的拒绝。胡琴如若改了，在我们心中，他的形象可就要大大掉价了。大家都这样想，但没有人说出口。

我们都在翘首期待。

胡琴没有伸手去接表格，却不动声色地说，我愿意！我不改！

短短的六个字说完就再也没有下文了。

胡琴终于坚定地回绝了班主任的好意，我们如同酷暑里喝着冰啤般的舒畅无比。这是异乎寻常的快感，只有热切期盼着的人，才能体味其甘甜。

胡琴，英雄的胡琴，又一次在我们心里竖立了他坚不可摧的光辉形象。

会治疥能拉二胡善下怪棋的胡琴，要当兽医的消息，一下子像上帝的福音，降临人们平庸的生活。这是一颗石子之于平静的湖面啊。人人都格外关注着胡琴，胡琴怎么啦？天才胡琴怎么啦？人们狐疑的眼光，一束束射向胡琴，充满急切的探询，但都像遭遇到无形的障壁拦阻似的，一无所获。胡琴自填完表格后就闭口不谈志愿的事，对他的同乡我与逗子也不例外。

唉，胡琴像他下的怪棋，真叫人捉摸不透。

胡琴的世界仍然一如既往，上课，拉琴，下着一个人的棋。他的二胡，已经到了很熟稔的境界，并且还登了一回大雅之堂献艺。那是在我们毕业班举行的告别晚会上，他握着他的二胡，坐在灯火灿烂的教室中央，拉开了一曲《良宵》——他常拉的曲子。那个夜晚，不知怎的，大家仿佛都爱上了二胡的呜咽之声，嗑瓜子的、交头接耳说悄悄话的、打打闹闹的、低声自哼自唱的……全都静了下来，只听胡琴一个人，用他心爱的二胡传递的忧伤之音。以至于拉完《良宵》后，大家都吆喝着他拉《二泉映月》。胡琴红着脸扭捏着说“不熟不熟”，但终拗不过众人，只好重新坐下来。曲儿拉不到一半时，不知怎的，有一个女同学低声抽泣了起来。紧跟着又有两三个也轻声哭泣起来，她们的哭声，糅合在胡琴的琴声里，在静寂的教室里回荡，滋生出别样的感觉，在那样的时刻，落入耳朵，人人心里便泛起阵阵酸楚。虽然我没有像女同学那样掉泪，但心里堵得非常难受，仿佛亲历了某场生离死别。此后经年，我再听到有人拉《二泉映月》，感受就平淡多了。我想，这可能跟那时我们的处境有关，或者，胡琴在他的琴声里，融入了他的什么情绪。但，可能吗？胡琴毕竟只是一个刚入道的初学者。

晚会之后，很多人对胡琴的兽医之愿，不再那样热心，似乎习以为常了。我想，是二胡，是他那晚拉的琴声，冲淡了世人对他的讥诮与嘲笑。

但是胡琴的标新立异引人注目，终于激起我与逗子的嫉妒。同是从穿开裆裤厮混到大，又都是从同一个村子里出来的，凭什么他胡琴风头出尽，而我们却默默无闻。大家会这么说，喏，那是胡琴的同村逗子。嘿，只是他胡琴的一个陪衬角色呢！这不公平！我们明知愤懑毫无道理，胡琴的成名终究与他的天赋、努力与机遇有关，我与逗子并没有帮什么忙。但我们仍然耿耿于怀，无法释然。

基于这样的情绪，我与逗子将志愿的消息传递回我们闭塞的村子时，不但夸大了事件的厉害，而且添油加醋地丑化了真相。我们迂回曲折、闪烁其词地提到胡琴对动物的交媾，兴趣盎然，甚至还挖空心思地编造了几个不甚生动，但足于挑起人们探秘之欲的粗鄙下流的典故。我们深知此类破事在广袤的农村颇有市场，它会像十二级台风一样，迅猛地吹遍乡村每个沉寂的角落。

说到底，我们想要将胡琴粉饰成村里的一个大伙儿瞧不起的土兽医。据说有一回，那个邋遢的土兽医在扒灰时让上门请他阉猪的乡邻，遇个正着，从此声名就臭了。这事发生时我们尚在娘胎里，但因了我们的母亲们挺着大肚子加入口水圈，胎教之功肯定有效而持久，要不我们怎会如此娴熟地掌握了诽谤他人的本领呢？长大后，我们所听到的关乎老兽医的故事，都是变本加厉、捕风捉影的道听途说，但这并不影响我们对胡琴的讹传。

在乐此不疲的诽谤中，我们得到了乐趣，从而冲淡了屈为陪衬人物的不平，却从来没有自省是否伤害了胡琴。

人往往以观望别人的痛苦来排遣自身的失落，从伤害他人中牟取快乐。

法国波旁王朝的暴君路易十五说，我死后，哪管它洪水滔天！

说的大概是这个意思吧？这该是普遍存在于同类中的自相残杀吧？经历过“十年浩劫”的人心有余悸地说，有些人并非死于棍棒或枪支，而是殁于利齿。当时我们并不明白这话的用意，也没有多少阅历深解它，造谣生事尚来不及呢。

关于胡琴填志愿的消息很快就在村里炸开了，村人三三两两地议论胡琴的乖张与不端，甚至有人断言，村子以后要以他为耻了。

好好的一个读书娃啥书不能读，偏要读什么兽医！

禽兽之物生来就是让人享用的，能用则用，病了坏了，无用了，就扔掉算了，还用得着给它医治。人都没有这样的金贵呢，何况是禽兽？

村人议论纷纷，指桑骂槐。有人甚至大言不惭地宣称早就看出胡琴有不良倾向的苗头了。

胡琴的父母听了这样那样的谣传后，嘟嘟哝哝地为儿子软弱辩解了一两句话，就没有再搭过腔了。好像大家说的不是他们的儿子，而是别的毫不相干的孩子。

胡琴对村人的横加指责与谣言四起并不以为意，只是不大爱走出家门与人来往，一副郁郁寡欢的样子。我想，他应该猜得出谁是谣言的始作俑者。

我与逗子那段时间因为对胡琴心怀妒忌，又说了他不少闲话，也就少去与他来往了。

中考揭榜了，胡琴如愿以偿地接到兽医学校的录取通知单，但不知怎的，他到底没有去兽医学校报到，一言不发地把通知单撕得粉碎。其间缘故是否与流言蜚语有关，不得而知。

不过，现在回想起来，我仍是惴惴然，逗子大抵亦是，总觉得做了一件极缺德的事，很对不起胡琴。

长大之后，无来由的，在异地的某些场合，听及二胡之声，不经意的，心里会愧疚着，久久难以平息。甚至到音像店里挑唱片，从来不敢去买有二胡独奏的曲儿。二胡似乎成了过去的胡琴的专属领地，不可逾越。

初中毕业后，胡琴回到村里的第一个夜晚，就坐在他家的小阁楼上，拉响了他业已娴熟的二胡独奏《良宵》。那是一个没有月光的夏夜，天很热，许多村人闲坐在村道巷陌纳凉，孩子们光着膀子穿条粗糙的裤衩，不知疲倦地来回奔跑追赶。夜色墨黑，看不清村子的脸容，村人置身其间，影影绰绰。临近半夜，纳凉的人困了，三三两两地站了起来，准备回到家里的竹床上去。这时，静默的夜空中飘来二胡的悠悠声，人群抬头朝发声处张望，只见胡琴家的阁楼顶上，隐约附着一团有节奏地抽动着的黑影，像一只不安分的雕。

平常除了村人故去，村子里还未曾有人，无缘无故地奏乐，胡琴是第一个。胡琴与他的二胡，营造了村里有史以来，最为安宁又伤感的夜晚。那一夜，村人酣睡在二胡的声音里，胡琴是什么时候停下来的，没有人知道。

但二胡响起的一刹那，陆陆续续回屋的村人，都觉得事有蹊跷，不免窃窃私语起来，胡琴这少年家怎么啦？好好的学校不去念，偏弄个兽医？考上了又不去念？胡琴这少年家啊……饱经风霜的村人，在胡琴的琴声里大摇其头。

没有成为兽医的胡琴，突然有一天对电器维修萌生了浓厚的兴趣，这又是我们始料不及的。

胡琴交了五百多块钱的培训费，跑到邻县的一家电器学校苦学了三个月。学成归来，胡琴在他家大门口，晃晃荡荡地挂起一块长方形木牌子，上面中规中矩地竖写着“电器维修”，白底黑字，煞是醒目。引来路过的村人驻足观望，心里嘀咕着胡琴又要弄出啥名堂来呢？从此，胡琴便待在家里瞎摆弄他的电器，较之先前更不愿出来找我们玩了。偶尔跟他聊天，胡琴张口闭口什么“松下”、“东芝”、“菲利浦”的，有时还会蹦出一个、半个陌生的外文单词，弄得我们这些访者不知所措，不知该钦佩他还是嫉妒他。

20 世纪 80 年代，在中国偏僻的乡村里，一个小小的初中毕业生居然与遥远的东洋鬼子心领神会，这让我们惊诧莫名又眼界大开。但我总不大相信兽医未遂的胡琴，会与被我们认为是高科技的进口电器沾上边，那时我家里最时髦最新潮的也就是一台国产十二英寸的熊猫牌黑白电视机，其他人家也强不到哪里去。

20 世纪 80 年代初的中国，世纪伟人的呐喊才刚刚响起，虽引起举国沸腾，但观望者也大有人在。农村素来因地处偏远信息闭塞，而错失延误了不少良机，延续数千年的日出而作、日落而息的生活模式，远没有被唤醒与打破，沉寂贫穷与守旧愚昧仍然是农村的内在秉性。物质匮乏、精神荒芜使他们从来没有过多的奢望与希冀，一个小电视一盏灯泡，足以让他们感动良久，余下的除了吃喝拉撒、床上运动外，就是搜罗村野趣事，在闲散的劳累之余，满足嘴巴蠕动的愉悦。因此，任劳任怨是他们普遍的闪光点，而庸俗浅薄又是他们共同的致命伤。

那时，在我们村里，有什么好的电视剧，有电视的人家总是围满了人。大家早早地把家畜牲口饲毕，就聚在电视机前高声谈笑，气定若闲地等待节目开始，俨然在自家似的。比如播日本电视连续剧《姿三四郎》与《血疑》那一阵子，聚首观看的村人太多了，各种各样的味道与声响充斥着本来就很狭窄的空间，主人只好接长电线，把电视抬到更空旷的院落。小小的电视机前，高高低低地挤满了一丛丛黑黑的脑壳，像昏暗的地窖里码放着的酒罐。这可算是农村夜生活中，除了制造孩子外最精彩的了。

在这样的背景下，胡琴从事的职业再一次因冷门偏门而被人们津津乐道。人们暂且搁下兽医的话题，养精蓄锐，投入到对胡琴维修电器的下一轮闲言碎语中去。这个时候，我去造访胡琴，纯粹想看他的西洋镜。

胡琴对我的猝然来访，不惊不乍，似乎是他意料中的事。他坐在一张堆满焊锡、螺丝刀、安培表、旧喇叭及各种电器零件的桌子边，平静地迎接我。看得出穿着老人汗衫的胡琴，在他的电器世界里，日理万机，而他中学时代所珍爱的二胡，则高高地挂于墙壁上，落满灰尘，像一件被遗弃的农具。

我随口搭讪，胡琴，还拉二胡吗？

他抬头对我说，坐。就起身去为我倒水了。

从他沾满油渍的手里接过水后，我装着随意地问他，胡琴，拆装电视、录音机什么的复杂吗？能不能演示一个让我开开眼界？

胡琴埋头忙活他手头的活儿，头也不抬说，那很简单的，没啥好看头。

胡琴最终还是经不住我的一再怂恿，他先把自家的录音机、电视机拆得七零八碎。胡琴的动作还真是干净利索，像熟练的庖丁肢解鸡或鸭。只一会儿工夫，胡琴又在我的视线下，把满桌的零零碎碎，要魔术似的拼成一只只会说话的录音机与有影儿的电视机，一个零件都不剩。整个过程，一点也不拖泥带水，操作中他没吭过一声，也没像那些学艺不精的乡村土医生，要不时翻翻祖传医学宝典、民间偏方秘籍什么的。胡琴，连电路图都不用看。

说句老实话，那一刻，我对他疑惑尽释敬佩不已。

胡琴没有成为皮肤专科医生，没有成为与禽兽共舞的兽医，没有成为棋坛高手，没有成为瞎子阿炳，照样是呱呱叫的，不由得你不佩服他的能耐。我自己曾在上初二时为了炫耀课堂上刚学来的串并联的知识，自顾奋勇接家里的电线，结果让漏电的插座狠狠地电了一回，从此对“电”这玩意，充满了“一朝被蛇咬，十年怕井绳”的恐惧。胡琴却像变戏法似的，把超过三百六十伏的电流，玩弄于掌指之间而一脸的波澜不惊。

从胡琴家回来后，我的心绪难宁，交织着折服与不甘。我仍然认为，胡琴不该那样的出类拔萃，样样优秀，优秀得让人心妒。一个人哪能干一行精一行？我疑心胡琴身怀像报上说的特异功能，能卜过去测未来。求学时我本就半信半疑，老师告诉我们要相信科学，不可为伪科学所蛊惑。

直至今天，我才明白，对胡琴的所有猜疑，是嫉妒心在作祟！

嫉妒心就像潜伏在我们身体里的细胞，不时地发挥作用。我想，每个人都或多或少地沾上这毛病。只不过有的人毛病轻些，无伤大碍，有时反而是好事，推动着你朝被嫉妒者迎头奋进，一蹴而就一番光辉事业。而嫉妒心重些的，妒火中烧，不能自已，终于以毁灭了被嫉妒者而使自己走向不归路。嫉妒不全是坏事，嫉妒就像一匹烈马，看你是否是个善驭者。

也许就是对胡琴深怀妒意才激励我考上大学混出点所谓的名堂来。这样说，我算是善驭者了，但我不知道我对胡琴的嫉妒，是否伤害了他。

伤害不一定是有形的，伤害也不一定要马上奏效。无形的伤害对人的影响往往更持久更致命。

回家后我对逗子绘声绘色地讲述了我在胡琴家的奇遇。在我添油加醋的描述里胡琴成了神，一个爱迪生式的神。我不清楚为何要这样：一方面妒意十足，一方面又极力渲染胡琴。逗子何尝不是这样？我想，这也许才是常人心态吧？

逗子在听了我的隆重推介后，受不住我的极力撺掇，把他家一只老古董的北京牌电视机兴冲冲地扛去给胡琴修理。

其实逗子与我一样的心思，都是想证实一下胡琴的真功夫。

据说逗子家的这只电视，影像模糊，性情无常，常常随意地把男人幻化成女人，有时又把女人变成男人，变性手术做得很出色。这还不打紧，有时你正看到兴头，它却莫名其妙地哑了声没了影。待你走过去对它又捶又骂的，它才又来劲。活脱一变态电视！总之，修与不修都无关紧要，可逗子家还宝贝似的珍惜着，毕竟是现代科技产物嘛。

事过月余，逗子跑到我这儿大骂胡琴不是人，仇人似的怒瞪双眼口沫横飞。

你猜怎么着？胡琴居然把逗子家的变态电视拆成零件，用在别人送来维修的电视上，而逗子事前一点都不知情。

吓，你别以为胡琴变着法子牟取私利。修好别人的电器，胡琴只收维修工钱，零件费一分都没有要，权当逗子家做好事不留名无私奉献了。

当逗子欢天喜地地跑去领电视时，看到的是自家那尸骨未存的电视，只遗一个黑黑的机壳，像具小棺材似的歪在胡琴杂乱的维修桌上。

逗子当场气愤填膺地指责胡琴背信弃义。

胡琴却振振有词地说，咱们是老同学，我才敢这样做，何况机子压根修不好，我这是废品回收，物有所值呢。

逗子哭笑不得，也只好作罢，从此再也不敢拿什么电器给胡琴修了。

胡琴的“义举”，就像他奏出的二胡之音，很快在同学中传播开去，几个本想把电器拿去给胡琴维修图个免费的同学，听到这段轶事后，均打消了念头。

天下还真的没有免费的午餐，大家都达成了共识。

喑哑胡琴

从此，胡琴在修修补补中过着平实又繁忙的生活，我与逗子很少再到他家瞻仰他的“废品回收”，路上偶尔照面也只是彼此打声招呼就过去了，不咸不淡，大家不再像读书时那般亲密无间，渐渐荒疏了。

直到那一天，胡琴事前没有打任何招呼就摸到我家来，我才发现事情已朝着很糟糕的方向发展了。

那是凌晨六点多吧，天亮得很，我与逗子他们几个熬夜打麻将刚回来不久，正睡得酣畅。胡琴轻轻推开卧室虚掩着的门，坐到我的床沿上来，重重地叹了一口气。我在满脑子飞来飞去的筒子索子的恍恍惚惚中被他的一声叹息惊醒。

我实在是困怠疲累，闭着眼睛懒懒地对他说，我刚睡下，你自己玩吧。说完就没再搭理他，翻了一个身又自顾自睡了。

可是胡琴不知在书桌上玩什么把戏，窸窸窣窣的，像老鼠爬行的声音。这声音虽细微但毫无规律，搅得我无法再度入睡。

由于一宿没睡，我浑身燥热不安，情绪极差。确切地说，胡琴这个时候来找我，我一点也高兴不起来。

我只好爬了起来，丢了根烟给他，自己也点上一根。吞云吐雾中我疲疲乏乏地问起他的近况。诸如过得怎样啦，在哪忙啊，跟谁谁谁有没有联系啊之类的。虽然心里烦着，但我好久没有见到胡琴了，所以还是强打起精神与他闲扯。

胡琴对我的发问，只是偶尔哼哼哈哈，他并不抬起头看我，弓着腰坐在书桌前闷闷地抽着烟。

胡琴，那——二胡，还常拉吗？我问到了二胡。

胡琴终于抬头潦草地扫了我一眼，又低下头去，但他还是没有回答我。

我看见他混乱如鸡窝的头发里居然还夹杂着好几根雪亮的白发，煞是耀眼，像一根根银针。那时我们的年龄都在二十三四岁。

胡琴一问三不答，缄默不语，像遭受一世劫难的老仆人。胡琴埋头响亮地翻着一本叫《查拉斯图拉如是说》的书，这是我找逗子的那个毕业于某大学哲学系的哥哥借的，我有时用来催眠，随便翻几页便丢在桌上。我想，胡琴肯定看不懂，初中毕业后他压根儿没再往上读什么书。再说，此类高深莫测的哲学书籍，即便是我，还有好多的地方让我不知所云呢。

我随随意意地瞥了他一眼，不禁讶然。

我们说话的全过程，他居然把书一直拿反着看。

哲学书还有这样的一种读法，闻所未闻！

胡琴的神情看上去肃穆，沉稳，他始终没有抬起头，像一个忏悔的人面对冥冥中的上帝。

我觉察到了一丝异样的气息，但我却不知道事情的头绪在哪里？

我问他找我有什么事。

这个时候，我睡意全消，人也彻底清醒了，我的问话听起来肯定很生硬。

胡琴还是没有回答我，似乎沉浸到他拿反的书里去了，犹如一只在散发着墨香的书的扉页里沉沉睡去的虫子。

房子陡然显得静谧而空旷，如同夜幕笼罩的旷野。房间里墨绿色的双层窗帘把仅有的一面窗遮得严严实实，这是我早上回来时担心阳光刺眼无法入睡而拉上的。现在倒好，我与胡琴对坐在这失去光线的房子里，相对无言，像在不见天日的深山老林子里苦练禅功的世外高僧。可我知道我六根不净，烦恼丝何止三千。

我期望得到最后的答案，但我束手无策。我无从知道这个渐疏渐远的同学，在分别的日子里究竟发生了些什么。我一无所知，于是我愈加惶恐不安。

对峙，是的，与胡琴悄无声息的对峙，让我感到时光是那样的漫长而毫无着落，就像一条永远走不到尽头的幽暗而潮湿的门廊。

我渐渐地失却了探寻的渴望，探寻发生了什么，探寻胡琴来到我这儿要做什么。

焦躁、烦闷、失望、颓废……我失去了所有的耐性。

生活的琐碎与忙碌让谁也没有多少闲工夫去留心别人。人人囿于自己的圈子，与有利害关系的人或事往来纠缠，功利地过着，实惠地经营谋划着生活中的每一个细节，绞尽脑汁编织一张张利己的网，拒绝在毫不相干的事上劳心伤神。

谁还会在意那与圈子毫不搭界的人及事呢？

人不应有刻意的圈子之念。相聚就是缘，何必刻意营造。

可悟到时已垂垂老矣，人事全非。

我与逗子之于胡琴大概如是。

胡琴干他的电器维修，后来听说又改行学装修房子，我耽于教书考研，疲于奔命，而逗子忙于在仕途上爬上正科级的职位。

人各有志。人就像鸟，在空中飞来飞去，找寻属于自己的枝头。人与人的关系有时像云朵，在看不见的风力的左右下，飘来荡去，时分时合，或者，永远失之交臂。

我与胡琴，何况隔着很大的行业鸿沟。世事沧桑，彼此的距离已铸成，共同的话题日渐稀少，只残留了再平常不过的问候用语，而现在看来连日常交流都很困难了。

有时我想，人的文化愈高，而正常的人际交往能力却愈来愈趋向弱智了。

比如此刻，我就不知所措了，面对我的老同学胡琴。

眼看临近中午了，阳光从糊着明星靓照的天窗上淅淅沥沥地渗透进我的卧室里，投射在房间的地板上，映出些星星点点的小白光，就像被遗漏的一颗颗饱满的米粒。而我与胡琴几乎静默地面对面从凌晨六点坐到中午十二点。我一直半歪在蜷成一团的零乱的被褥上，而胡琴则保持着他刚进来时坐在床沿翻书的姿态。他腰板挺直，头部低伏，但颈的弧度生硬，令我担心是否会因承载不了头颅的重量而“啪”的一声折断。

起先我还按捺住自己焦躁的心情，一边主动地提起一些他也许感兴趣的话题，一边绞尽脑汁地想下一个话题。结果我发现，无论我做了多大的努力都是徒劳，也许用对牛弹琴来形容并不为过。胡琴根本不是来找我说话与我倾诉的，也许他来找我做什么自己都弄不清楚吧？他只是浑浑噩噩地来，又无由无缘地坐着。倒是我这个自以为是的知识分子一厢情愿地在心里一遍遍地做着种种假设而未果。结果自寻了烦恼，所以我最终放弃了对胡琴的言语诱启，决定不做徒劳无获的事。

我们傻瓜一样地坐着。

反正我是愈来愈沉不住气，我的烦躁像梅雨时节里植物的触须一节节地蔓延，一直到盘根错节而繁复负重，最后不堪重荷而轰然坍塌。

终于，我蹦出了静默数个小时后的一句话，胡琴，吃了饭，咱们出去遛遛。

胡琴仍然没有回答，手中的书已换成一本《唐诗三百首》了。反正我桌上的书有的是，拉拉杂杂的，又从来没有束之高阁，随便触手可及。这回胡琴没有再拿反了，但也没有因循常规的读法，他是从书的最后几页倒着往前看起的。胡琴仍然一脸的专心致志，眼皮眨都不眨，连他那女人味十足的长长的睫毛都好似睡了般，一动不动。但他时而又把脸贴近书页，停留了一会儿，旋即又恢复原样。像是试图要看清一些字，又似乎是要闻闻这书的味道。我对他的一举一动颇为费解，可他全然不理会我，好像我压根儿就不存在。

当然，读诗本来就无须循规蹈矩，高兴时可以大声吟咏，可以足之舞之蹈之，当然也可以一言不发地阅读。阅读习惯因人而异，没有一个定例。问题是胡琴真感兴趣读这些短小精悍排列整齐又含义绵长深邃的东西吗？至少以往同学少年意气风发时，除了二胡与棋外没有发现过他有此种爱好，初中毕业后也没听说过他沾上诗歌的臭癖好。

无声无息的午饭过后，胡琴狼吞虎咽了三大碗米饭，撂下饭碗，弓着腰，又踅进我的房子里。

天啊，我该怎么办啊？哪怕你就是与我说一两句话也好啊。诸如菜烧得不好，或者饭没煮烂，可他就是紧闭着双唇，好像一张开就会掉出一颗价值连城的珍珠而让人捡走似的。

我简直要发疯了，收拾了桌上的杯碗瓢盆后，我无可奈何地又歪到床上去，像一头撑圆了肚皮的懒猪。

我的大脑开始在不停地运转着。我必须想一个办法让他离开这里。我不可能像傻瓜似的与他枯坐在房子里，从早到晚一言不发、无所事事。我也不能把他孤零零地丢在家里然后独自离开，虽说我们过去都很熟。他现在这样的状态让我不放心把一座房子交给他照看。

我想，看样子他已守护不了自己的精神殿堂了。

我说，胡琴，出去随便走走吧。

他没有搭腔，没有抬头，甚至没有动一下身子，神思恍惚的样子。

我又说，出去走走，走！我这回简直是不容置辩的恶狠狠的口气。

胡琴终于抬起头两只眼睛浑浑浊浊地扫了我一眼，又懒懒地垂下眼睑，然后慢慢腾腾地站了起来。我连忙越前一步跨出房门。

天知道，这一刻我的心是多么的如释重负啊！

胡琴垂着头跟在我屁股后面悄无声息走着，两手朝后一摆一摆的，像在空气里游泳。他连问我一声去哪儿都没有，一副事不关己又漠漠然然的样子。

我突然觉得胡琴真是可怜，但我更可怜，这一整天。我可怜，但我自知，而胡琴则不知自己的可怜，也许他已是一个无知无觉的人了。

人啊，倘能达此境何尝不是乐事？即可省却人间的许多烦恼与揪心的事，赤条条无牵挂，多好啊！

我边走边寻思着带他去哪呢？总不能漫无目的地在村里游荡吧，再说这小小村子不过是个弹丸之地，荡来荡去的也是有个尽头的。

对了，何不带他找逗子！

我们到达逗子家时，逗子自己一人正坐在空荡荡的院坪上摆棋局。逗子叉开两条长腿，埋着一颗黑脑袋，很投入的样子。

他摆的是围棋，胡琴不会。

逗子！我喊了一声。

逗子见了我们便站了起来，笑嘻嘻地把满纸散散乱乱排列着的黑白棋子一股脑儿扫进两个腹部臃肿的陶罐里。收罢残局的逗子把我们领进客厅后便开始忙碌着张罗茶具、茶叶与开水了。

看来他也好久没有与胡琴打交道了。我想。

全然放心。

没人注意到我暗暗狡黠地笑了。

这样正好，先待一会儿，然后找个借口离开现场溜之大吉，无事一样。至于逗子怎样收拾局面我管不了那么多了，我已经受苦受难了那么多时辰了，也该让兄弟们领略领略其中的甘苦。

古人不是教训我们“有福同享，有难同当”吗？

喝了两三杯热茶后，我趁逗子还看不出端倪时说，逗子、胡琴，我有点急事得去一下，估计晚上也回不了家了，你们俩玩吧。

我说完不等他俩有所表示就站起身径自往外走了。我告诫自己要把撤退的姿势做得从容些，别让他俩看出破绽来。

逗子在我背后嚷嚷，晚上来喝酒。

我头也不回地说看看吧，就再也顾不了从容，急急地跨出逗子家门。然后是一路幸灾乐祸的小跑，直到自己上气不接下气才停下来。

连晚上的退路都封绝了，还会来陪那闷葫芦喝酒？自己乐去吧！

过了好几天，我在路上碰到逗子。

逗子嚷道，那天你可把我害惨了。你知道你走后发生了什么吗？

逗子话里苦大仇深，有一股敌敌畏的味道。

我佯装着浑然不觉的样子忙问他，怎么啦？怎么啦？

逗子说，你走后，胡琴与我一直待到第二天。那天晚上他本来是和我一起睡的，第二天一早我醒过来时他已经走了，也不知道他什么时候走的。

我夸张地说，这多好啊！同床共枕，你们俩的关系本来就很铁了嘛。

嘿，整整一个下午连同一宿，他一句话都没说，哪怕连屁都不放一个，无论我怎样启发诱导他愣是不吭声，像一头犟牛。叫吃就吃，叫喝就喝，让睡就睡。我一点法子都没有。我那时心里不知臭骂了你几十回。你倒好，丢了一个闷葫芦给我，自己屁颠屁颠逍遥去。哼！

我装出一副无辜的样子说，我也不知道他是这样的一个人，还以为你们俩早就在杯弓蛇影中幸福地虚度年华呢。哪知道会是这样呢？我要不是有事给缠住，还真想赶回来与你们一道喝呢。

得了，这事算了。可是胡琴的事你是真不知道，还是装聋作哑……胡琴遇到了很大的感情挫折呢。逗子停了一会儿又沉着声说。

不至于吧？我说。逗子说的这事我确实第一次耳闻。

逗子说胡琴出去学装修房子时，喜欢上一个外地女孩。那女孩长得水灵灵白嫩嫩的，不像咱们这里的女的，一个个粗粗糙糙的，像米糠。胡琴不像其他工友，他工地的事一完，不是急着去打饭，而是先把手洗得贼净，然后就蹲在工地上拉他的二胡，就拉那支《良宵》的曲子，而那女孩就坐在一旁凝神静听。

你想想啊，胡琴就坐在到处是零乱的装修材料的工地上拉琴，而他身旁有一个漂亮的妞儿在倾听，这是多么勾人的事啊！逗子吞了吞唾沫忍不住赞叹一声。

我打断了他的美妙遐想，说，然后呢？

显然那女孩对胡琴有些意思，时常顺手把胡琴换下的脏兮兮的做工衣服拿去洗。你说工地上有那么多后生家，她偏只帮胡琴洗，这不是明摆着的吗？可胡琴傻乎乎的，愣是没有胆子对那女孩开口。他可能是指望女孩先捅破这层纸吧？你说女孩做到这一步已经很不易了，还要她做出更大胆的动作，你说可能吗？可能吗？

逗子冷不丁问了我一下。

我忙说，是，是不可能。

结果那女孩等不了，第二年就嫁给同装修队的一个大她十来岁的离婚男人。举行婚礼的那一天，胡琴便待不下去了，行李都没有收拾，也没有向任何人告别就离开工地回家了。回家后的胡琴情绪就有些不大对劲了，老是闷闷地待在家里，再也没有出门找事做，先前的电器维修更是老早就歇手了。他出外学装修时人家扛过来要他修的电器乱七八糟地堆在桌子上。具体情形如何我也不甚清楚。逗子说。

我也是听人家说的。逗子又补了一句。

我当然是不大相信的。胡琴面对生管的大义凛然我至今仍记忆犹新历历在目，他怎会连一个小小的女子都搞不定呢？嘿，还说不敢开口表白，这一点搁在胡琴身上反正我是不相信。胡琴这样聪明绝顶的人怎么会被小小的小爱情所困扰呢？再怎样惊心动魄的情感灾难也击倒不了胡琴这个条理清晰智慧超群的治疥高手棋坛怪杰。在听了逗子的叙述后，我是这样固执地想着的。

后来胡琴再猝然造访我们的家时，我们就轮番地把他带到别的同学家，然后撂下就走。就像卸下一堆毫无价值的农具。而遭殃的同学，自然又把他带到下一个同学家里，如法炮制，循环往复。弄得同学之间互相指责，怨声载道。

作为老同学，我们都知道这样做令人不齿，然而我们又能怎样？大家都要过日子，而且要把日子进行得更好些，总不能撇下一大堆正经事不做而把宝贵的时间浪费在无谓的对视中吧。

把胡琴带离家然后丢在别的同学家，这个过程，就像曾经很活跃的传销活动，有了头一次，就得往下做下去。你蒙我，我就蒙下一个，长此以往，便一发不可收拾了。而胡琴成了我们的一个包袱或者说是道具，但绝不是传销中那诱人的发财梦。同学中谁也不愿意被他黏上，他就像是游走江湖的杂耍艺人手中的猕猴，我们自以为是地充当了江湖艺人，虚张声势，骗吃骗喝。

对于我们的做法，胡琴自始至终与第一次在我家时的情形没有什么两样，他没有表现出任何的不满或愤懑的情绪，哪怕是露出一点点愠怒或者迷惑的神色也没有。相反的，他好像很平静地顺从着我们的旨意，指东往东，指西向西。

无来由的，我又想起那民间乐人手里把玩着的二胡，那黝黑的柄，那孤零零的两根弦，要是断了一根，还管用吗？

胡琴裂变

行为怪诞、超乎寻常的胡琴终于结婚了。这是我们这群昔日的同窗离开故乡到城里居住若干年后，不经意间听一个乡邻提起的。当时皓月当空照，似乎预示着第二天将是一个大好日子。

乡邻说，女方很漂亮又很有钱，陪嫁了许多高档电器金银首饰，还有一辆“黑太子”摩托车和几张大额存折。

乡邻的滔滔语气里溢满艳羡的泡沫，如同饱满多姿的塑料假花，俗不可耐。

当时逗子与我都在座，我们虽然对乡邻的叙述很反感，但都不约而同地舒了口气。就像我们如约听到某一个二胡手又将在一场丧事上吹奏一样，我说不清为何会这样。

搬到城里来后，我们已很少回家乡去了，自然也再不用担心胡琴的猝然造访了。“传销活动”已不攻自破了，胡琴像一堆废弃的农具被孤单地抛在家乡的红土地上。我们在城里过着自以为很舒适的生活，胡琴的情况如何，我们几乎未曾想及。甚至偶尔在城市的街头戏场里听到二胡的声音，心里也没有多少激荡。

但是此刻，我们仍然很放松地喊着“拿酒来”，为胡琴的美满姻缘斗酒三千。

整个夜晚我们莫名其妙地高声说话，很热闹地喝着酒，“胡琴”这个语词不停地从我们的嘴里进进出出，我们的亢奋把城市的夜晚弄得躁动喧哗。

可是胡琴在遥远的乡村却一无所知。

年岁渐长，昔日的同学们都作鸟兽散，忙碌着各自所谓的事业。围城里的胡琴在乡村过得怎样，我们无从知晓，也没有去一察详情的欲望。庸常的生活像早晨的闹市，嘈杂不堪又注重实惠。事不关己，高高挂起，成家了，立业了，再好的朋友、同窗也得一心奔小家，哪有闲工夫管大家呢。

二胡奏出的声音再忧伤感人肺腑，忧伤也是别人的事，于己何干？

我们是不是活得过于寡情，过于浅薄，过于自私？究竟是什么把我们曾经的纯真、曾经的欢歌笑语、曾经的肝胆相照，消磨得荡然无存呢？那些久远的真诚的情谊都到哪去了？我们经常要作这样那样的自责而又回天无力，经常要在各种场合高声吟唱范老夫子天下忧乐的诗句而不知该如何做，又将往何方？

我们这样活着究竟算什么呢？

在得悉胡琴结婚一年后的某天，几个老同学在城里聚会喝酒，不知是哪一位突然说，胡琴离了。

他的话把一群正兴高采烈喝着酒的同学全噎在当场。

同学说，女方把所有的陪嫁全都拉回去了，临走时还骂胡琴不是个男人，神经病。村里的人都说，胡琴把一个漂亮的女人晾在床上长达年许，从不跟那个女人同床睡觉。害得那女人耐不住了，看男人的眼神辣辣的，一如熟透了的红椒。村里人传说，那女人结婚不到月余，就经常十天半月的不见人影，有人说是去镇上找相好了。

同学呷了口酒又说，那女的原先是一个 KTV 小姐，被人包养过，后来那包她的男人喜新厌旧，又去找了一个更年轻漂亮的女孩。男人就给了 K 姐很多钱。据说这还是胡琴的母亲在 K 姐离开后亲口对别人说的。其实胡琴的母亲在婚姻前期的惯例调查中就知道女人的来历了，但还是应允了这门亲事。村里很多人都说胡琴的母亲图那女的钱多，拿自己儿子的幸福当儿戏……

我们几个听着只默默地喝着酒。过了一会儿，逗子打破了沉默说，要是胡琴当年去读兽医，现在肯定不是这样的。

我们在座的谁都没有搭腔。

人们总是喜欢把逝去的蹉跎岁月用“要是……就（便）……”这样的句式来假设概括。要是，要是，何时休？逗子原先不是说过胡琴必是当将军的料吗？结果呢？我总以为世上的事如果太早下定论，大多成不了事，反而朝与人们意愿相背离的轨道滑行。这一点我是深信不疑的，要不古人就不会说什么世上的事十有八九是不如意的了。

胡琴的故事并没有就此戛然而止。它就像一把忧伤的二胡，弹奏者的手已离开琴弦了，但凄凉的余音仍在盘旋萦绕。

我们的老同学胡琴，就是那一把忧伤的二胡。

离婚一年后，胡琴又结婚了，这回是一个白白胖胖的外地女盲流，由一个枯瘦的老汉带来的。老汉声称胖妞是他的女儿，家乡闹水患，只好忍痛把女儿远嫁他乡。老汉丢下他的胖妞离开我们的家乡时，从胡琴母亲处得到了6000 块所谓的彩礼。老汉走时只对他的女儿说了句“好好过吧”就走了。

胖妞个子不高，只及胡琴的胸坎，头发也不长，但看上去还算健康。这一次婚姻没有前次的奢华，因为女方是灾区儿女，赤穷一个。村人不再眼羡，只在事前事后说几句不关痛痒的闲话。

短短的两年里，前后两次婚姻据说全是胡琴的母亲一手操纵的。前一次不但扯了结婚的红本本，还大开酒席；后一次只粗略地办了几桌请亲戚，结婚证都没有去办，这叫事实婚姻，在农村很流行的。前次是因为钱，后一次是为了传宗接代。胡琴是他家里的一颗独苗，在“无后为大”的古训面前，胡琴的母亲在经历了金钱的挫折后明智地选择了家庭烟火的延续。

而女盲流胖妞就是不可替代的火种。

胡琴像以前被我们这些同学牵来扯去一样，被他的母亲拉着做了两回新郎。而胡琴始终不发表任何看法，一言不发，一副全然无关的样子。就是在喧闹的酒桌上，胡琴也只穿着崭新的衣服木木地坐在椅子上，叫敬酒就敬酒，让入洞房就入洞房，木偶似地一任他的母亲和族亲摆布。胡琴的木然被不知内情的远房亲戚误认为厚道。

胡琴在两场酒桌上的表现曾两度让村里人在茶余饭后随意地炒来炒去。

第二次婚姻不到一年的光景，胖妞在某一天凌晨借上厕所之机偷偷地从胡琴家溜走了，临走还顺手牵羊了胡琴家的一些现金与首饰。害得胡琴的母亲追都不及，只好泼妇似的站在村头喋喋不休地破口大骂，胖妞是婊子养的、强盗的囡。

胡琴的母亲操纵的两次如意算盘都落了空。

而始终不闻不问的胡琴呢？

历经了两次徒有形式没有内容漠不关心的婚姻后，很多村里来的人都说，胡琴“神经了”。胡琴痴呆了，一天到晚待在家里四体不勤、五谷不分、晨昏不清。有时他在三更半夜时神神秘秘地摸出家门在村里游走，面无表情迷迷茫茫地，也不跟人打招呼。害得村里的大人们纷纷督促自己的孩子们天黑后要及时归家，不可在外玩耍。有些人家吓唬调皮的孩子居然说“再不乖就叫胡琴来抓了你去”，小孩儿就不敢再闹了。

天才的胡琴成了村人忌惮的人物实出乎我们的意料之外，造物真是弄人啊！

胡琴，我们的老同学，无声无息地活在故乡的一隅，漠漠然然，无始无终。

胡琴毁灭

最后一次听到胡琴的消息犹如五雷轰顶，我整个人枯朽得像一段陈年烂木。

胡琴又闹出不寻常的事了，可这回是那样的触目惊心。

出事的前几天，胡琴老是一整天静默地在一块粗糙的磨刀石上磨他父亲当年上山砍柴用的大斧头。磨了一阵子，就用清水把斧头洗净，然后拔一根自己头上的头发放在斧刃上，撮着嘴对着头发吹气。头发断了，他又用手指肚在斧刃上来回滑动，好似在试刀刃的锋利。

而他的二胡，却静默地挂在没有粉刷的墙壁上，像一条死去的壁虎，安静地贴墙而卧。

胡琴的二胡喑哑了吗？

先前胡琴从装修工地回来后就经常磨这磨那的，一会儿锥子，一会儿剪刀，一会儿又菜刀的。磨完了就落在一边，也没有见他拿来做什么用。有时他又一个人坐在他家二楼阳台上拿一些以往读书时用过的作业本课本撕破折纸飞机，然后寻路过的行人掷着玩。人家仰头瞪他呵斥他，他也全然不理，依然我行我素，有时还夹杂着几声呵呵的干燥的笑声。那其实不算是笑，而是坚硬的喉结的生理运动被压迫所产生的声响。

所以谁也没有想到他这些层出不穷的行为里酝酿着什么不祥的征兆，也没有人想去探个究竟，就是问了也不会从他那儿得到片言只语的。

直到一天深夜，那个夜晚没月，村子安静得像无人的城堡，这是我们家乡许多年来惯有的夜之形态。

静夜里突然响起了一缕刺耳的二胡声。先是“呱”的一声，像拉琴的人在试音，然后是“呱，呱，呱”，接连几声，渐渐地，声音才开始连绵不绝地成片铺开来，在深夜里，显得清脆、宏大、旷远、悲凉。

久违了，二胡。

自从胡琴去了工地，我们的村子再也没有听见胡琴的拉琴声了。

今夜它又再度响起了。

还是胡琴在拉，还是《良宵》的老曲子，不同的是今夜的琴声没有一如既往地持续到最后的一个休止符出现。

在戛然中断又余音未散的琴声中，从胡琴家的方向传来两声凄厉的尖叫声，先长后短，长的很激昂，短的尖叫到后半段听起来像是被什么器物强行阻堵了。沉寂了好一会儿，又响起几声更高亢的尖叫，而后又了无声息。然后是一大团冲天的火光照亮了静寂乡村的大半个天空，火里隐隐飘散着很难闻的汽油味。火光中惊见胡琴安坐其间，像一个坐禅若定的老僧，清瘦的身影在闪烁的火光里时隐时现，他手里的二胡，发出了难以分辨的声音。

熊熊的大火发出刺耳的爆裂声，其中还夹杂着一些分辨不清的嘶鸣喊叫……

等人们提着各式简陋的扑火工具匆匆忙忙地赶到时，胡琴的身影已隐没在火海中了，只有仍在噼里啪啦燃烧着的大火映照着人们因惊恐万状而变了形的脸容。

事后人们心有余悸地描述说当时的场面实在骇人，胡琴的头发衣服全都沾着霍霍燃烧的火焰。但他仍不停地拉着二胡，手抽动的动作愈来愈疾，边拉边摔着业已着火的乱发，好像跳着非洲原始部落狂野的舞蹈。胡琴在大火里窜来窜去，却没有任何向外突围的迹象。

也许他在生命的最后一刻神智仍然不清。

扑灭了大火后，人们在火堆里找到了三具烧焦的尸体。

其中相邻的两具脑袋已开裂了，面目全非。而稍远处的另一具身子蜷曲着，被烧焦的枯手上还握着一根黑黑的木炭柄，而找不到他事发前不停地磨的斧头。人们断定这手握木炭柄的人就是胡琴了。大家猜测说是胡琴用他精心磨过的锋利的斧头先后劈了他的父母，再倒家里的汽油点火烧房子的。

听者无不骇然。

胡琴的弑亲、烧房、自焚，仍然完成得像他以前治疗疥疮一样的有条不紊，井然有序。胡琴的智慧至死都是如斯的完美无缺。

事情过去许久后，每逢无月的夜晚，沉睡去的村人总是能听到二胡的声音，丝丝缕缕，袅袅娜娜，不绝于耳。起初大家以为是外村有人过世请来的乐队，但是那声音若有若无地持续了很久很久，而且拉的是同一支曲子——《良宵》。人们才恍然大悟起来，于是只要月儿不出来的夜晚，村人就早早地阖门而卧，村子越发沉寂了。

最后的二胡

故事说完了。我知道，在我的乡村，村人们也会隆重地请来一支乐队，为我的老同学胡琴送行。乐队里肯定也会有人拉着二胡，那悲凉而忧伤的声音会再一次在空旷的田野响起。以前胡琴追逐着为别人而拉的二胡，现在不知他是否能听及这专为他而拉的二胡独奏？

哦，胡琴，二胡。

飞来之蝠

1

市委书记周子浩独自踱出市委大院后，禁不住仰天长长地舒了口气。上任两年来，前呼后拥的衙门气派让他心生厌烦，孤独之感日炽。老百姓把这当做权倾一方者的殊荣来艳羡，哪里体味得到当局者心里的苦衷。像今天这样一个人无牵无挂地溜出来四处走走逛逛，还得依赖黄昏迷离天色的掩护呢。唉，就让那辆1号车像受冷落的旧时代美女在她的香闺里顾影自怜吧。

周子浩沿着一条铺着淡红色六角砖的人行道上走着。这条八车道的市政大道竣工不久，车流量很少，偶尔驶过一辆快得像一枚急不可待的子弹的车。好在路修得好，隔离线、绿化带、人行道、照明、红绿灯、路标指示……各方面都走在今天全省路政工程的前列。当时在政府办公会上，市委书记周子浩陈述了市政大道作为基础设施对马市“内强实力，外树形象”的必要，对实现经济强市战略目标的重要性，极力主张把这条大道按高起点、高标准、高质量来修。有些相关部门的头头闷声不响，待到工程预算出来后，就有建委、规划局、财政局等几个要害部门站出来反对了。说什么一级国道都没有这样的规格，一条小小的市政大道又何必如此大动干戈呢？有人搬出工程财政支出与大道所能带来的直接经济效益连持平都远远不足的论调来反对；还有人拐弯抹角地议论说现今当官的都在大搞政绩工程，为自己从政一方树光辉形象，哪管你巨额款项来自何方，用之何处，工程建成后是否会带来可观的经济效益，造福后代……

那一段时间，市委书记周子浩陷入思索的泥淖，改革开放都二十余年了，人们的思想怎么还囿于陈规、止步不前，这才是真正阻碍经济发展的无形之石。中国是一个儒家思想盛行的国度，但儒家要义说的也是以中庸之道来治国平天下，并没有训示人们死守旧俗不放啊？看来中央提出的思想要解放，步子要大一些，要大胆创新，开拓进取，有一部分人只是嘴皮上动动而已，根本没有领会其精髓。

虽然遭遇了各方阻力，但周子浩还是顶住压力坚决从北京请来了专家论证市政大道的建设对促进马市宏观经济新一轮腾飞的可能性，并亲自挂帅成立了以他为组长、副市长张思力为常务副组长的市政大道建设领导组。在年初的政府工作报告上周子浩着重阐述了市政大道对贯通全市交通脉络，改善投资环境，提高本市与各兄弟县市往来效率等方面的重要性，并把此项工程定为新的一年市委市政府为民办实事重中之重的任务来抓。市人大在讨论决议这个报告时，虽然还能听到个别牢骚，但终归弱了很多，最后以三分之二的票数通过了政府工作报告。周子浩的铁腕手段到底还是像一把张开的伞把反对之声全都罩在里面。掌权者就该像歌里所唱的“该出手时就出手”，否则别人以为你是豆腐渣，可以随意揉捏。一旦这种想法在大部分人中形成，工作就不好开展了。什么叫领导艺术？领导艺术就是见硬就去碰，不好碰则迂回一下，最终还是要去碰，而且要碰个彻底，碰出结果。领导的权威就在这一碰一迂的过程中树立起来了。

市政大道建设资金是项目成败的关键，也是在决策层形成阻力的最大因素。周子浩心中有数，他私下与老同学省商业银行行长赵纬克碰过头，赵纬克答应帮他这个忙。市人大一通过政府工作报告，周子浩马上打电话给赵纬克告知工程准备立项了。赵纬克果然没有食言，承诺预拨工程的前期周转款七千万过来，省商行将作为市政大道的股东，占有三十年百分零点五的股份分红。这些条款都是周子浩事前与赵纬克协商好的，只等合同一签即行生效。

赵纬克在电话里依然是当年大学时代那副爽朗的笑声。他说，老同学，我可是不计前嫌帮了你的大忙，你打算怎么谢我呢？

赵纬克说不计前嫌的典故源自于周子浩、宋可歌、赵纬克三人大学时代的爱情版本。宋可歌是市委书记周子浩的夫人，马市文联常务副主席。他们来自一个偏僻的小渔村，考上同一所综合大学，周子浩学行政管理，赵纬克学经济，宋可歌学中文。中学时代三人本就青梅竹马胸无城府无话不谈，进入象牙塔后，仍然常一起玩。随着大学生活的慢慢纵深，他们都察觉出一些异样的气息了，丝丝缕缕，若有若无，像轻纱，像雾霭，挥之不去。原本和睦无间的三人行遂成了一人行或者两人行。赵纬克一旦得知周子浩约了宋可歌，他就一个人跑到学校的足球场上黯然地对着愣头愣脑的足球发泄。同样的，如果周子浩找不到宋可歌，他就知道自己注定又要一夜无眠了。

宋可歌夹在两个青春好友之间，难道嗅不出其中的玄妙之气吗？当然不是。但宋可歌也乱了方寸，不知要如何化解这难堪的困境。两人都是她的好朋友，冷落了哪一个都非她所愿。她只能像一个力求公正的裁判，把自己的课余时间匀分给他俩。在别人眼里周子浩与赵纬克不管哪个都累，却没有人理解宋可歌的累。即便是局中人周子浩与赵纬克，也察觉不出她的苦恼。书里说恋爱中的男子多弱智，听起来不无道理。宋可歌的苦你只要想想面对鱼与熊掌的两难抉择即可了然。无人聆听宋可歌倾诉，她只好拿文章来抒写心里少为人知的苦衷，无形中造就了一个文坛才女，这是后话。在两个好朋友面前，宋可歌依然装出一副天真灵动浑然不觉的样子，像一个不谙世事的小姑娘。如果不是后来毕业会餐上发生了那件事，宋可歌这种尴尬的日子不知道还要延续多久。

赵纬克此刻提起这段时过境迁的旧事，周子浩毫不在意，便回应道，到时让宋可歌亲手炖一锅你最爱吃的东坡肉，让咱哥俩一醉方休。

赵纬克嘴里说，屁，谁还在乎你家那口子的东坡肉啊。

话一出口他便惊觉这话里有语病，正后悔不迭。

周子浩好像没有察觉的样子在电话里笑着喝道，是你自己说的啊？是你亲口说的啊？别怪我回去跟宋可歌讲。

赵纬克连忙收住调侃的笑意喊道，别，别，别，你要对宋可歌讲，我马上收回我刚才的承诺。

两人在嬉笑怒骂中，你一言、我一语地把一条被市人大庄严通过的市计民生的事与一件颇具浪漫主义色彩的大学轶事牵扯在一起。好在市委书记办公室与外头秘书间隔着一扇忠于主子的蓝色意大利拉门，周子浩在市委书记办公室里露出的真性情，任何人都不可能见到。看到还了得！一把手无论处于何地都必须摆出不以物喜、不以己悲的样子，不仅仅是做给下属看，更多的是树立无隙可击不怒而威的公众形象。喜形于色，忧国忧民都不是当政者最佳的上镜状态。

2

市政大道到底在周子浩的亲自督办下准备破土动工了，奠基剪彩的那一天发生了一个小小的插曲，从而引发了马市市委书记兼市长周子浩的一连串深刻思考。

当时主持剪彩仪式的宣传部副部长丁丽按预定的程序，让市委书记周子浩在曾村的地头，也就是市政大道的起始点铲第一把土，并用大特写镜头载入马市市政建设的史册。虽然这一安排缺乏创意，有抄袭之嫌，但它本身所体现的巨大意义足可掩盖这一缺陷。正当市电视台等各路传媒的摄像头对准市委书记周子浩，周围的各级领导包括专程赶来参加仪式的赵纬克都已做好等周子浩手起铲落时热烈鼓掌的思想准备。

哪知从周子浩的左后侧突然凭空窜出一个黑衣老妇来，一双枯枝般的老手死命攥住周子浩手中的那把系着红绸的沙铲。口中慌不择词地喊道，书记大人啊，千万不要动土。这里可是我死鬼丈夫的坟地，未经他同意动了他的坟脉，会遭报应的！

在场所有的人都被这突发事件弄呆了，这情形类似古代大官出巡突遇百姓拦路申诉，往往杀你一个措手不及。电视台摄像记者扛着个像迫击炮一样笨重的黑东西木在周子浩右前方，开关按钮上的手指愣是按不下去。附近的村民围了过来，想看看市委书记如何处理这个问题，平时那些不大同意修路的人这下更是袖手旁观。

周子浩的大脑短暂地顿了一下，但他马上迅速把业已跪下的老妪扶了起来。

他说，阿婆，政府修路是从群众的利益着想，绝不会为修路而损害群众的利益，您丈夫的坟政府会统一迁到规定的地方去，这个您老尽可以放心。我也是本乡本土人，我家祖上的坟也要迁到统一的坟地去。我能理解您老的心情，有什么地方不了解的，剪彩结束后，我来解决。

这时宣传部副部长才从慌乱中醒过来，与一个副市长急急指令旁近的工作人员把阿婆扶到路旁去。

阿婆回头看了周子浩一眼说，周书记你说话可要算数哦。

会的，会的，政府说话当然算数的。

人群此起彼伏地应和着。他们巧妙地把“周书记”与“政府”的概念来了个偷梁换柱。

接下来剪彩开铲仪式进行得很顺利，没有再出现差错，一切按原先制定好的步骤有条不紊地推进。

当副部长最后宣布由市委书记周子浩同志讲话时，周子浩心里隐隐约约掠过一丝不快，到底对谁不快？老妇人？安全人员？宣传部副部长？好像都不是。他很纳闷，这个黑衣老妇来得很蹊跷。现场这么多市里领导及嘉宾，还有公安交警，这老妇人是如何越过这些人窜到面前来的？难不成从天而降？周子浩心里疑窦顿生但他没有表露出来。带着这样的心情念秘书早已准备好的稿时，他读得有点心不在焉，没有以前在大会上做报告的英气威武。

仪式结束后，副部长丁丽主动请缨要求留下解释迁坟事宜，他当即颔首同意。谁拉的屎由谁来揩，谁闹出的事由谁来处理，也该给她一个弥补失误的机会。这一着用得再好不过了，他相信副部长不但心甘情愿，而且一定会完成得非常漂亮。将功折过的人都会做得比意料中的还要出色，历史上有许多这样的例子。

回市委的车上，周子浩心绪难平，他深感忧患。当时在场的很多党政领导为何不加以制止，而是采取无动于衷的态度？是认同祖宗的坟墓不可侵？是多一事不如少一事的俗人心态在作祟？恐怕没有这样简单。其实归根结底是领导层思想涣散，难以统一的冰山一角罢了。

周子浩在车里反复想着老人的话……未经他同意动了他的坟脉，会遭报应的……未经他同意动了他的坟脉，会遭报应的……周子浩深知要让这个封建思想盘踞千年的滨海城市脱胎换骨谈何容易，简直是书生意气！这里面透出的问题绝非朝夕之功可迎刃而解的。须从长计议，否则过于草率，触动到哪一方事先没底，肯定要一败涂地。虽说没有阻力就不是改革，阻力愈大成就感愈强，改革走走弯路遭遇挫折是难免的。但改革者必须有充分的以不变应万变的心理蓄势与不凡魄力，才能逢凶化吉走上坦途。

晚上回家是该亲自下厨煮几个菜与宋可歌和孩子聚一聚。兼任市长以来，周子浩应酬更频繁，与家人好好吃一顿饭的愿望居然成了镜中花水中月。想来真是可笑。今晚，他想把一些不成熟的想法先与宋可歌合计合计。

文联是文化口，文化潜移默化人的思想，而周子浩所忧患的恰恰出在人的脑子上。落后腐朽的行为往往产生于顽固不化的思想，不从源头加以疏通摒弃，往往只是治标不治本。文化落后，思想落后，必然造成经济滞后。而经济发展滞后就更谈不上新一轮的发展。现阶段马市最根本最首要的任务是剔除百姓脑子里根深蒂固的旧思想，真正在全市意识形态里来一次大扫除，做到弃其糟粕、扬其精华。

文联是清水衙门，平常若没有文化赛事或者文人骚客来访就清闲得时间像凝固了一般。这一天宋可歌又早早地回来把菜煮好了。宋可歌从来都不清楚周子浩回家的确切时间，她已习惯了周子浩的早出晚归。

周子浩一推开门就看见膳厅桌上摆着几色生机勃勃的菜肴，从菜的色泽与相搭配的盘碟来看做得很精致。他失望了一下，旋即又掩饰不住狡黠地乐了起来。周子浩很庆幸这一辈子遇到宋可歌，这个女人过日子细腻从不含糊，这可能与她所从事的文字工作有关。宋可歌虽人在仕途，但大小也算是本省知名女作家。在烹调方面，周子浩是一个彻头彻尾的美食家。身为市委书记，宴席连连，生猛海鲜不断，山珍海味不尽。但他的胃口说来奇怪，大餐中总是找不到美味所旨，在杯弓蛇影中久而久之便有味同嚼蜡的感觉。可是回到家里吃宋可歌侍弄的菜色感觉就迥然不同，用迷途的羔羊找到了久违的芳草丰美的山坡来形容最为准确。

宋可歌煮菜不仅仅注心于内蕴之味，而且重视外在观感，即所谓的色香味俱全。这就跟宋可歌治下的《海芒》编辑部的几个编辑校对一样，既注重厚实的内容，又在乎语言辞采、谋篇布局等文面。所以周子浩对宋可歌烹煮的菜色的赞誉之词从来都是实打实的，绝不掺和吹捧讨好之意。事实上他从来都不懂得讨好女人。甜言蜜语，死缠硬磨，送些女人喜好的小饰物；或者几朵欲败不败的花儿，这些所谓的猎取女人芳心的经典伎俩周子浩都使不来。他之所以在与赵纬克的四年抗战中赢得宋可歌，取得最后胜利，完全得益于那个最具决定性意义的毕业晚餐。

几乎每一届毕业会餐都会闹出些异乎寻常的事。周子浩他们这一届的会餐，其堂吉诃德意义超越了以往任何一届，足以载人该校野史。

会餐在喧闹中义无反顾地向高潮迸发。大家以为今年的会餐又是老生常谈，鬼哭狼嚎几声，摔几个酒瓶，在玻璃器皿清脆的破裂声中把四年来的一切恩恩怨怨全消解掉，或者以女生们昭君出塞般的嘤嘤啼哭润滑这伤别离。临近高潮时，裹着红纱纸的日光灯下果然有几个男生已聚首在一起窃窃私语，阴谋最初总是以圆的形式诞生然后衍化的。有的桌已被悄悄地空出来，以便留更辽阔的空间给玻璃器皿高蹈的天地。女生们的眼神渐渐波光粼粼，这可是滂沱大雨来临的先兆。空气紧张了起来，有山雨欲来风满楼的态势。奇怪的是大家并不害怕，有几个以胆小著称学校的同学竟然兴奋地颤抖着。这时从某一个角落里响起一个嘶哑的声音，吵吵闹闹的场面一下子像一个张开的口子被严严实实地塞了块破布，全场顿时鸦雀无声。从声音发出的地方走出高大魁梧的赵纬克，一手拧着一幅黑金发亮的骰子，另一手拈着一个白得扎眼的瓷碗。众人都屏声静气地待在原地，就像在等待运转的开奖机停下来的瞬间。谁也不知道赵纬克想干什么。赵纬克的脸庞因为酒精在体内鼠蹿而呈现出幻灭的红光，在学校食堂大厅绛红的光晕下闪闪烁烁。围观同学的大脑里问号一个个地诞生，每个人的大脑仿佛就是问号制造工厂。

周子浩默默坐在宋可歌左侧两米远的地方，他正为三人的糊涂关系愁云密布，他压根不知道赵纬克此举何意。他猜想赵纬克或许要找与之有狭隙的同窗来一个众目睽睽的最后了断吧？

周子浩正在胡思乱想，突然听到赵纬克遥遥地招呼他，浩子，浩子，你来，你来啊！浩子是周子浩、赵纬克、宋可歌私下里的昵称。

众人听到赵纬克的呼喊都愣头愣脑地把脖子像轴承一样扭来扭去，找一个叫“耗子”的东西。

不等大家找到目标，赵纬克已摇摇晃晃地朝周子浩走来。经过宋可歌身边时，赵纬克说，歌子，今天得有个结果，结果！说完打了个浑厚的酒嗝就越过宋可歌。

周子浩站了起来，不紧不慢地说，克子，有事吗？

周子浩处变不惊的气度其实早就预示了他以后仕途的通畅。他总是能在很多人都激动沸腾的时候让自己迅速冷却下来。别人鱼光跃金，唯他静影沉璧。这是有前途的政治家必备的基本功。

赵纬克站在周子浩面前，像摇着打开的酒瓶一样晃了晃手中的东西，缩了缩下巴说，浩子，今天是个好日子，咱们的事就在今天了结。我，你，歌子。

赵纬克说完，抬臂朝宋可歌坐的方向扬了扬。周子浩还是不明白赵纬克究竟要做什么，但他隐隐约约听出赵纬克说的事与三人难以说清的感情关系有关。这时赵纬克在周子浩面前的位置上坐了下来，又示意周子浩在他对面也坐下。同学们都围了过来，自觉地以赵纬克、周子浩为圆心以零半径的距离形成一个实心圆。

宋可歌坐在自己的位子上不知所措。天知道赵纬克要闹什么。宋可歌心里慢慢地滋生出一股不安的情绪，是少女与春天的情绪。赵纬克、周子浩是她最好的朋友，虽然平常三人谁也未曾捅破过什么敏感的话题。但在宋可歌心中除他俩外是不可能再容纳别人了，这也是她在他俩的关爱下反而苦恼不已的原因。不管偏袒哪一个宋可歌都不愿意，无论失去哪一个她都会痛苦。现在，在这个今宵酒醒何处的时刻赵纬克要做出什么出格的事来呢？现实是严峻的，不容宋可歌的思想千山万水，赵纬克已把手中的瓷碗重重地搁在桌上，另一手的骰子像脱网的鱼纷纷跳进碗里。滴溜溜的声响让围观的同学兴奋得像吃了一串串免费的冰糖葫芦。

赵纬克像孔乙己那样张开大手罩住瓷碗说，浩子，今天当着全体同学，我与你把我们三个的事定下来。

3

周子浩这几天让创办省级工业园区的事弄得焦头烂额。国家明文规定县级市不得征用耕地用于搞经济开发区，个别县市无视国家的三令五申，以行政手段强征农民土地大搞经济开发区。农民失去了土地，而拿到的补偿又少得可怜，心里郁积着一股气无处发泄，就隔三岔五地在新建成的开发区上打游击似的搞破坏。当地政府心里有愧，又不敢采取非常手段，结果闹出了难以收拾的局面，经济开发区成了安全隐患区。而有的地方则是遭遇到农民的百般阻挠而让业已形成意向书的开发区规划成了一纸空文。

前一段时间报纸上报道了某地有一个县为搞活地方经济，欲以特惠价租给一家跨国大公司一块土地。外方对合同上所提的条款均无异议，但提出得先经当地农民同意，合同才能生效。中方马上有人对外方的这个要求傻了眼，表示不理解。许多地方政府要走农民的土地往往一厢情愿，没有顾及农民的利益。而人家外方想我在你这里投资办企业，当然得尊重你的想法，这是天经地义的。一个不尊重群众强奸百姓意志的政府，必然会遭到来自民间的强烈反抗，哪怕反抗者以失败告终，但并不意味着政府一方取得了胜利。倘若人心所背，政府还能长治久安吗？

周子浩当然不想在建起工业园区的同时，也树起与农民的敌对情绪。这种情绪完全不利于工业园区的远景发展，也不符合他当时想要以建设工业区作为新经济增长点的构想。现在国家关于马市申办工业园区的批文是下来了，这还是针对马市特殊的地理与战略位置而定的灵活变通政策。即便是具有这样得天独厚的优势，他也不知为此度过了多少个不眠之夜。接下来四十四亩的征地工作才是实现构想的难中之难。当然，作为一个县级市的一把手，他完全不会傻到去步报上报道的那个县的后尘。既要让工业园区顺利建起来，又要让被征地的农民得到实惠。理论上容易，实践上难于上青天！为此周子浩先让市委办起草了一份告青山镇农民意见书，要农民自己提出可行性的征地补偿方案来，事先摸个底。

周子浩这一着让副市长张思力心生无限的慨叹与敬佩。周子浩的前任就是因为一些重大的经济决策事先不经缜密的调查与论证，连在常委会上走走过场都没有，没有集思广益，自己说了算。毛主席老人家训导说，没有调查就没有发言权。有些决策本来初衷是好的，前景也是开阔的，但就因为事先没有多方论证，一些很关键的环节没有预先考虑到，结果弄得无法收拾。张思力大学毕业后进机关就是跟着前任市委书记从秘书一直干到现在副市长任上。张思力私下对两任市委书记作了一个比较，他倾向于现任周子浩的一些举措，从中读出成熟政治家稳重睿智不浮躁的为政风范。

张思力感到在周子浩手下压力很大，常常连喘息的机会都没有。周子浩思维转换快，点子像刚入夜的繁星一颗颗地显露出来，没有素养的人一下子就慢了好几拍。张思力应该说是整个市委班子里最年轻最有胆略的干部，他乐于接受挑战，喜欢在周子浩的手下做事。张思力从不回避他对市委书记周子浩的倾慕。他老是把“我把青春献给党”的话挂在嘴边，他说屈原自比是楚怀王的妾，他张思力也愿意做周书记的妾。有人就笑他说你要与宋可歌争宠啊？张思力的言行，在有些老领导眼里是不成熟的表现。身在政界哪怕是少年老成总比年轻气盛好些，锋芒毕露是幼稚的小儿科。有人私下给张思力起了个“张狂”的绰号，张思力知道后并不为意，反而变本加厉。在一些应酬场合里，颇有海量的张思力酒过三巡后总喜好出几个带色的谜语让在座的宾朋猜，哪怕座上有妙龄女郎也没有格外开恩，闹得当今马市男性政坛上硕果仅存的几个淑女带着半饥半饱的肚腹恋恋不舍地提前离开餐桌。

在一次接待省安全生产质量检查团的宴席上，杯觥交错临近高潮时，张思力又来了意趣。他饮了一小杯茅台后说，“宋美龄侧卧”猜《水浒》中三个人名。话音刚落，座中马上起立了几个颇识张思力恶行的女性，她们一律对他斜目怒视愤然离席。但在座的几个或聪明绝顶、或蓄精练短发的男性皆呈现欲笑不笑的神态。有人装着擦嘴把笑声揩在纸巾里扔掉，有人举着筷子在菜碟上空虚虚地盘旋装出思忖的样子……副市长张思力并不在乎酒场上的众生相，这在于他不过是小节，他绝对是宠辱不惊的。

张思力问猜不出吧？倘若猜不出的话，同样的谜面还可猜证券交易中的三个专有名词。没读水浒也该炒过股，这个就好猜了些。

此刻的张思力完全不似一个副处级领导，倒像是讲台上循循善诱的师者。

在座一个安全局的年轻人脱口而出，张副，可是开户、委托、成交吗？

张思力马上接腔道，年轻人思维活跃，可喜可贺！

席中短暂的话语休克后有人终于憋不住，笑出声来，其他人也不再矜持，纵容自己的笑声填充着酒店里这个粉色的包厢。

张思力更来了兴致，他很领袖地手一挥说咱们换换方向，刚才是文学与经济范畴，现在切换到历史领域。

众人收了笑声屏声静气地看着张思力，留着一桌奢华的菜色像打入冷宫的嫔妃佳丽冒着寂寞的热气。

张思力一字一顿地说，“风尘女子罢工”，打中国现代战争史上一个重要事件。

众人这回不再掩饰盎然的兴趣，像赌徒似的踊跃投入新一轮竞猜中。

这时张思力又放声道，若哪个一分钟里猜出，我罚酒一杯。说完续满了他面前的酒杯。

众人兴致更稠了，仿佛正亲历着妓女罢工百年不遇的盛况。

有人底气虚虚地说可是“五四运动”吗？张思力说错了错了，该罚酒。

那人红着脸把自己面前的酒一饮而尽。

先前猜中了“宋美龄”的年轻人问道，张副，能否点拨点拨？

张思力说，这个谜底今天拿出来讲还是史无前例的呢？

话音刚落，就有人尖着嗓子喊道，那就是“抗日战争”了。

张思力果不食言，把杯中酒一滴不漏地倒入口。他放下酒杯看了看猜中的人说，吴主任，还真看不出，你还会这一手啊！不过，如果换成“男妓罢工”你能猜得出吗？

张思力说的吴主任赶忙举杯站了起来说，侥幸侥幸啊，实在猜不出了，全仰仗张副教诲，全仰仗张副教诲，来来来，张副，我敬您一杯。

张思力说，免了吧免了吧，酒场上没大小，敬来敬去的风格不好，得改！……我可以告诉你谜底——南（男）昌（娼）起义，知道吧？说完他便不再看犹持杯站着的市府办吴主任。

众人顿时爆发出像裂帛的笑声。

吴主任容光焕发的脸阴了下来，眼皮无人察觉地黯了一下，随即又扬了起来说，对对对……是啊是啊，这风气不好，很不好，不好。

吴主任在自己含混不清的“不好不好”声中坐了下来。旁人正热衷于谜语所带来的无限遐想里，谁也没有看出市府办吴主任有什么异样。

4

今天一大早，市府办吴主任亲自把信访办转来的匿名信拿到周子浩办公室里来。周子浩已记不起具体是谁曾向他提起张思力生活作风不正派、生活态度不严肃的事。当时他听了进言后，好像说了“大丈夫谋事不拘小节”的话。

匿名信里罗列了张思力在许多非正式场合以低级下流的言词惑众、妄谈、轻狂的行为，不但有损共产党员的形象，而且丧失了领导的节操。信里还说张思力口出狂言有狼子野心，什么“马市以后的市长必他无疑”，“纵目整个马市高层，除周子浩书记外，唯有他张思力堪能担重任”云云。匿名信的起草者最后总结说，张思力作为一个身居要职的市级领导散布这样的言论，非但违背了共产党员慎行慎言的史训，而且一定程度上在马市高层里传递了不利于安定团结的因素，对马市领导班子的凝聚力产生了不可估量的冲击，恳请组织采取措施，予以防微杜渐……

周子浩读着信，从文字措词及对时政的敏感度上他准确无误地判断出写信人的身份与意图。他陷入深深的忧思。他意识到领导层里至今还残留着过去时代上纲上线的余韵，这是很可怕的，这才是可能会击碎来之不易的安定大局的致命之因。

张思力是一个怎样的干部，周子浩并非没有权衡过。作为市委书记兼市长，每天要处理的政务繁琐得常人无法预料。但他仍坚持在时间上空出一小块自留地，对身边几个中层干部进行揣摩比较。周子浩在用人上自有一套想法，别人的意见他也重视，宰相肚里能撑船嘛，虚怀若谷的领导总是闪耀着炫目的人格魅力。但他并不偏听偏信，他站的位置比别人高，自然看得更清楚。尽管考核干部有具体分管领导把关，但作为第一把手心里得有一个准绳，这是大方向问题，也是大是大非。领导班子后继成功与否是政策长盛不衰的关键。周子浩经常作如是想，衡量一个领导者是否出类拔萃，主要就看他识人与用人的功底了。平庸者用奴才、庸才、蠢才，不凡者敢用有争议的怪才、歪才、狂才。与张思力共事两年来，机关里涉及张思力的流言蜚语最多，但张思力好像从不试图掩饰。张思力当然知道人言可畏的道理，他非但没有在工作中出现抵触情绪，反而一副漠不相关的态度。周子浩愈来愈觉得这个年轻人不简单。关于张思力的位置问题周子浩曾跟有关领导碰头过，当时市府办、政法委等几个部门领导批评张思力矫枉过正，缺乏谦逊的态度，建议暂先外派到少数民族地区挂职锻炼。周子浩觉得这样对待张思力嫌草率了些，没有再作探讨。

5

周子浩一回到家，把包搁在沙发上，对着满桌的美味佳肴搓搓手说，我刚才在路上还想回家表现表现，不想又被你剥夺了。

宋可歌说，你少来这一套，哪敢让日理万机的大书记亲自下厨做小娘们的活啊！

周子浩本想讲与赵纬克通过电话的事，听宋可歌话音里有些不对劲，就

的人与被爱的人都是平等的。你这样做，对歌子公平吗？我们俩有什么权利来决定歌子要爱谁呢？

克子，我俩是好兄弟，我不愿让这事伤害了我们多年的兄弟感情。今天我很痛苦，歌子，你肯定也痛苦，但又有什么办法呢？

克子，收起你的游戏吧，我绝对不会与你摇这骰子，永远不会！哪怕歌子同意我们像普希金那样愚蠢地与人决斗，我也不会举起那锋利的剑。我并非懦弱，而是这一切都透出愚不可及的大男子主义思想。

克子，时间是最好的裁判，就让时间来决定我们的情感吧。

周子浩第一次当着众人在宋可歌面前表白了内心隐秘的情感。他说完就站了起来，拨开众人，独自回宿舍去。

宋可歌流着眼泪跑来找周子浩。那个夜晚，他们在学校静寂的足球场观众看台上，说了一宿的话。

赵纬克再也没露面，听说他分到省商业银行去了。后来周子浩与宋可歌结婚时两人合发了张请帖给他，可赵纬克没有来。只在举行婚礼的那个晚上落落寞寞地挂了一个电话给周子浩，说了一大堆恭喜的话，还说以后若有机会回马市，一定登门吃新娘子做的东坡肉。尽管赵纬克在电话里一直不停说着话，但周子浩还是听出他笑声里掩饰不住的酸味。

7

夏季过后，普度之风又死灰复燃，仿佛压根儿没有消失过，俟机而发罢了。马市市委、市政府决定举起禁普与宣传破除迷信的双刃剑，成立马市禁普办公室，下发红头文件，要求全市各行政职能部门在职人员牺牲八小时外的时间，安排轮值，直接下到各自然村入村路口镇守禁普。各村不许大摆宴席请酒行令，严令除本村村民外只许出村不许进村。

那段时间一到入夜时分，市府市委大院静寂了许多，各科局级单位也是门可罗雀，全都下乡蹲点去了。按文件规定，禁普时间段为下午六点到晚上九点。结果九点一过，一个身为镇禁普队长的副镇长马上转换角色，由禁普人员转为“吃普度”之人，在酒桌上与人吆三喝四。群众向市府禁普办举报了这个事情。时任禁普办主任的副市长张思力，当即理出一条处理措施交禁普办领导组研究，并把研究意见汇总上报给周子浩。周子浩阅后立即同意给副镇长党内记大过处分并调离原岗待命。副镇长接到这个决定后痛哭流涕，发誓痛改前非，希望组织给他将功补罪的机会。旁人笑他为了上面一张口而丢官受处分，倘若是下面的那个小口不知该要受到哪一级的惩罚。闲笑归闲笑，这一招确确实实地震慑了所有禁普干部。原先把下乡禁普看成是嘻嘻哈哈拿补贴美差的人赶忙收敛了虚浮之心，一心一意禁普去。乌纱帽虽不大，毕竟还是乌纱帽，而不是牧羊帽、破毡帽或者瓜皮小帽、烂草帽。群众起先对这些放着窗明几净的办公室不待，偏要跑到乡下来管群众吃喝的干部指指点点，什么难听的话都有。撤掉违纪副镇长使群众明白了政府的用意与决心，普度之潮便渐渐销声匿迹了。

为落实周子浩提出的“思想先行”的意见，续市委前期的工作部署，宣传部联合市教育局、文明办、团市委在全市范围里举行了一场“争做文明市民”的主题征文活动。力求从思想上深刻认识落后思想对马市新一轮发展的危害，进一步发挥先进文化的优势。在颁奖大会上，张思力受市委委托发表了“致马市全体市民书”，引经据典阐述了先进文化的非凡魅力，指出摒除落后腐朽思想的重要性，并通报了近阶段全市精神文明建设成果。讲话稿次日便发在《马市晚报》头版头条。市委市府下文要求全市各单位基层党组织要集中学习讲话稿的精神，提出“联系当前、联系自身、联系大局”的“三联系”要求，在前阶段“禁普”行动全面胜利的基础上，乘胜追击，大力开展婚事新办的倡议。市委市府拟在市光明广场举行市直机关一百对新婚夫妇集体婚礼，并借国庆即将到来之机，计生委联合文明办等单位在全市各醒目地段张贴横幅标语、公益广告，宣传计生工作利国利民的思想。一场声势浩大的思想革新战役已吹起雄壮的号角。

根据周子浩六月上旬在市前阶段精神文明建设表彰会上的讲话精神，以及市政大道剪彩时对人民群众的公开承诺。市政府决定在马市城西建造一个公共陵园，发文严禁土葬，退坟还耕，把所有占用耕地的坟墓统一迁到指定地方。

迁坟时又闹了一件让周子浩头痛的事。省里有个正厅级要员的祖坟刚好在马市，占地面积很大，修的时间也不长。要员的宗亲族亲听说这个坟也被市府圈进去了，非常着急，就很自然地想到省里要员，恳请他出面阻止，让迁坟网开一面。迁坟工作是由副市长张思力亲自挂帅的，文明办、城监、公安局、公路局分别抽调人员组成一个办公室，叫迁坟办。工作一开始运转，整个迁坟办的电话像遭遇了多国部队的轰炸。说情的，推诿的，有理无理的，条条大路通罗马，都是冲着死人的堂皇之所而来。

有一天张思力接到一个省里的电话，来者自称是某某某的秘书。简短的问候后，秘书话锋一转，说某某某很重视家乡的各项建设，尤其是破除迷信树新风的举措。秘书婉转地传达了某某某领导对马市两个文明建设卓越成就的高度评价。秘书虽只字未提要员的祖坟，但司马昭之心路人皆知。接完电话张思力心生困惑，举棋不定。顺要员的意吧，接下来的迁坟工作肯定难以开展，群众一旦了解了真相，那局面可没有围攻镇政府那么容易解决。不听吧，对方可是省级要员，俗话说“官大一级压死人”，自己如果还要在仕途上施展拳脚的话，就该掂量掂量拒绝的后果。干脆把这个球踢给市委算了，让市委去解决也是顺理成章。张思力转念一想，市委把这项工作交给我，就是组织的信任。现在我又要把难题推回去，岂不证明了我张思力无能吗？不就恰好让流言说中了吗？可是由我自己来解决，又将如何决断呢？听从还是拒绝？思虑再三，最后张思力还是让人把要员的祖坟也迁了。然后他以市府的名义修了一封热情洋溢的感谢信给省级要员，语词诚挚地感谢他对家乡建设事业的鼎力支持，表达了马市市委市政府将在省政府的正确领导下再接再厉再创佳绩的决心。而后，张思力在市府办公会上把他的处理结果向全体与会人员作了阐述，并恳切地检讨了自己违反组织纪律自作主张，请求组织处分。大家听后闷声不响，市府办吴主任拿一双怪异的眼睛看着他，仿佛张思力是天外来客。个别领导对张思力在省要员祖坟事上的先斩后奏表露了明显的反感，建议他作深刻检查。周子浩也对张思力擅自做主的做法有点恼火，但会上他忍住没有表态。

会后周子浩想，张思力的处理虽然独断，但并没有做错。这事倘若由他自己来处理还真难办。张思力独自顶住了上方的压力，为他解决了两难之境。基于这个意义上看，张思力是个不计个人得失的好干部。张思力招惹众人不满主要在于工作方式而不在于工作态度。从这一段时间来看，张思力果然是一个名副其实、不可多得的人才。虽然生活上有一些习惯与俗流格格不入，工作的手段有些急功求成。但只要主导思想没有偏离轨道，这种人就该用，而且必须重用。说一个官员腐败，不能仅限于经济腐败、权色交易、奢华浪费。倘若放着身边奇才、专才不用，而让他们在流逝的韶华中蹉跎了岁月，这也是腐败，而且其对一个城市一个国家带来的危害远远超越其它任何腐败。

昨天下午，周子浩刚刚参加完省对马市“精神文明示范城”的表彰暨授牌回到市委，信访办又转来一封匿名信。信里检举了市政大道剪彩是谁搞的插曲，含沙射影地又把张思力推了出来。事情都过去这么久了，周子浩差不多淡忘了，也没有心思追究了。案头上的事顾之尚且不及，还有闲心秋后算账？倘若老把精力用在这些捕风捉影的事上，那么政府部门跟一个当街指桑骂槐的“三八婆”有何两样呢？偏偏有人避重就轻紧抓不放，其居心何在？机关里的矛盾为何不能开诚布公地拿到桌面上来说，而偏要搞这种诡秘的行径，说明某些人心里有鬼。这事起码表露了同志之间互相猜忌、互不信任的苗头，这是与整个时代潮流不相吻合的作风。这种写匿名信打小报告给人穿小鞋的做法，在寻常巷陌中搞搞还可以理解，首脑机关就绝不允许，得刹住这不正之风……从遣词造句行文风格上看与前一封同属一个人所为，会是谁呢？一个人慢慢地浮上周子浩的脑海。

下一步是该整治整治机关工作作风了。

8

夏秋两季，在忙碌又喧哗中过去了。周子浩站在市委办公楼六楼灯火通明的办公室里，从窗口鸟瞰，市区鳞次栉比的楼房灯火阑珊，像一个个形状不一的静止的灯笼。他思绪翩飞到与赵纬克、宋可歌喜忧参半的大学时代，突然想起该打一个电话给赵纬克，告诉老同学这一刻他所思所想、他的雄心壮志。电话拿起来他又轻轻地放下。我怎么变得急躁了，马市的局面只是刚刚有点眉目，万里长征才迈出第一步，心里就开始浮想联翩。他摇了摇头叹了口气。

周子浩正想着，突然从落地窗外飞入一只蝙蝠。蝙蝠不是追慕黑暗吗？怎么会跑到我这灯火亮得赛过白昼的房间里来呢？气候渐入初冬，蚊子们都已度假去了，这蝙蝠来这里寻什么呢？这可是从来没有过的事啊！周子浩站在窗边看着蝙蝠在房里绕圈扑翅，不由得轻声念起曹孟德《燕歌行》里的名句：月明星稀，乌鹊南飞。绕树三匝，何枝可依？山不厌高，水不厌深。周公吐哺，天下归心。

这蝙蝠深夜造访可是暗示马市未来将有飞来之福（蝠）吗？那么谁将带来这福呢？周子浩禁不住笑了。他并非为这无根无据的联想而笑，而是笑自己前段时间还主持全市扫除迷信走出愚昧沼泽的精神文明建设，现在却把一只小小的蝙蝠与全市人民的幸福牵强地扯在一起。

周子浩自嘲道，我怎么这样唯心呢？还弄思想大扫除呢！要扫首先该扫的是自己。周子浩摸了摸自己有些清瘦的脸颊，在空荡荡的市委书记办公室里无声地笑了起来。

第三种女人

世界上有三种女人。一种是居家型的，随时随刻都可以把一个凌乱不堪的角落拾掇得干干净净，井然有序，像一个充盈着脉脉温情的家。这种女人完全可以做一个称职的老婆甚至贤内助。另外一种女人通常长着一幅姣好的面庞，一个夸张至令人喷血的身材，再配上一颗精于算计的脑袋瓜。这样色香味俱全的女子，只要稍加手段，她会成为你默契的好伙伴——要么是水乳相融的性伴侣，要么是生意场上利益相关一损俱损一荣俱荣的合伙人。但你得提防她的精明，否则哪天她变脸了，首先遭殃的肯定也是你。

还有一种女人，成天生活在自己编织的唯美梦幻里，心灵深处弥漫着张爱玲式的沉迷，喜欢吟诗诵词，常常为一些琐碎的细节而悲喜，容易受周遭的影响而触动其柔柔的情愫，就像她迎风而颤的长长睫毛。在长相上她们较第二种女人逊色，可谓不艳，但细加领略又能品出其不俗的气质。与之交往，会体验到一股很特别的韵味。她们就像20世纪二三十年代像框里的女子，端庄典雅，引人怀旧。可惜就庸碌生活而言，与第一种女人不可同日而语。她们往往不善厨艺，时常流连于酒吧西餐厅，坐在高脚椅子上优雅地玩着葡萄美酒夜光杯。值得欣羡的是，她们又有很雄厚的经济基础，来源大多扑朔迷离。

这样的女人，顶好做个情人。

一

所幸的是，我现在的情人就是一个货真价实的第三种女人。

她的名字叫蒹葭，《诗经》里的名字——一个容易令人想起柔软、潮湿、雾，以及秋天等柔情似水语汇的名字。实际上，蒹葭的确是一个具有多种古典特质的女人。蒹葭说，她喜欢秋天，喜欢在秋天的郊外漫步，最好是在有雾的清晨，踩着翠绿松软的草地，让细碎的步履在静谧的秋之雾霭里化为一曲独奏；她喜欢一丝不挂地把自己浸泡在溢满泡沫的大浴缸里，任思想漫无边际地浮游翩飞，遐想一些久远的不甚切实的事，或者空中楼阁般的理想，直至四肢八骸形如雪花酥酥散散。我曾戏谑蒹葭说这叫意淫。

我当初被她选中，并最终缠绵为她的入幕之宾，大都得益于文学这多情女神的眷顾，虽然也许还有其他方面的原因。我热衷写诗，写一些词采华美柔情蜜意的诗，而且每一首诗无一例外都与爱情有关。我曾在诗歌中称颂自己是一个爱情的殉道者，一个对水、阳光与女性充满敬意的优患男子，一个历经沧桑，成熟稳重从不浮夸的男子。虽然我常常用轻松诙谐的口吻对世俗生活加以批判和嘲弄，言辞未免偏于激愤，但总体上我还算是一个充满斗志才华横溢的正直男子。而蒹葭毫不犹豫地投进我一点脂肪都没有的贫瘠怀抱，不能说与我这些优秀的品质无关。当然，我对此类投怀送抱不会傻瓜似的予以拒绝。何况是一个温软的第三种女人呢！

从外表上看，我冷酷，像一马平川地带突兀而起的峻岭，可我的内心是千年熔岩，随时准备要烫烤溶化点什么有价值的东西，当然包括我所欣赏的女子，好让我的生命更加充实丰腴地向前推进。这样说的话，我是一个很虚假很功利的男子了。不过，没关系。在今天这个世界里，什么称得上真？还有什么真金不怕火炼呢？

我戴着精致的面具与蒹葭厮混在一起，蒹葭何尝不是这样呢？其他人呢？操！这是一个到处充斥着各式各样面具的俗世。这样说，对蒹葭可能有点不公平，倘若世上存在着公平的话。蒹葭总是在与我热泪盈眶的床第之欢中声声切切地呼唤我的乳名，无形中唤起我对已然远逝的岁月纯真的回忆。偶尔，我会幻想蒹葭就是我生命中不可或缺的一部分，或者一根肋骨，或者血管里流淌的液体，此生我们永难分出彼此。

蒹葭柔情似水源于她熟知李白杜甫东坡清照。中国浓厚的古典文化积淀像一条蜿蜒柔媚的河流把如斯美丽的女子滋润得娇滴欲泣。平常蒹葭会拿些她写的“花开花谢，我是最黯然的一朵”之类诗句给我，然后学生似的坐在我面前，仰着尖削微翘的象牙色下巴，一脸仰慕地倾听我言不由衷的赞誉之辞。

我会说，蒹葭，你不该倾情缪斯，缪斯不是好东西。她会害了你，让你牵肠挂肚，让你魂牵梦绕。她就像是我，害你孤枕难眠。

蒹葭说，你贫嘴。

她这样说的时候，洋葱小指头轻轻地滑过我的脸庞，如同钢琴家兴之所至弹出的一个绝妙音符，令我有酒后吟咏一首小诗的酣畅淋漓。

这个女子真让我着迷，可惜她不属于我。

我是一个以写字为生的三流文人，除了那些游弋在纸张之上的密密麻麻的蝌蚪文字外，我一无所有。

干脆一句话，我是一个自以为精神世界很富足，而物质上极其匮乏的男子。

我或许可以把一尊维纳斯兴趣盎然地抱回家，但我根本无力悉心照料她。因为生活不仅仅是精神的言辞，相反，它更多的是物质的硬核。

蒹葭之于我如是。

她属于另一个男人，那个男人远在大洋彼岸的加拿大，一个对我来说生长着猩红枫叶的陌生国度。初中语文教科书中说的白求恩的祖国——毛主席说“不远万里”，所以我可以从容地在那个男人从万里之遥赶回来的间隙，见缝插针地与我可爱的蒹葭做些淋漓尽致妙不可言的事情：比如在无际的黑夜里恒久拥吻；或蒹葭出题目，我填词赋诗，一起高声吟诵晏殊清照；系着碎花围裙一同做些可口的小菜，做完之后依桌细品；搬条矮矮的小长凳肩靠肩沐浴在阳光下说些不着边际的话语，谈对未来的朦胧想望，设想一起到雪域高原或者椰风习习的天涯去……

做这些事情时，蒹葭是快乐的。快乐得有些迷离，有些癫狂。凝视着她欢乐的样子，偶尔我会想起“水性杨花”这个语词，但瞬间我又被她的忘我陶醉所感染。

我们慷慨地消磨着一大段一大段的时间，直到那个有钱的加拿大男人到来。我才回到我的陋室，让凯丽金忧伤的萨克斯伴我的情绪起起落落。在许许多多爬格子的苦日子里，我偶尔会在辍笔抽烟的空儿想想蒹葭和那个加拿大男人此刻正在做什么。蒹葭会在那个老头子褶皱层层的怀里撒娇纠缠，一如予我的柔情蜜意吗？蒹葭会在那老头子的耳畔重播对我说过的呢喃细语吗？想及这些，我有点心痛有点难受。不过，也就只是有一点儿罢了，我会马上收敛了任意驰骋的思想迅速恢复到自我沉迷的写作状态中去。

而蒹葭常常要在老男人外出访友谈生意、熟睡或者洗浴时，捂着话筒偷偷打断我正在虚构的文字思路。而我却无法对她产生懊恼的情绪。

她甜甜地对我说，你可要忍着点哦。蒹葭说她正在掐算老男人的归程。

她说她与老男人缠绵交欢时想的是我。

她说她总不敢睡熟。

她说她担心睡梦中叫出我的名字，就像往日与我在一起的时候。

她说她简直是一只惊弓之鸟。

她说亏心事很难做。

她的倾诉细若蚊叫却字字清晰地通过一条细长的电话线抵达我焦躁不安又渴望宁静的耳际。

我跟她说，没关系。就算老男人知道了又如何呢？大不了，你可以离开他跟我过。

说这话时，我装得口齿伶俐表达流畅，最好让她听出这是我蓄谋已久的计划，是我灵魂深处最最渴望的心声。其实我对她说这话时心里很虚，像一叶暮秋的柳絮。我心里不住暗暗地念佛，但愿蒹葭不要在老男人面前露出马脚，否则没有了老男人，女人还有多大意思呢？

我为自己既是一个作家，一个社会代言人，内心又是如此虚伪做作而惶恐不安。这样矛盾并存的我，但愿在全社会里只是极个别的。这样想着的时候，我的心才稍稍安定了。

二

蒹葭本该是第一种女人。

高中毕业后不久，蒹葭嫁给了一个勤劳的打工仔。打工仔飘荡在五湖四海，带着粗糙的手艺挣小钱养家糊口。一年中的大部分时光，打工仔把蒹葭孤零零地抛在一个僻静又寂寥的小山村，蒹葭把等待打工仔返归的时间花在大量的诗词文章阅读上。蒹葭最喜欢晏殊的词。她说读晏殊的词仿佛看到一个真实的自我。晏殊的名句“无可奈何花落去，似曾相识燕归来。小园香径独徘徊”总是让蒹葭在不断的吟诵中牵扯出内心深处许多稀稀疏疏的秋雨般的情怀。

婚后一年，蒹葭产下一个女婴。打工仔识字不多，蒹葭害怕他给女儿起个阿凤、阿燕的俗名，事先就给女儿想了个晏殊词里的语词。按理说有了女儿的蒹葭应该好好相夫教女过起平淡而真实的居家小日子，然后在另一种等待中守着女儿长大，最后把女儿嫁出去，蒹葭的人生使命就算完结了。可蒹葭没有这样想。她对我说把年年月月晨晨昏昏用在孤寂的等待中是一件很痛苦很折磨人的差事。她由此联想到垂暮之年的衰落。

她说她受不了这种苦的煎熬，她说自己是一块烙饼经受不了长久的炉火烹煎。

其时，恰逢国家大变革，神州大地一夜之间就像被一把巨大的犁翻过一样，处处散发着清新又热烈的青春气息。尤其是东部沿海的几个省份更似久旱逢甘霖，到处是热火朝天的工地与拔地而起的高楼大厦。内陆省份的人潮迅速蜂拥到几个沿海开放城市来，说是淘金热并不为过。那个时候从东部沿海回家过大年的男女民工们绝没有徒手而返的，满载而归的笑容像一场春雨淋醒了静坐山村枯守寂寞的男女老幼。于是正在忍受着孤独的蒹葭匆匆断了还不到五个月大的女儿的奶，把一个如诗的女儿塞给打工仔目不识丁的母亲抚养，孤身一人乘火车换大巴雇小三轮直奔改革开放最前沿广东去了。

蒹葭跟大多数初来乍到的打工仔、打工妹没有两样，人地两生疏，举目无亲。真是白茫茫大地谁识我？蒹葭临行前根本没有掂量掂量自己有多少分量。她天真地拿了些闲暇写的悲悲戚戚的诗文辞赋和读书期间得过的各类文学奖项企图要敲开那些报刊的大门。然而她失望了，人家要的是那红艳艳的大学学历文凭。沮丧的蒹葭只好到一家不入星级的酒店当一个普普通通的小服务员，洗碗，擦桌，捧菜，胆战心惊，兢兢业业，唯恐侍候客人不周招来辱骂。

在异乡的日子里，蒹葭过得孤寂而忙碌，累死累活的一天下来也仅挣二十块钱，扣除吃的，所剩无几。可是蒹葭自身对金钱奢望无多，她把省吃俭用挤下的钱存了起来。

蒹葭心里隐藏着一个很美丽很伟大的愿望，她从来没有向她的打工仔丈夫提起过。大概是彼此文化悬殊的缘故，也可能是处于不同心理层面的原因。蒹葭想靠辛苦打工积攒下一笔钱来抚养女儿，让女儿受到最好的教育。蒹葭不希望女儿重蹈她的覆辙，在一个穷山村成长，读书，辍学，务农，嫁人，终老一生。她要把女儿送到大城市去，受最优秀的教育，从小培养女儿超乎同龄人的优越感。这样的愿望在蒹葭的心里像一颗饱满的种子从播种生根再到萌芽。

这个愿望其实也是许多年以后，蒹葭衍化为第三种女人的致命诱因。

蒹葭，一个热爱诗歌的女子，是如此深爱着她的女儿。蒹葭是一个善良而伟大的母亲，这是多年后的一个月夜，蒹葭与我谈起这段往事时我的切身感受。

蒹葭是聪慧的，蒹葭又是忧伤的，但她至少是一个具有崇高理想的好女子、好母亲。而我呢，一个破落的作家罢了，庄之蝶或者西门庆的浅薄与无聊。写写字，喝喝酒，抽抽烟，然后等待一个女子离开另一个男人的怀抱。有时，我很厌恨自己，厌恨自己把别人用过的或者遗弃的东西接过来。我为什么不能去找些新鲜的来享用呢？在别人眼里蒹葭是下贱的，而我呢，岂不更贱！

加拿大男人终于启程回他枫叶瑟瑟的国度去了。蒹葭说她送老男人到机场后将直接打车来我的住所。我现在的居室是一个单人小套房，艰难地供着银行的按揭，换另一句话说叫为银行打工。我很穷，靠写字为生的男人，大多这熊样，微薄的稿酬仅够我捉襟见肘的一日三餐，任我无论如何节俭都远远不够为自己出本书。我的整个屋子里除了厚厚薄薄的书便是零乱的稿纸，再有就是一堆皱巴巴的旧衣、旧裤与臭烘烘的袜子了。蒹葭来过这个地方。当时她是以一个文学爱好者和我的强烈崇拜者的双重身份来的。几年后蒹葭有钱时，曾说过要帮我把银行的钱还清，我心里十二分的愿意，嘴上却软软地推辞了。拒绝后我马上懊悔起自己心肠不够狠。

如果拿了蒹葭的钱，我将成了什么？鸭。

而蒹葭是什么？前段时间，流行着一部叫《鸡鸭恋》的香港电影，海报满天飞，挺卖座的。

我怎么会突然想起这部粗糙的电影呢？

我还来不及细加探究，蒹葭就裹挟着一身空灵清郁的“三宅一生”的香水味走进我的房子。说句老实话，站在我面前的蒹葭实在说不上妖媚。若要论武媚娘似的妖娆，大酒店里的小姐堪称一绝。蒹葭有一双大眼睛但不够水灵，水灵灵的眼睛应该是眼帘里罩着一层薄薄的雾氲，而阳光出来后，眯着眼便要从里面溢出几颗晶莹的珠泪来。蒹葭的鼻子也不够挺，仔细端详还有点塌，远离了古希腊美女的典范。不过没有关系，她小巧的嘴巴完全可以弥补鼻子的视觉缺陷。必须提醒诸位的是，蒹葭皮肤的白皙是无与伦比的，古人喜欢用羊脂来加以形容。我没见过羊脂，但我见过柔和灯光下裸体的蒹葭。心想，这哪里是羊脂？这是白色的精灵，从仙界降落到凡间。你瞧，连蓝色的血管都清晰可辨，一条条像在深海里游弋的海蚯蚓。蒹葭老喜欢把“梳子”念成“梭子”，这是她们那地方的口语习惯。奇怪的是我听起来心里便萌生一种异样的冲动。你要知道蒹葭说完这个词，整齐的上牙会轻轻地咬住薄薄的朱红下唇，然后拿一双雾霭重重的大眼睛一动不动地盯着你看。这样的女子很有韵致，仿佛是从仕女图上走下来的手中拿着罗扇的古典女子，或者说像一大段悠悠闲闲的乐章里跳跃的一朵灵巧的音符，“扑”的一声钻进你的心里，然后弥漫开去，甜蜜的感觉延伸到你身体的各个角落。

蒹葭的美是一些零碎的细节，是内蕴而不外露，是含蓄而不夸张，是一首象征派或者朦胧派诗歌。

什么样的鸡尾酒适合什么样的人，蒹葭的美只有我懂得品尝，我一向自负地这样想。而打工仔身在福中不知福，是一个身入宝山不识宝的人。事实上，打工仔即便知道了蒹葭的价值也是不懂得去珍惜。加拿大男人呢，则是功利性大于欣赏性的人，商人重利轻别离，因而他忽略了蒹葭的美，暴殄了天物。蒹葭势必要找一个读得懂她的人，唯其如此，她的美才有了价值体现，珍宝才可光芒四射，而我凑巧成就了这一段美事，也算是让蒹葭不至于枉费如水年华与娇美容颜吧！这样说，我便沾上了救世主与假道学的嫌疑了。然而我仍然控制不住我的沾沾自喜，这点道理大家都会明白的。

蒹葭坐到我杂乱的书桌边，突然好像不经意地说，他答应再给我两万，下个月汇来。

如果我没记错的话，这已经是第二笔了。前一次是一万，还是我和蒹葭一道去邮局把钱寄回她老家的。

我很佩服生意人的精明能干与条理清晰。我永远达不到这样的境界，如同生意人永远也无法把一本诗集从头到尾坚持读完一样。这一次次时间间隔较长的金钱兑现可能会让蒹葭希望落空的。如果那一天真来了，蒹葭人老珠黄，却无法遂了夙愿，对于蒹葭这样一个矢志不渝的女子该是多么可怕的事啊！

蒹葭又说，他一直追问我，那个来了吗？他说这次如果没有来一定要及时告知他，他会汇更多的钱过来……他要我多去买些富含营养的食品来吃，还要我每天坚持喝半斤牛奶，说是生出来的孩子不缺钙，皮肤也会更白皙。

蒹葭平静地叙说着，手里不停地玩弄着我搁在桌上的笔。她一会儿把笔竖了起来，一会儿又弄倒它，吧嗒吧嗒的声音，真让人心烦。

我得找些事来做，可是我现在能做什么事呢？我站了起来，东翻翻西找找，丢了魂似的。蒹葭迷迷茫茫地望着我。我觉得自己心里无来由的慌，慌什么呢？不是说好了吗？你不是可以不在乎吗？又不关你的事。然而我心里就是憋闷得厉害，很想找个东西来发泄发泄这股闷气，最后我泄气地瘫坐在椅子上闷闷地抽着烟。

蒹葭靠过来问我，怎么啦？

多么撩人心弦的声音啊，可是我听起来怎么老觉得心窝上堵得厉害呢？我究竟怎么啦？

我站了起来，双手粗鲁地抓紧她纤削的肩膀，两眼逼视着她。我狠狠地说，咱们，算了吧，你离开那糟老头子，不要再折磨自己，咱俩一起过！

蒹葭定定地看着我，眼睛眨都没眨。

不知咋的，在她的注视下我的心莫名慌乱了起来。

过了有那么一会儿，蒹葭眨巴着一对长长的睫毛，宛若一双黑色蝴蝶在薄雾里展翅飞翔。然后她轻轻地叹了口气，缓缓地说，还是坚持下去吧，何况这种日子很快就要结束了。

蒹葭轻声细语地安慰我。

我松开她的身体，颓然跌坐在椅子上，默默不语。

我陡然觉得内心深处仿佛存在着一处诡秘而不可测的深渊，我正在无可挽回地往下坠落，而我却束手无策。我恨自己的懦弱与无能，更恨自己的优柔寡断。我不知道我对蒹葭的感情算什么。我究竟对她有没有爱？如果有，这样的爱深吗？一直以来，我都逼自己尽量不去想这些问题。

三

蒹葭在广东洗盘子已有一段时日了。蒹葭这种女子即便身着粗布衣裙不施粉黛，也自有一袭摄人魂魄的风韵。在中国，据说台湾与广东两地的男人最善于捕抓此种灵性。

经理把蒹葭叫进他的办公室，踌躇满志地告诉蒹葭，你不用洗盘子啦，直接到我办公室里来，听说你还是个高中生呢。

经理说完亲昵地拍拍蒹葭的肩膀，荡着一脸的笑意。

刚好是三月阳春，暖暖的日光从墨绿色的百叶窗缝隙爬了进来，稀稀疏疏地映在经理一张皮脂腺分泌旺盛的油脸上，东一块西一块像得了白癣病一样。经理的一双嗜酒又熬夜而酿成的小金鱼眼，杂在白癣中正不怀好意地裂开又闭上，闭上又裂开。

蒹葭从经理身边不动声色地移开了一步说，谢谢，我还是去洗盘子。

到办公室里来工资很多，年底还有奖金呢。经理志在必得地以退为进，他的一双肥嘟嘟的手又举了起来。

蒹葭又向后退了一步。她说，经理，我不在乎钱多钱少，我只想过得舒坦些！

你到办公室来上班会更舒坦的。经理的笑容里深意更浓了。

蒹葭感觉办公室里的空气沉闷得像用餐高峰期的酒店中餐厅，觉得心里很不舒服。

经理，如果没有别的事，我要去洗盘子了。蒹葭说着话便转过身抬腿欲走。

好吧，你也是聪明人，咱们明摆着说吧，你到办公室里来做我的生活秘书，你不必做事，只要好好陪着我就可以啦，我决不会亏待你的。

经理终于说出了事情的真相——所有男老板与女雇员的故事中惯有的情节。

当然，蒹葭毕竟是蒹葭，她拒绝了。

办公室谈判过后，洗盘子的蒹葭日子自然就不好过了。工资被无缘无故地拖欠，去找经理讨了几回，经理依然对她是那一副腔调。蒹葭无奈，在广东，她举目无亲，她不知道这种事应该找谁论理去。蒹葭只好离开那个居心叵测的酒店另找别的地方，但是蒹葭在别处也遭受到了大同小异的境遇。蒹葭脸上似乎写着一样暧昧不清的暗示，所有的男人见了她都会不自觉地滋生非分之念。

蒹葭问我，她这样的女人是不是让人一眼就看出心里藏有很深的寂寞啊？我没有回答，但我知道蒹葭是极聪颖的女子，就算我不说，她心里自然也是明白的。蒹葭身上散发出的东西既像是光环又像是影子，这是她永远挥之不散的。而这东西迷惑了蒹葭，也迷惑了所有与之交往的男人，致使蒹葭在自己不自觉散播的诱惑里悲悲戚戚，沉沉浮浮，不能自已。

世上有一种女子，她们平常爱笑爱说，与常人俨然没有两样。但是如果仔细观察，你会发现她们言笑之间透出一种很属于自己的东西，或者是创伤的痕迹或者是落寞的孤单，而她们自己察觉不出。

蒹葭无疑是这一类女子。这样的女人仿佛是活在秦砖汉瓦的时代，活在民族修好的和亲队伍中，活在消磨兵戎战祸的贡品里……

蒹葭，你为何走入这个嘈杂的凡尘呢？

在异乡漂泊的蒹葭突然很想回家，想念那个遥远的山村，想念她的女儿，想念宁静的山村生活。在他乡居无定所的日子里，蒹葭从来没有如此深切地渴望亲情的呵护，仿若落水者对一段浮木的渴求。她甚至想见见那个在另一个地方打工的丈夫。

回到家后的蒹葭却又对家里的一切产生了无可名状的隔膜之感，女儿根本认不得她，那个如诗的女儿穿着脏兮兮的衣裳怯生生地见了她，直往她奶奶的怀里钻。蒹葭花了整整一个月时间，又买糖又买玩具的连哄带蒙才使女儿重新与她亲近，蒹葭体味到了极深的悲凉。

家里人用蒹葭和打工仔挣回的钱风风光光地在村里竖起了一幢两层小砖楼。因为资金不足，房子只装修了一层。第二层家徒四壁，连门窗都没有装，所以白天时房子里的阳光很多很满。蒹葭时常拿些诗词小说文学名著抱着小女儿上楼去晒太阳，间或念些诗歌给女儿听。她喜欢自己读诗的声音与样子，虽然她知道女儿不可能听得懂她妈妈念的东西，但蒹葭坚信女儿终有一天会懂得这些铿锵悠韵的声音，就像卖火柴的小女孩坚信温暖会来到她的身边一样。

然而，从奢华与繁荣的广东回来的蒹葭发现自己的内心正在无可挽回地发生着点点滴滴的蜕变，她清醒地意识到但无力抵抗。她愈来愈觉得乡村生活乏味得像林子里厚厚的腐叶，甚至已嗅到一种日子日渐死去的味道。乡村的夜晚是多么难挨，它无边的孤寂，完全不是晏殊易安稼轩所能打发的。

蒹葭说她已无可救药了，她经常这样自怨自艾。蒹葭不喜欢喧闹浮华，因为在五光十色的生活中，她找不到自己心灵的慰藉，她的心里老是有毫无着落脚踏虚空的惶惶然。可一旦潜进平静的生活湖面她又无毫来由的慌，心里像长了一丛丛萋萋的荒草，拼命找些琐琐碎碎的事来做仍是无济于事。

“也许我命中注定是个颠沛流离的女人。”蒹葭说这话完全是兵荒马乱时江浙一带女子的腔调，仿佛坐在我面前的是南渡的易安居士而不是蒹葭。即使丈夫偶尔回来团聚，蒹葭也找不到久别胜新婚之感。夫妻生活虽然弄得很癫狂，每做一次两人都精疲力竭酣畅淋漓，但蒹葭心中隐隐有一丝不足之憾。她弄不清楚这种不足究竟是什么？是迟迟才到来的性高潮？是男欢女爱粗砺的甜蜜？还是一种梦寐以求的飘渺的生活？全都不甚确切。蒹葭在乡村寂寥的日子里忧伤得如一片孤零零的秋之落叶。

发挥之后的丈夫像一条被剥去了肌肉的蛇皮在蒹葭的身边心满意足地沉沉睡去。望着暗影里丈夫日渐苍老的轮廓，蒹葭心中燃烧起一股无名火，她无法控制自己的冲动，她像一头小母马恼怒了起来。

她用力推醒丈夫，恶狠狠地对他说，我们干嘛要这样过？我们不要这样像驴一样的出去干活，我们好好的在家把女儿拉扯大好吗？

丈夫迷迷糊糊地回应了她，干嘛啊，你？发神经啊？不出去哪来的钱？丈夫丢下几个反问句后又转过身睡去了，就像是一台旋错发条的闹钟糊里糊涂地嘶鸣了几声又沉寂了过去。

蒹葭独自在无边的黑暗里醒着，像一朵只在黑暗中绽开的花儿。她无法入睡，老是觉得心里汹涌着一条湍急不息的河流。在乡村死一般的岑寂里，她非常清晰地听到了自己起起伏伏的心跳。心在肉体之外跳跃。她想，或许她会循着这不安的心跳声响慢慢走向衰老吧。

辗转来到了福建的蒹葭，告诉自己再也不去酒店饭馆做服务员什么的，她要找一个干净体面些的工种来做。她讨厌酒店宾馆的那种表面光溜堂皇实则藏污纳垢的地方。蒹葭凭借自己过去的一点文学积淀当了一所不甚像样的农村小学的语文代课老师。上课下课，独自买菜煮饭，蒹葭暂且安定了下来。蓝天、浮云、田野、暮烟四合的村庄，这是蒹葭故乡本就有的。可波涛、汪洋中的船、潮湿的海风、白云间高蹈的海鸟却是她的家乡所缺少的，再加上不沾一丝俗世之尘的教书生活，蒹葭体味到什么叫“如鱼得水”。日子宁静得像一块新嫁娘橱屉里用红坎布包着的柔软的丝织绸布。蒹葭已然慢慢习惯了这种被她称之为诗样的恬静岁月，感受到这里的欢悦空气，像晨起时扑鼻而来的薄薄雾岚。蒹葭对闽南的融入就像她习惯了这里潮湿海风的亲吻一样。而经常在蒹葭身边冒出来的一群群叽叽喳喳的孩子，宛如梦的精灵暂时弥补了蒹葭对遥远乡村的女儿的牵肠挂肚。

在闽南农村的孩子身上，蒹葭倾注了柔柔的母爱。她在课堂上给他们讲自己的童年，讲自己的家乡，讲她的女儿，与孩子们一块出游，爬山、野炊、钻防空洞，满山遍野地疯跑。有时她还把他们叫到宿舍里来，买杂七杂八的零食给他们吃，与他们相处得热热闹闹融洽无间。那些孩子里有一个叫燕子的女孩子，与蒹葭的关系最密切。燕子与她同吃同住，形同亲姐妹。在充实又快乐的乡村时光里，她似乎已忘怀了那个为女儿的未来所编织的梦。

蒹葭除了把时间倾注在孩子们身上外，空闲时还舞文弄墨，涂抹一些给自己看的文字，兴致来时也念给那些孩子们听。蒹葭还参加了当地的文学协会。蒹葭从字里行间的斟酌中体味到缪斯女神的脉脉温情，也净化了自己一丝尚存的浮躁心态。

在一次校园文学座谈会上，蒹葭结识了我——一个酝酿着大红大紫的青年作家。她开始不停地写信寄稿给我，向我请教一些琐碎的文学细节，与我探讨文学创作中的疑难杂症，她的措辞既尊敬又诚恳。这在一定程度上满足了我这种尚未真正被文坛关注的年轻气盛的人的虚荣心。何况第一次见到她，我便察觉出这个女子身上的一些不同凡响的东西，她让我怦然心动。我一直想找出她吸引我目光的具体因素，是身体的线条？是葱白的肤色？是瀑布的长发？是空谷莺鸣的声音？……我穷尽才智却无法找到答案。但我知道世界上最迷人的东西打动观者的心往往无需理由。

我自然而然地在百忙中抽空给她回了信，认真又细腻地帮她剖析了一些所谓的文学问题，并敦促她笔耕不辍。后来发展到她大老远的拿着稿子跑到城里来找我，要我帮她当面改稿。天知道她的胆量从何而来，或许我的回信里隐隐透出些什么露骨的暗示也未可知。她来信的言辞变得越来越甜腻，仿佛涂满了口香糖，称呼也大变先前的尊称，竟然直呼吾名了。读着这些信件我嗅到了不妙的气息。但是我没有及时制止这活在信纸上的文字精灵的蔓延，而是采取听之任之随波逐流的态度。我的这种处世哲学可能也是我多年来事业上一直停滞不前的缘由吧。

我想，何苦呢？该来的你避不开，不该来的你千呼万唤也不会来。

从纸质文字来往到面对面的口耳相授，我们的接触变得更加感性而引人浮想联翩。准肌肤相亲在一些不期然的情景中应运而生。为了对她文学创作的进步表示鼓励而作出的碰碰手背、拍拍肩膀的伎俩我操作起来还算娴熟，她处之泰然受宠不惊，全然不像时下办公室女子那样小题大做地大呼性骚扰。

一直以来，我以为造物主创造夜晚这个盛大舞台的同时也缔造了一个不安宁的世界。夜是最能滋生浪漫故事的场景。夜是孕育所有优与劣、良与不良情感的温床，置身其间往往让你难以自制，人的坚强与脆弱在夜的面前一览无遗。

在一次亲密的改稿之后，蒹葭提议一块去外面吃饭，我没有多大犹豫就答应了。想必蒹葭早就料到了，她丝毫没有为我的爽快应诺而惊讶。我想，我在蒹葭眼里其实无需掩饰。我衣衫重重的外壳包裹下的心灵情感思想只对俗不可耐的女人有效，而蒹葭不在此列。

走出我的居所，蒹葭很自然地勾住我的手臂，起先我有些忸怩不安，我不太习惯这当街的西式亲昵。要知道虽然在文坛上我尚属末流之辈，但在这个城市里认识我的人还是挺多的，我可不想在没有扬名立万之前，就落个花花公子的美名。蒹葭可不管这么多，她镇静自若地勾着我，像勾着菜篮子在街上随意走着，口里温温软软地讲着话，时不时还侧过头来看看我，眼里的秋水清澈见底，我小小的影子在她的瞳孔里诚惶诚恐。

咳，我必须检讨我自己。我是一个懦夫！晚餐吃得出乎意料的平静，像很早以前就酝酿好的。食间我们还喝了点五年封的女儿红，不是说酒能助兴吗？我原本还以为会发生点什么。结果水波不兴。蒹葭回去后，我仍然在思考，我是否自作多情了？也许蒹葭认为她对我的这些举止仅仅是出于对我的尊重与倾慕罢了，再正常不过的了，倒是我太自以为是了。

老头子又回来了，是蒹葭的一个电话召回来的。蒹葭告诉他她有了。老头子喜得第二天就乘一只大鹏鸟从加拿大飞了回来。陪他一起来的还有一条足足有二百五十克重的粗粗的金项链和几套高档衣服。老头子想儿子想得都疯了。他一下飞机，就打车把蒹葭接到酒店，迫不及待地问她多久了，然后开始掐指算日子。蒹葭说，那一刻她怕得要命，她想，事情要败露了。她用不断抚弄衣服来掩饰自己的紧张。还好老头子算完之后没有说什么，反而很高兴地告诉她，要好好保养身体，别太操劳。蒹葭大大地舒了一口气。舒了口气的蒹葭看也不看那些首饰衣物，而是开始平心静气地向老头子摊牌。

我可以为你把孩子生下来，并且抚养孩子到六个月大，但你必须一次性给我五十万的酬金。蒹葭说。

狂喜过后的老头子显得有些为难。他说，我先付给你两万，作为首笔酬金；另外，每个月五号准时汇三千块生活费到你卡里。怀胎六个月大的时候再付五万，临盆的前一个月再给十万，孩子平安产下来之后另付十万，养育到六个月大的时候，最后付清余下的十万，连同前两次已付的三万，总共三十万，这样可以吧？

老头子用的虽然是近乎商量的口气，但是蒹葭听出老头子早已深思熟虑有备而来。

蒹葭说，为你生一个孩子，我要付出很大的代价，我的工作，我的青春，还有身体，三十万哪够啊！蒹葭不想以这么点钱把自己给卖了。

但老头子坚持不松口，结果两人话不投机。

那天晚上，老头子要她留下来过夜，蒹葭生气地拒绝了。

蒹葭独自打车回到了学校后，她马上打电话给我，问我怎么办。

我一下子也没了辙，不知道怎么解决这类问题，原先我们以为老头子为了孩子会很爽快地答应呢。我在电话这头没了词。

蒹葭在电话里期期艾艾地说，要不，咱们算了吧……我有点怕，万一……

我急了，赶紧打断她的话。

我说，绝不能放弃，我们好不容易做到这份儿上，就此作罢，岂不白白放过了一个很好的机会吗？何况……我没有再说下去，因为我察觉蒹葭在电话那头反常地沉默。

蒹葭不再言语，我不清楚她在想什么，我不知道我这样说是否伤害到她，我是不是太自私了？没有考虑到她作为直接关系人的感受。蒹葭走到今天这一步有我的一份怂恿，我是脱不了干系的。我心里隐约有一些愧疚。

我说，要不咱们再挨些日子，静观其变吧。

蒹葭在电话那头悠悠地回了句，好吧，就听你的。

挂完电话我很伤感，却不知道为谁而忧伤。

过了三天，老头子又把蒹葭接走了。

奶奶的，有钱真好，要咋做都可以。我想。

蒹葭是走了两天后才回来找我的，她说老头子又回去了，他一分钱也没有留下来。老头子说要回去好好考虑一下。

蒹葭的口气很忧伤，像一只落单的丹顶鹤，我听后浑身提不起劲来。

自从那一天我俩商量完事之后，我一直把日子过得患得患失，像活在到处是补丁的残缺不全的世界里。我没有多想我与蒹葭那样做对我和蒹葭以及他人是否会产生怎样的恶劣影响。事情走到今天，并不完全按我们俩人的意志为转移。冥冥中好似有一股神力推着我们朝一个不可预测的方向延伸。钱对于我并非很重要，不过是关系到一本书的问世罢了。而对于蒹葭却是非常必需的。她诗一样的女儿永远是她心中的痛，就像一个长在心里的隐喻。蒹葭不止一次向我提起她给自己许下的承诺。蒹葭本人对金钱苛求无多，这点我非常了然。然而有时想想那些目不识丁却又拥有很多不明来源钱财的人，心里便有一丝难解的恨意，也许这是我搅进这件事的原因吧。

我现在有点糊涂了，我究竟成了什么，为什么不能好好地去写我的文章，非得来赶这趟动荡不安的列车？

四

自从那一次晚餐后，蒹葭很久没有再来找我，也没有写信寄稿给我。我心里倒有点不甘。不甘什么呢？我想蒹葭大概大彻大悟了，她洞悉了我的居心。罢了，不管她，写我的文章去得了。

大约一个月后，蒹葭突然来找我，事先没有一个口信，她以前从来不是这样的，即便是后来我们很熟的时候。她风风火火地窜进我的房间时，我正在睡午觉。她直奔到我的床前，眼睛里闪烁着热烈的光芒，她把我从床上拉了起来。我一下子被她搞蒙了。

她说，燕子，……燕子。

我说，燕子？你的学生？

对！她说。

我爬了起来，给她倒了一杯水。

她喝了一口水，才坐下来告诉了我事情的来龙去脉。

燕子就是那一个和蒹葭关系很密切的女学生。家里有一个在加拿大的远房伯伯。据说她伯伯在加拿大拥有很大的生意与家业。燕子的伯伯年纪已逾天命了，膝下无子，有两个女儿。偌大的家产，他不甘落入那些女婿们之手。燕子原本有一个哥哥要继嗣给他的，不知为何，后来燕子的远房伯伯又不要了。老头子每一次回乡都为这家业继承的事长吁短叹。

于是燕子的妈妈提出一个想法：就是趁现在年纪还不是很老，再生一个。

当然，燕子的伯母是不可能再生孩子了，据说当时还在大陆时生完第二个女儿后就已经结扎了。于是燕子妈妈就提议她大伯找一个年轻的女子来生育，叫借腹生子。这样生出来的孩子又是自己的亲骨肉，孩子生完之后，付清女人的报酬，就分道扬镳彼此不相干了。

这个办法马上得到老头子的首肯。

老头子想，反正钱对于他来说多得像手纸，费点财要来一个亲生儿子，老头子从生意角度认为是一个赚得多赔得少的买卖。可是他想现在会有谁愿意做这种事呢？孩子是母亲身上的骨肉，哪个愿意卖自己的骨肉呢？老头子也不想随便找一个来，他定了几条自认为比较合意的标准：女人必须年轻，不超过二十四周岁；脸蛋要清秀身材要高挑皮肤要白皙；性格要温顺文化程度不少于高中毕业；女人所从事的必须是比较干净的文化型职业；另外，坚决不要本地人。老头子委托燕子的妈妈来办这事。

不知道是谁走漏了风声，村里许多人都得知了这事。大家兴奋不已地议论纷纷，茶余饭后三五成群聚在一起交头接耳。有的女人甚至想把自己或者自己的女儿毛遂自荐出去。燕子家的门槛被一些心怀“凌云壮志”的村人给踩烂了，只可惜老头子死咬着“不要本地人”的初衷不放。本乡人无奈，只好作罢，转向打别的主意。他们听说帮忙介绍拉拢成功的有一笔丰厚的酬金，大家都停下手中的农活，忙着张罗这事。一时间，燕子的村子乃至于邻村瞬息间便像冬眠醒来的动物，春风一拂就沸腾起来了，人人都为了这天上掉下的馅饼奔走告询。田园荒芜，鸡犬在外流浪，孩子挂着鼻涕迎风而立……人们的兴奋远远超越了在夜幕温床上的每一次胜利的交媾。

燕子的妈妈经常来学校找蒹葭了解燕子的学习情况，所以与蒹葭比较熟。燕子妈妈心想，文化人秉性相通，也许找蒹葭帮忙总比在外面瞎找瞎问更方便快捷些。于是她私下里让燕子捎个口信给蒹葭，请她帮忙物色一个。

蒹葭起初听了燕子的叙述，觉得真是荒唐。心想这种事他们怎么能做得出来呢？蒹葭这样想也就没有去帮燕子妈妈费什么心思。

后来燕子的妈妈又让燕子催了几次，甚至还专门为这事来了几趟学校。蒹葭才把它当事了。

开始的时候，蒹葭认真地在自己所认识的人中去做排查，结果都不合要求。要么有姿色而人品不顺，要么文化程度不高，要么没有一个好职业，要么其他方面都符合就是长得小巧玲珑。蒹葭受人之托，忠人之事，做得还挺卖劲的。蒹葭的善意无可挑剔，但也只好如实向燕子的妈妈表示无能为力。

后来的一天，燕子的妈妈请蒹葭到她家作客，蒹葭欣然前往，因为她正想与燕子的妈妈谈谈燕子学习上的事。

五

蒹葭第二次离开穷山村选择的是一个有雾的清晨，天地朦胧一遍，万物被浓浓的雾霭省略去了。一切是那样的安静，静得宛如一个宁谧的女子披着轻纱行走在无人的幽谷。

蒹葭决定非得干出点名堂，才回山村来。既然无法选择像驴一样的日子，那就该混得好些。所以蒹葭这一次的远行是铁了心的。她没有告诉任何人她的去向，其实蒹葭也不知道自己将往何方。她只留了张纸条给打工仔，说等安定下来后再打电话回来。蒹葭说她到福建来好像是应冥冥中某个神秘力量的召唤，鬼使神差地选择了福建这个她从未来过的陌生地方。因为来到福建闽南，蒹葭才邂逅了我，也才与另一个男人发生了交错盘杂的瓜葛。

蒹葭说与我结识是源自于那像隐形丝线的缘分，而与那个加拿大男人的交往纯粹是因为钱。她这样说，让我既高兴又忧伤。我高兴是因为她没把我看成市井无聊轻薄之徒，而是把我当做她异乡的知己，她可以毫无避讳地向我倾诉心曲。但我又伤心蒹葭这样优秀的女子，竟然要为了钱去做为俗世之人所不齿的事。蒹葭是那样出类拔萃，那样芙蓉般的清纯，怎么会与铜臭沾上边呢？

所以当蒹葭提出要去做那事时，我的心情非常复杂。虽然很早以前我就认定蒹葭是一个第三种女人，但我内心深处仍然不愿意接受这个事实。我希望她依然是那个文文静静教着书的异乡女子。我无法把眼前的蒹葭跟一个年过半百的老男人联想在一起。然而她就是这样残酷地告诉我她的想法。

她说，我必须实现我的愿望，我已经是第二次出来了，不能再像上次那样空着双手回去……教书，我还是挺喜欢的，可是太清贫了。单纯靠代课工资要实现我的梦想得等到猴年马月啊。等我愿望实现后，如果还有书可教的话，我会一辈子教下去的。我知道你一定很看不起我，把我看得很贱。其实这世界上有许多人在做着比我更不可理喻的事情。可是又有谁会对他们说三道四呢？

站在我眼前的蒹葭依然是那样妩媚，那样动人。而我的心是痛楚的。我在想，对这事我是否负有责任。虽然更多的时候我是一个冷眼的旁观者，持一个隔岸观火的姿态。但我一直都以文字与她交流。一个作家理应借助他的作品成为社会日常道德规范的教化者，而不是伤风败俗的教唆犯。唯其如此，作家的作品才有生命力，基于这个意义，作家才能称为合格的社会代言人。

我想我该做点什么，虽然我只是一个写字的，我必须尽我所能规劝她不要陷入漩涡中，回到正常的生活轨迹上来。

我做如是想，缘于她对我的信赖。

我搜尽天下最恶毒的语汇来批判钱的肮脏与龌龊；我甚至用马克思的商品价值论来论述“钱”本身的一文不值；我还以孟子的“穷则独善其身”来说明人格修养比金钱更重要；我用韩愈的为师之道来阐明传道授业的神圣；我以曹丕的“文章千古事”、“文章经国之大业”来粉饰美化她所钟爱的文学的无尽魅力……

蒹葭挂着一贯的笑容静静地坐在我的面前，既不质询，也不分辩，不置可否，一言不发。

我知道我又无可救药地失败了。在严酷的现实面前，我的思想多么的脆弱，我的措词多么的空洞苍白，因为我自身对这些堂皇的言辞本就持半信半疑的态度。

蒹葭说，我现在心里很乱，我知道你对我好，我真的很需要你的帮助。

我能做什么呢？我不过是一个手无缚鸡之力的穷书生罢了，恐怕我会让你失望的。

蒹葭把身子探过桌子来，抓住我的手。她的手温润如春，比面粉团更富有弹性。她紧紧地握住我的手，这种感觉真好，虽然我与蒹葭的肌肤相亲早就发生，然而每一次的接触她都会给我陌生的新奇感。我，一个历经风风雨雨的男子，在蒹葭面前居然像个大男孩一样的粗糙懵懂不谙世事。

她握我的手越来越紧了，好像溺水中的人死命地扯住那棵救命稻草，可是我这根稻草能起什么作用吗？

说吧！我能做什么？

我开口后马上后悔了，我这样问她不等于认同她的行为吗？可是我又无法在她面前装得世故些、城府些。何况我的手还在她的手里，近在咫尺的蒹葭眼里写满了哀怨静静地看着我。

我不需要你做什么，我也不想为那老头生了孩子然后走人，这不等于卖自己的骨肉？

你刚才不是说同意燕子妈妈的要求了吗？

我心里狐疑不定，不知道她究竟要做什么。

我开始为自己担惊受怕了，担心被人引入圈套，被卖了还不知道卖你的是谁。我的骨子里深埋着自私的元素。我想，大祸临头，我肯定选择逃命，这是知识分子胆小怕事的懦夫情结吧。从何时起呢？无从考证。

我要为你生个孩子，而不是为那个老头子。

她说着，瞪着我的眼睛里看不出丝毫的胆怯与虚假。她大胆地凝视着我，像一个热恋中的女人。

天啊，果然引火烧身了，果然闯祸了。

你，你这是荒唐，你简直不可理喻。

我被激怒了，摔开她的手。

我的怒火绝不是装的。我已猜出蒹葭的心思：她想和我合谋骗那老头子。我再怎样的堕落也不会去干这种事！

六

福建闽南与台湾隔海相望，与经济强省广东毗邻，又是著名的侨乡，独特的地理位置与历史渊源促使她成为中国较早实行改革开放的前沿阵地。随着开放的深入，地方经济的日渐腾飞，不可避免地出现了一些畸形腐化的社会生活现象，即通常所说的改革阵痛。大批外地人涌入闽南，除了进入工厂打工外，有相当一部分女子混入酒肆饭馆做服务员，更有甚者混迹于KTV包厢。高明些的被某一个男人包养起来，物质生活无忧，终日无所事事，醉心于时装首饰胭脂唇膏，把自己打扮得妖媚风骚，把姘夫的糟糠之妻折腾得寻死觅活。流言蜚闻一下子充斥着大街小巷，人们茶余饭后开始津津乐道于丑闻的传播。由此产生了很多广为流传的有趣的语词，诸如“做鸡”（称呼操皮肉生意的女子）、“片仔车”（称呼专载风月场所女子的营运摩托车）、“二奶”（不经政府红册子认可的非婚女子）、“妈咪”或“鸡婆”（手下专门养着一批供他人淫乱的女子的组织者，也有称皮条客的）。人们经常对着打扮入时的妖媚女子的脊背指指点点，善良的老阿婆摇着几颗风烛残牙告诫自己的女儿、孙女品行要端正，不要受到这些堕落女子的诱惑，隔三岔五拿些此类事例作为反面教材给她们打预防针。

蒹葭是入闽大军中的一员，不可能不耳闻目睹此类风流艳事。虽然她一入福建便开始教上书，过上比较平静的日子，校外的风雨似乎很难侵入伊甸园里。但广东短暂的经历肯定在她心中留下不可磨灭的印象。所以当燕子的妈妈把蒹葭请去时，蒹葭的意识里早已具备成为二奶的潜质了。只不过蒹葭的聪颖过人，蒹葭的天生丽质，决定了她所要做的和别人有很本质的区别罢了。

燕子的妈妈说，她大伯劳碌大半生，打拼下半壁江山，就是没有人继承家业，她大伯总是为这事苦恼万分。

蒹葭静静地坐着，以她惯常的姿态，偶尔点一下头。

上次托您办的事也是迫不得已，村里有人推荐了几个过来，她大伯都不甚满意，闹得村里已经沸沸扬扬，说比皇帝选妃子还隆重……这事还挺难办的，又不能太声张……老师您再帮忙想想，有没有什么合适的人选。

燕子的妈妈絮絮叨叨，两眼一直瞪着蒹葭看，蒹葭心里直打鼓。

蒹葭从燕子家回到学校后打了个电话给我，但她只字未提燕子妈妈说的事，所以我一直被蒙在鼓里。事后想想，蒹葭也没有必要告诉我，非亲非故的，我与她只是偶尔因一些不甚明了的情绪或气氛而做了爱，零星的几次罢了，事后彼此都没有去深究肉体以外的话题。也许是寂寞，也许是冲动，总之事情过去后，她回去教她的书，我继续埋头于我的文字之梦。可能我这样说听起来淡漠又离奇，但事实却是如此。直到后来出了一件事，我们双方的关系才发生了质的变化。

教书的蒹葭居然乐不思蜀，整整一个暑假都没有回去，成天跟一帮学生满山遍野疯跑。有很长一段时间我没有她的消息，还以为她辞职回去了，因为她本是一个代课老师，工作的选择比较自由。再后来听说了她的丈夫因为好久没有她的消息，写信给她，她又没回，急忙赶过来看看发生了什么事，事先没有告知蒹葭。蒹葭从山上野炊回来后意外地看见丈夫坐在宿舍里，她没有一点心理准备，愣了一下。

看着行色疲惫的丈夫，蒹葭并没有过分的惊喜。

丈夫畏畏缩缩地坐在床沿，抽着劣质烟，可怜兮兮地说，蒹葭，我们回去好吗？我是来接你回去的。

蒹葭心里在笑，以前她求他不要出来，现在倒是他来求她了。

村里人都说这边是是非之地，有的人看你这么久没有回去，都已经在说三道四了。女儿也老问她奶奶，妈妈去了哪里。蒹葭，我们还是回去算了。

村里人都说了什么啦？

蒹葭边整理着被山风吹乱的头发，似是不经意地问。

反正是很难听的话，说了心里难受。

你一个大男人的，人家编排你老婆的不是，你竟然还大老远地跑到这儿来，没事儿一样，你还算是男人吗？蒹葭生气了，把手中的梳子啪的一声摔在桌面上。

你要是什么都没干，好好地回去了，人家自然就不会胡言乱语了。丈夫想申辩。

我干了什么？你说个明白。我到这边来还不是你没有用处，让自己的老婆不能像别的女人那样在家里享清福。你出去看看那些本地女人，哪个背井离乡？哪个累死累活啊？全都在空调房舒舒坦坦地打麻将唠嗑呢。蒹葭越说越来气，全然不顾丈夫远道而来肚子饿了没有。

人家说你为了钱跟一个男人经常待在一起，咱村里在这里打工的人都看见了，回去到处讲。丈夫的声调也不甘示弱地提了起来。

是谁？哪一个看见了？蒹葭怒火中烧，杏眼圆睁。

反正有人回去说了，讲得很厉害，我才自己决定到这里来接你回去。丈夫语气顿了顿又说。你一回去了，人家自然就不会再七嘴八舌了。丈夫的口气稍软了些。

蒹葭冷冷地看着丈夫，她觉得眼前的他很可怜，她可怜他的不争。他的可怜样让她更是怒火中烧，她开始有一些看不起他了。

夫妻生活虽然已经持续了三年，但大部分时间天各一方。又因为他们的姻缘是经媒妁之言，事先没有任何的感情交流，两人只见了一回面，双方父母颔首同意后便草草结了婚。虽然肉体的交流做得很和谐，应了结婚时喜联的横批上写的“琴瑟和鸣”，但蒹葭总是说他们的情感关系非常粗糙，缺乏细腻的磨合，没有浪漫的情调。三年来，丈夫从来没有带她出去外面玩过，也从不为她买任何小礼物。蒹葭的厌倦在寂寞的日子里慢慢地滋生了，并且日复一日的弥漫开去。日子就像是被握在荆轲手里，图穷匕见。丈夫此刻的懦弱无能更激起蒹葭心中郁积的怨恨，三年的企盼与渴求，三年来的乏味与平淡，让她再也无法容忍这种像旺盛的河草茫无边界地疯长的生活，她要抗争，她要选择自己真正要过的生活。她决计不再妥协于这种日子了。

蒹葭不甘屈服平庸的性格可能源于浩如烟海的古典文字的熏陶，源于她不是一个能守住传统的寻常女子，她的行为与性格有别于纷纭众多的布衣女人。蒹葭也会在柴米油盐酱醋上喋喋不休，但她决不沉迷其中。她也会与一群百无聊赖的女子讨论时尚的话题，也会在东家长西家短的流言蜚语中充当一个矜持的倾听者，但她只是听，绝不用语言表明自己的好恶与立场。蒹葭就是这样的女子，无论把自己置身于任何环境都很醒目，像众花烂漫中怒放的梨花，一眼就能辨认出来。

要回你自己回，我是不会回去的！

蒹葭直视着她的丈夫，口气坚硬地说。

丈夫神情很落寞，像一个三代贫农，不吭一声，默默地摸出烟来抽。

两人僵持着，彼此都不说话了。

过了许久，蒹葭打破了沉默。

你明天就走，我没时间老陪着你。

蒹葭说完也不管丈夫的反应如何就忙着煮饭给他吃。蒹葭这种女人虽称不上贤妻良母，但骨子里还不算太坏。蒹葭所能煮的饭无非就是把米掏两遍，洗干净几片菜，连水一同放到锅里面去煮，锅面上冒气了，揭开就可以吃了。可以说蒹葭一点像样的生活自理能力也没有。

丈夫吃完蒹葭煮的饭，洗完脚就爬上床准备要睡觉。蒹葭毫无睡意，她顺手摸起桌子上钱钟书的《围城》，就着昏黄的台灯百无聊赖地翻着，把一个丰腴的脊背与硕大的臀部朝着丈夫。

她知道丈夫不可能这么快就入睡。过去的日子里，无论多么疲劳困乏，丈夫都要与她好好癫狂一番才独自沉沉睡去。何况现在丈夫已经多月没有与她夫妻过了。丈夫是一个粗人，一点都不懂得什么叫"性爱"，不懂得营造温馨的情调，无法深晓蒹葭内心真正需要的是什么。他只凭自己粗糙的喜好与贫乏的想象来操作每一场鱼水之欢，往往又弄得蒹葭舒畅无比，情愿千方百计地迎合他。每一次交合，两人都竭尽全力，双方都比较满意。只是蒹葭过后回味起来又隐隐有一丝欠缺。

蒹葭对肉体之欲的渴求既苛刻又挑剔，这是多月前我们一次彻底的性爱之后我的感觉。

在性方面蒹葭是女人中的女人，她不仅要得到肉体的快乐，而且还要获得内心的彻底解放。在性的游戏中她溺爱于各种感官享受，她既要自由地选择她所喜好的体位氛围情调，又要男人施于她受虐心理的畸形满足。这是一个在性爱王国里立体圆通游刃有余的女子，迎合这样的女子要有优厚的性爱潜质，要做充分的心理蓄势。"房中术"这个词在蒹葭性的世界里根本不值一提。

蒹葭，第三种女人。在性的面前，她所扮演的是圣女与撒旦、柔风与炎日，堪称天生丽质与生俱来无与伦比。面对她，我无可回避地要萌生自惭形秽的念头，无论我有多么自负。

丈夫终于忍受不住爬了起来，他的手从蒹葭后腰的两侧伸了过去，紧紧地搂住她。

以往在家里他总是用这样的动作把她抱上床，现在他试图重复这个动作。然而这一次他遭到蒹葭的反抗，他并不介意。因为蒹葭总是装着不情愿地挣扎一下，之后便任由他摆布了。即便是自己的丈夫，蒹葭也会佯装一下，从中得到莫名的快感，而丈夫早已习惯这些游戏规则了，却从来不去想蒹葭明明心里渴望爱抚，为什么还要多此一举。所以丈夫对待蒹葭的假意挣扎便显出一丝不耐烦的神色，这神色偏偏又被蒹葭看在眼里，她就有些恼怒，认为丈夫不理解她，于是变假意挣扎为坚决不依了。有时在丈夫的强制下，夫妻像仇敌一样地床上地下撕咬着，抗衡着，直到彼此都精疲力竭。丈夫终于被激怒了，失手打了蒹葭，那么他必须为此付出近一个月不能接近蒹葭的代价，有时还会更长些。直到蒹葭自己孤寂难耐，这种可怕的惩罚才宣告结束。所以丈夫以为蒹葭又故伎重演，起先并不为意，仍然一意孤行，企图要把蒹葭拽上床。

这时蒹葭突然说，今天晚上无论如何我是不会答应你的！我想我们必须坐下来好好谈谈。这种日子我不想再过下去了。

丈夫仍然没有松手，他以为蒹葭在使使性子开开玩笑。

大年三十回去后，我们一起去把婚离掉，你别再问我原因，这事我早就想好了。

蒹葭坚决地说。说完她便独自在地板上铺开了一张草席，然后从柜子里拿出一床被单与枕头。今天晚上她是准备在地板上睡了。

丈夫木然地站在床沿颓废地看着蒹葭的一举一动。他不知自己哪里得罪了她，让她发如此大的怒火，居然提到离婚。

离婚，在那个偏远的小山村可是要引起巨大轰动的。丈夫心想，也许这是蒹葭一时的冲动，等以后回到家了，她自然会好好的。这样想，他便再也无心强求夫妻之欢了。

丈夫说，我睡地下吧，我比较习惯。

说完自顾弯腰俯到铺开的草席上去。蒹葭表情复杂地看了他一眼，也没有再拒绝就爬到床上去了。

蒹葭的举动是否如同他丈夫所想的一时冲动呢？蒹葭没有想到离婚会给她最疼爱的女儿带来多大的伤害吗？她的颠沛流离还不是为了女儿。这样草率地做了决定，伤害的就不仅仅是夫妻两个，最重要的还有女儿一个了。

其实蒹葭早就有了自己的打算，今晚的一举一动不过是一次爆发罢了。

第二次离开小山村，蒹葭的心意已决，但她没有告诉任何人，包括她的丈夫及丈夫的母亲。这是她丈夫回去多天后蒹葭对我说的。

此刻站在我面前的蒹葭就是一个心中有了想法就要不顾一切去做的女子，沉静又亢奋。这样矛盾的心态，使蒹葭的两颊抹上一层酡红，原本白皙的脸庞平添了几分妩媚。但是我宁愿相信蒹葭有些神经质，甚至潜伏着歇斯底里的征兆。这样的女子很可怕，我开始有些恐惧，我不知道要如何处理目前的困境。偶尔在一起胡闹是没有关系的，但要我与她生个孩子，让我承担巨大的责任，再以此来讹诈那个老头子。我绝对不会去做这种下作的事。

蒹葭也太不了解我，她把我看作男盗女娼一路货色了，这让我恼羞成怒。

我说，蒹葭你趁早死了这条心吧，我们还能做那种除了夫妻之外最好的朋友，否则……

我不要那什么都不是的所谓的朋友，当然我也不要那些贱女人所要的名分，我只要他日离开你之后，我的身边还有你的影子。我不管你怎么想，反正我就是这样想的。蒹葭打断我的话说。

我们算什么，你以为这是爱情？嗬，实话告诉你，这不过是因为彼此的寂寞，才使你我走到一起来。我从来没有想过我们能成什么样。

我恼恨得不择措词。管她呢，现在最重要的是让她死了这条心，至于她是否认为我绝情我现在管不了那么多了。

我不管你如何想我们之间的事，我不管你把我看成什么，我就是要这样做！

你别想强迫我做这种事，我可不是与你开玩笑，我是认真的。

你以为我在开玩笑吗？我会拿自己的青春、自己的身体当儿戏吗？

好吧，现在我们都需要冷静，好好想想我们究竟在做什么。这个社会不是我们想干什么就可以去干的。我可不想你吃亏犯错。

原来你还是挺关心我的，你心里还是惦记我。我的直觉没有错，我所要做的也没有错。能为自己所爱的人牺牲我认为很值得。蒹葭话语里充满的狡黠让我恼火。

你不要误会我的意思，我是从一个有良知的人的立场来说这些话。

我知道我的陈述很苦恼，非但没有说服蒹葭，反而让她陷得更深。我，一个玩文字的，竟是这般的无能。

蒹葭不再说话，她静静地靠过来，姿态是那样的轻柔，那样的充满诱惑。我无法自制。蒹葭用纤细的手指轻轻地抚摸我的脸颊，我陡然有轻飘飘的感觉。蒹葭很善于挑起男人的欲望，我早已沉沦在她的温柔乡里。她的唇饱满而红润，索菲亚·罗兰的风格，朦胧中散发着诱人的野性。哦！我要死去，在眼前这个饱满的女人怀里。

抱抱我吧！女人喃喃低语。俯下头来，我看见她的双眼宛如星星朦胧欲睡，那份迷离，那份心醉，我怎能舍去？

我轻轻地把蒹葭放在床上，就像铺开一条纯棉毛巾，千万不要弄皱了她。这是一具怎样动人的尤物啊！急促的鼻息，起伏的双峰，细细的蜂腰，苹果形的丰满臀部。

躺着的蒹葭是埃及艳后，而我是古罗马骑士，我即将要驯服这匹放荡不驯的烈马。

蒹葭静静躺着，她是宁静的，她的内心又激荡不已。她是荡妇，她在等待我的冲锋陷阵。她半张的朱唇、她迫不及待的神情告诉了我这一切。

我会拒绝吗？我要逃脱吗？只有白痴才会这样做。管他呢，管他妈的责任，管他妈的后果，管他妈的老男人，现在我必须放浪形骸，我必须在快感中永生。

剥去她的伪装，动作所诠释出的语言是那样的急不可待。当她雪山般的肌肤彻底地呈现在我的面前，我要赞叹造物主的鬼斧神工。我一直念念不忘女人白皙的肉体。我一直认为白色是光的精灵，即便黑色是非洲女子的风采，我仍然无法使自己垂青于黑色的尤物。

蒹葭的白细腻而光泽四射，用你世俗的手去触摸，会感觉到抚摸真丝绸缎的快乐。再说双乳吧，坚挺是必然的，胭脂红蕊。若用你肮脏的手去抓取，自然是柔软中的盈满，有时让你误以为那些细皮嫩肉要从指缝溢出了。让你忍不住赶紧用嘴去堵住。亲爱的，你的小蛮肚上镌刻的小小肚脐儿是多么迷人啊，圆圆的小小凹处仿佛有源泉即将涌出。而那硕大的臀部是我最遐想的地方。紧紧地贴着她的粉臀吧，不要松开，再腾出一只手在她滑溜的身上游走，人间仙境莫过于此。倒三角的丛林必将引发你探秘的冲动，再加上她嘤嘤低吟。

他妈的，活在这个世界我还要苛求什么？

情人若伊，夫复何求？

缠着我的脖颈吧，亲吻我的身体吧，不要放开，让我们一起死去。明日醒来，我们就浑然一体了，我们将永远难于割舍了。

七

我必须自省，我必须明白我现在已陷入一种怎样的处境。一方面我要保持一个知识分子的洁身自好，所谓“出淤泥而不染”，一方面又想陶醉于游戏般的温柔乡里。我深知自己无法摆脱这种缠绵的日子。我真恨自己，一个丧失了原则，没有了准确的生活方向的人是很可悲的，就像脱离了手的风筝。在我的潜意识里，我知道我看不起蒹葭。但是让我看不起的蒹葭又高我一筹，她敢爱敢恨，敢作敢为，这样的女子其实无疑是现代的崔莺莺或者杜十娘。

在日复一日的沉迷中我不清楚自己前进的方向，不清楚究竟拒绝了蒹葭没有。

蒹葭仍然经常来找我，说说文学，谈谈文字中虚拟的爱情场景，然后我们开始无休无止地做爱。倒是她那个加拿大老头子似乎已远离了我们的生活，蒹葭很少再提起他。我慢慢地失去了先前对她的不快，开始有些迷恋上她了。发现自己发生了这些变化，起初我有点恐慌。前面说过，我是一个胸怀凌云壮志的青年作家，在还没有真正为世人所瞩目时，我不会过早地把自己的生命与一个女子牵扯在一起，何况是蒹葭这样的女子。然而，我发现我错了。蒹葭正一点点地把我俘虏，她在悄无声息中慢慢地占据我情感的城堡。可怕的是，我居然无力抵抗，我在她面前丢盔弃甲。

她先是关心我的日常生活起居，没有来找我时，一天一个电话，询问我吃的是啥睡得可好，再然后她关心起我的老胃病来了。她竟然为了我的病，花了大量的时间查阅古今中外医学著作，她说她要找出一味能彻底根治胃病的良方。

真是痴人说梦，黄毛丫头不知天高地厚。

我对她说，如果真让你给找出来，那些华佗扁鹊们不活活被你气死才怪呢。

蒹葭居然说，那个时候我已经又找到了起死回生的药物了。

蒹葭就是这样一个人，执著的幼稚，幼稚的执著。不过她还真勾起我内心深处的一些东西。你想想看，三天两头大老远地提些药物或者补品来侍候你，你不吃，她又哄又喂的，简直把你当做她的孩子看待。这样的女子怎不让人心动呢？有时我想，自己也算是一个比较容易满足的人，这样的小日子我居然过得很惬意，甚至还有眩晕的幸福之感。其实要获得一种安逸舒坦的居家小日子是很容易的。在我的文字面前，在我的理想面前，有时一次和谐的晚餐，一场肉体的彻底放松都可以轻而易举地超越它。

说白了，我是一个浅薄的世俗男子，我的脑子里既有中国知识分子致命的“学而优则仕”的传统思想，又有处在社会底层的普通居家男人随遇而安的心态在作祟。这样矛盾并存的心理让我至今在文学创作事业上依然寸步难行，连一本个人专著都出不起，数十年的修炼时至今日仍是双掌空空。我无法改变这种现状，应该说这是宿命吧。从古到今多少人在现实上面跌打滚爬最终仍没有采摘到一朵属于自己的玫瑰。不过，我还是不会放弃我的追求，毕竟我与蒹葭不同类，直至现在我仍然这样想。我不可能把我自己可能蓬勃起来的生命跟这样一个异乡女子纠缠在一起。

我必须保持一个清楚的头脑，一个独立的姿态，我不应沉沦！

我真没有想到事情会发展到这样的地步，我本以为要过这种寻常的生活绝非难事。我们一直小心翼翼地相处在一起，我们很精确地算着那些危险的日子，唯恐出了差错就不好收拾，然而事情还是发生了。

有一天，蒹葭忧心忡忡地来到我的房子里，她说她好久没有来那个了，问我咋办。我第一个感觉是我以前的担忧终于应验了，我回天无力地跟这个异乡女子绑在一起了。我失去了主意，成为一个没有智慧的男子。我一向自负的才华都到哪里去了？可我还是心存侥幸，认为蒹葭根本没有怀孕，只是经期不顺罢了。

我这样想的根据是以前她也曾有过这类事，吃了药之后有点改观，但气血仍是不畅，这是我带她去看病时那个老中医说的。所以我指望这次依然如常。不幸的是这次没有那样幸运，蒹葭三个月没来月经了。蒹葭买了张怀孕测试纸回来。一大早就跑到卫生间里大半天不出来。那东西的说明书上写着，在纸上滴几滴晨起时的第一泡尿，若试纸呈紫色，则证明有身孕了。

那时我还懒在床上，蒹葭拿着变了色的小纸片冲到我的面前来。

有了，真的有了。

蒹葭的口气里明显流露的兴奋让我非常的不舒服。这个不合时宜的怀孕消息如同噩耗令我感觉自己成为一堆肉体的碎片，全身上下找不到一块完整的肌肤。

我该说什么？你让我说什么？你这是蓄意害我。我早就跟你说过，我不会与你生孩子的，我让你小心的。

我以为蒹葭会和我一样的怒火中烧。可她没有。

她说，无论你怎样说，怎样看这个孩子，我一定要把他生下来！

这时，我很愚蠢地问了一个问题。

我说，蒹葭，这孩子是我的吗？

脸庞上已然充溢着熠熠生辉的母性光芒的蒹葭转过身来，双眼直视着我，那眼神里满是陌生又愤恨的东西。就像我们搭乘拥挤的汽车不小心踩了陌生摩登女子的鞋子，然后她回过头来的神情。

我知道我说了一句不该说的话，可是覆水难收了。

蒹葭没有说话，她低下头看看自己一点怀孕迹象都没有的腹部，抬起头直勾勾地看了我一眼。

然后她说，你说要怎么办？

很平静很漠然的口气。

我真的受不了她这情绪化的瞬息万变。我知道刚才的几分钟里她的内心经历了一场很深刻很复杂的台风海啸，就像历经一次悲哀的浩劫。她的表面显得越是平静，我的内心越不是味儿。

打掉吧，好吗？

我在怀孕这个问题上，不想与她闹僵。

我是这样想的，蒹葭是一个明事理的女子，她不同于寻常的村姑泼妇，只懂得一味的耍赖，是可以动之以情晓之以理的。我相信我能说服她。

我要这个孩子，我要我们的这个孩子。

蒹葭用不容置疑的口气说。

蒹葭，你想想，你现在还有一个家，有一个女儿，你要是再带了个孩子回去，别人会怎么说？再说，那老男人要是知道这孩子不是他的，他会继续拿钱供你吗？还有，你出来的全部想法都是为了女儿，可你要是把这个孩子生下来了，你还有什么经济来源来完成你的理想呢？

我以为我说的这些事任何一条都足于让执迷不悟的蒹葭回头。

女人还是很在乎名声的，明朝那么多的贞节牌坊是怎么来的？无非是拿女人一生的幸福来换一块一文不值的石头碑子，为的就是这名声。一个女人没有经济来源要养活两个孩子，其艰难可想而知。我猜想蒹葭是活在理想中的女人，她一定不会放弃自己的理想。而这个可能要横空出世的孩子无疑是她理想的累赘。她现在要这个孩子不过是一时糊涂，一旦静下心来，她一定会感到自己是多么的幼稚而不切实际。

我为自己的这些想法而信心百倍，哪怕蒹葭仍坚持下去，我还是能让她最终听信于我。

蒹葭说，我今年就可以回去离婚，或者叫他下来办。至于经济来源嘛，我还在学校教书，另外再谋一份家教，我想这足够养活我们的孩子。

蒹葭这样说，我心里略微放心了一些。至少她在构想未来蓝图时，没有把我牵扯进去。

然而蒹葭突然说，我不要你负什么责任，但我要求你做一件事。

你说，只要我能做到的，我尽力而为。

蒹葭已把我排除出局了，我没有理由不为她做点什么，所以我答应得很爽快。

我想继续与那老头子合约下去，当然把肚里的孩子我会说是他的，相信他察觉不出的。

蒹葭看着我，手里还紧紧地攥着那小纸片，仿佛那就是她肚里的孩子。

你别自以为是，你以为人家都是傻瓜，只有你聪明。那老头子既然这样迫切要一个孩子来续嗣继承家产，自然是要亲生的。不是亲生的，他费这么大的周折干嘛！

我讥讽蒹葭的眼光短浅纯属妇人之见。

正因为老头子急着要一个孩子，所以他才会慌不择路，他根本不会想到这个孩子不是他的种。

蒹葭满有把握地说。

你隐瞒得了一时，隐瞒不了一世。

我这样说时鄙夷的神色肯定是毫不保留地挂在脸上的。

什么一世啊，钱一到手，我就要带着小孩远走高飞了。

这女人很幼稚，狂热中的女人都是这样的幼稚如三岁孩童，查泰莱夫人一个。

好吧，你要我做什么？

我觉得很累，与这个女人打交道比构思一部中篇小说更让我心神俱伤。

她说，我丈夫肯定不会离婚的。但是如果给他一些钱，我又坚持要离婚，估计他会同意的。所以我要你与他谈判。就说你要娶我，只要他愿意放人，钱可以商量。然后等他说出一个数目后，你再来找我拿钱给他，就当做是你给的。另外，到时我临盆，我担心老头子会不等我醒过来就把孩子抱走，那我就生不如死。所以我要你在我怀孕期间，冒充是我的姨表哥来帮忙照料我。孩子一出生，帮我好好地守住，别让他们抱走。还有帮我寻找一个偏远僻静没有人认识我们的地方，就你一人知道的。我能下床后，就带孩子离开那老头子。这三件事，我求你无论如何帮帮我，好吗？

蒹葭一下子说完这一大堆话后，仰着头，眼巴巴地望着我。

你这是在利用肚里的孩子骗那老头子，你这样做是很危险的。任何人都不是傻瓜，何况那闯荡社会的生意人。蒹葭，你别一厢情愿啦。就是我愿意按你说的去做，到时肯定会偷鸡不成反蚀一把米。这要追究起来，还是诈骗罪呢？

你只管做，出什么事我自己担着，决不连累你，这个你尽可放心。

蒹葭这副胸有成竹的样子，让我看出她性格里坚韧的因子。

蒹葭说这番话把我看成什么？软弱的小人了。孩子是我的，而我所思所想的却是如何跳出三界外，趁早远离这是是非非。我没办法，我早说过，我不可能与这个女子穿同一条裤子，现在可不是马克思与燕妮的时代，哪怕有了我们共同制造的孩子。

我并非担心你连累我，我只是觉得这事听起来怎么像天方夜谭，根本不可能如愿。你要是把不可能的事硬向可能扯，最终的后果肯定很悲惨。我说。

我还是试图掩饰我的懦弱，我不想我的形象在蒹葭的心中有所折损，我力求在她的心里留下完美的形象。尽管我不知道，事情过后，蒹葭会如何重新评价我。

当然，其间所需要的一切费用全部从我这里拿。我知道你这样的文人口袋里其实没几个钱。等我脱身后，你就可以放心地去出一本书，出版的一应费用我帮你支付……你别误会，这与我自己要做的事无关。我很早就想帮你一把。可那时我没钱，我仅能做的，就是在生活上、健康上让你舒心些，让你能尽力写出更好的作品来。待这事成了之后，我就有钱来帮你出书了。

蒹葭顿了一会儿又说，这是我认识你之后，我在福建这地方的一个理想，为我所爱的人做一件有意义的事。

我确实不只一次对蒹葭描述过我要出一本书的伟大构想。写了这么多年的东西，让我老是满足于在报刊上发一点豆腐干，我当然不会罢休的。但我一直把出书看成一种奢望。因为现在的出版界，不似从前。出书完全是作者自产自销，出版社坐收渔利。除非你是大家。我当然不是，小有名气而已，而且还是在我们这个弹丸之地。自从萌生了这个想法，它就像一直高高悬在我头顶的明珠，晃晃悠悠地支撑着我的渴望昼夜笔耕不辍。我期望有朝一日，哪个出版社垂青我的作品，而让它们舒舒服服地躺在全国各新华书店的书柜格子里，让喜欢她的读者争相购买也未可知。尽管这想望遥遥无期，但它至少不会是海市蜃楼。我与蒹葭谈起我这理想时常常是以漫不经心的语调说的，说完转身就忘了我曾说过什么具体的细节。

我哪知道蒹葭如此入心。

最后我没有再多加坚持就答应了蒹葭的计划，恐怕是蒹葭关于出书的提法诱惑了我。它就像是伊甸园里的蛇，引诱我走向罪恶的深渊。但那时候我满脑子的宏伟想法，自然就漠视了答应后可能发生的不堪设想的后果。

从这事上看，我与蒹葭相较而言，她聪颖又清醒，要做什么如何做，像智者脉络清晰。我本要说服她，反而糊里糊涂地被她拉拢瓦解了。

为了让自己能心安，我在内心深处给自己搪塞了一些可笑的理由：加拿大男人的钱是剥削工人阶级的血汗得来的，用在我优秀的著作上还算抬举了他；我只是答应帮蒹葭照料孩子，并没有参与到她的诈骗计划中去，况且孩子还是我的骨肉呢。其实，后来警察问起时，我也是如实地这样回答的。

八

蒹葭按照她的计划义无反顾地走下去，其间她又约了那个老头子谈了一次合约的具体细则。蒹葭还有意带我去，让我在场，并且镇定自若地向加拿大男人介绍了我的身份以及与她的关系。她向老男人编撰了一个丰满的无隙可击的亲戚网，枝节繁琐类似红楼梦里四大家族的错综复杂。这一叙说过程本就纳入她计划中一个必不可少的环节，以免我这个表哥以后在她的产床边突然冒出引起不必要的恐慌与猜度。

也就是在那一次的会面上，我第一次见到了那个家缠万贯的加拿大男人的光辉形象。他的特征很简单，首先“聪明绝顶”，像一个研究了一辈子自然科学的专家。所不同的是前额那一块土地，光洁红润，体现了这一富有阶层的养尊处优饱食终日。一般情况下要料理出这样的一片土地，是需要许多诸如燕窝鱼翅与写满外文字母的护肤品的。往下看就是那个大腹便便的肚皮，古人说宰相肚里能撑船，大概说的就是这模样了。但接下来的谈判我没有见到这个能撑船的宰相虚怀若谷地让蒹葭满意，相反他把生意人的精打细算演绎到了极致。

老男人对我和蔼可亲地伸出一双保养得很好的浑圆的手给我握，就像我们的国家领导人面对来访的外宾。我素来讨厌握手，以为恶习。谁知道是不是刚从厕所里出来还来不及洗手呢？我只对他颔首致意，便找了张沙发很舒服地把自己埋在里面。

我自然要显示出我作为蒹葭在福建唯一的亲人的明确风范。你要借我们家表妹的肚子来为你传宗接代，对你来说是天大的事，对我们家也是很重要的大事。现在求人的是你，我作为家长代表当然理应摆出一个不甚妥协的样子来。我这样做很符合蒹葭临来前对我的口耳相授。我们配合得天衣无缝。

加拿大男人想来料及像我们这种一辈子缺钱花的乡下人都是这样的德性，他对我的傲慢一点都不以为意。

您瞧，活脱一个走南闯北的商人，高明着呢。我们俩，嫩鸡一对，该不会成为别人的盘中餐吧？

我虽然一副稳坐中军帐气定若闲的样子，但心里还是惴惴然。

谈判进行得很艰难，双方都有一套早已在心中酝酿了千百遍的理论依据，所以陈述起来逻辑严密周详圆通，像鸡蛋找不到进入的缝隙。

加拿大男人说，事情完了之后还可以安排我与蒹葭进他开在北京的分公司上班。

蒹葭根本不要这些杂七杂八的事，哪怕许诺她到那时给她五千块一个月的薪水，她也不在乎，虽然现在她只拿一个月近九百块的学校工资。

蒹葭说，你要是不给我不少于五十万的辛苦费，孩子生下来，我就让我表哥把孩子带回老家。

她说完手朝我坐的方向扬了扬。

我想蒹葭谈论这种事，神色一定很尴尬。我望了望她，只见她一脸凛然地直视着老头子，很刘胡兰的样子。

我也知道这事对你是极大的牺牲，这三十万的数目虽说不是很多，但与别人比较已经算是多了，这个我有作过调查。

天啊，这人真是无孔不入，连这种事也去调查。由此足见其钻营能力有多大。

我不管别人怎样，这事哪能攀比啊。反正我认为就是五十万也还不够赔偿我的损失呢？

怎么回事？蒹葭说着话，突然就抽泣了起来。这个细节比她事先向我交代过的还要推前，我不知道要如何应付，我担心一不小心露了馅，可就要前功尽弃了。

蒹葭边哭边说，我自己生的孩子却一辈子不能再相见，这样的苦多少钱能弥补啊？你说，你说啊！

加拿大男人想必也没有见过蒹葭梨花带雨的哭，我看出他也有些不知所措。

老男人搓搓手说，以后有机会的话，我还是可以安排你与孩子见面的。

谁信你们这些人的鬼话，就是能够见面，我做母亲的权利早就被剥夺了，我要这个见面又有什么意思？呜呜……

蒹葭掩脸哭了起来，加拿大男人坐在她的对面阴着一张脸一言不发。

他妈的葛朗台！

我想我作为蒹葭的表哥——她在福建唯一的亲人，这个时候再不说句话，就有点不合情理了。

我说，我表妹提出这个要求很合情合理，一点都不过分。她为这个孩子自己一个人要承受很多冷言冷语，何况为了这个孩子，我表妹至少得近两年的时间不能出去做事，这又是一笔损失。再说，生一个孩子对她身体的损害有多大，我们这些男人根本无从体味。何况孩子出生不久，就要与他分离，这些苦叠加起来就不仅仅是肉体上经济上的，更多的是精神上的。

我尽量以非常平和的口气来分析这事，不能让老男人以为我们是好欺负的乡下来的蠢人，三两个小钱就可以把我们弄得团团转。

我不等老男人表态又说，如果你认为五十万太多，这样吧，你把以前承诺过的到临盆的钱给我们，孩子生下我们就抱走，这事就当没发生过。

我把话说完后，老男人很认真地看了我一眼。

我估计他可能在想，这个乡下来的小子，还真不简单，说起话来一套一套的。

刚见面时，蒹葭告诉老男人我的职业是一名受聘于本地一份小报的记者。蒹葭捏造我这个身份当然有她的一番想法。大凡在暗处操作的事最害怕的就是记者曝光了，记者既是这个世界上嗅觉最灵敏的人，又是平常百姓心目中的救世主。

鉴于此，当蒹葭介绍完我的职业，我只是轻描淡写地说了句，不起眼的小报，不说，不说。

老男人仔细瞻仰了我的音容笑貌后，没有马上接腔，只是拿着手指头轻轻地敲着桌面。这时蒹葭——我的表妹按预定的情节已经趴到桌子上呜咽去了。

加拿大男人突然说，再加十万，不可能再多了。

我正想搭话，不想蒹葭突然抬起头说，你这是在菜市场买东西啊，你把我当萝卜青菜啊?

加拿大男人说，我已经尽我最大的努力作了让步了，你们总不能这样一味地逼我吧?

十万块对你来说汗毛一根，你也太小家子气，我看这事免谈了，说了没意思。我说。

好吧，我给你五十万，但必须要在小孩子周岁的那一天才兑现。

不行。蒹葭斩钉截铁地打断了老男人的话，孩子一出生你就得把五十万剩下的款子交到我表哥手里，我可以照看孩子到周岁，其间的一切费用你仍然要出，你可以不用再给我生活费以外的任何钱。如果不答应就算了，我现在很累了，我不想再多说话了。

蒹葭这招即合情理又是杀手锏。我心里很佩服她的才智在关键的时刻又发挥了作用。

果然加拿大男人最后同意了蒹葭的提法，不再讨价还价了。

事后蒹葭对我说，加拿大男人与她再三的讲价钱时，她心里非常看不起这个老男人，怀疑自己当时是以怎样的心情与这样的一具丑陋的肉体厮缠在一张床上的。后来老男人说他去调查过这种事的行情时，她对那男人恨得简直要啖其肉吸其血了，最后忍不住就提前哭了。

我想加拿大男人如果当时谈判的时候爽快点，蒹葭就不至于如此的恨他，以后就不会发生那么多的事了。

九

我平生的第二次谈判比之于与加拿大男人的交锋更加让我终生难忘，因为我从中体味到一种从来没有过的耻辱感。这耻辱虽然不是针对我的，但我仍然非常的伤心，替蒹葭，也替我自己。所以谈判结束后，我以前读沈从文文章里的典妻情节而蓄的愤懑之情，一下子被牵引而出爆发了起来。

谈妥后，老男人果然如约把钱汇来或者亲自带过来。在这一点上老男人算是个诚信的商人。我已然正式扮演起蒹葭的表哥来，隔三岔五的来到蒹葭身边嘘寒问暖，就是加拿大男人在时也不必像以前那样短暂分开了。加拿大男人除了带来钱，还带来了衣物，其中居然有些是送给我的名贵外国服饰。样式新潮，看来不像是在国外地摊上买的，或者是别人穿过的洋垃圾，自然就不用担心艾滋病或别的什么进口病了。我毫不感激地穿着这些衣服坐在我的陋室写文章，有时居然一坐半天，却一个字都生产不出来。

我的灵魂，严格说是我的精神是否被这些充满圣人所鄙视的沾满洞臭的东西所包围呢？我蝇营狗苟所做的事是否把我大脑的空间占满？倘若是这样，那么我还要出什么书啊？灵感都已被嘈杂的浮俗所侵扰，才情都已沉沦在女人与金钱的梦想中，我还能坚持我有朝一日要成为一个大家的伟大理想吗？我陷入了形而上的苦恼中。

然而蒹葭容不得我苦恼，她根本不给我时间考虑这些东西。蒹葭现在吩咐起我来，简直就是老夫老妻的腔调了。当然我指的是加拿大男人回他黄脸婆身边去的时候。

有一天，身体已开始发生了质与量变化的蒹葭对我说，我已打电话给我那个男人了。

我呆头呆脑地问了句，哪个男人？

蒹葭立刻提高声调说，还有哪个？总不会是老男人吧？

我说，打电话说啥事？

离婚的事，我让他这几天下来，把这事给定下来。

他同意吗？我问。

起先不同意，后来我跟他说，孩子都有了，不同意你要养这个孩子吗？如果你要，我也可以不离。我这么一说，他就没话说了。

我听了，心就急了。

我说，你怎么可以把这事说出来呢？万一不小心让加拿大男人知道了，我们那事不就黄了。

我有些气急败坏。

她说，我还不至于那样幼稚。我跟他说的孩子的父亲不是你，是那个加拿大男人。

那也不对，他应该猜得到这种吃洋饭住别墅的主儿口袋里绝不缺钱的，到时候他漫天要价，咱俩出得起嘛？

管不了那么多，走一步是一步，我都到这份上了，总不能半途而废吧？再说，你大可放心，我那窝囊男人，一辈子没见过什么大钱。有钱在他头脑的概念里也不过是几万块的事，我想他应该不会提出一个让我们难以接受的数目的。

静默了一会儿，蒹葭又说，他如果干脆爽快一点，要得略高一些，我还是乐意给他的。说心里话，我觉得有点对不起他。

蒹葭的声音越说越低，到最后我基本听不到。

事情就这样明摆着。蒹葭要我冒充加拿大男人与她的丈夫谈判，为一个女人的归属权。

蒹葭只要一个结果，就是离婚。而她丈夫是一定要一些物质上补偿的。

我想这种男人想得最多的肯定是金钱，其他的像精神世界什么的，大概一片荒芜。他哪有那么多闲工夫去想那看不到摸不着的东西，就是有也囿于文化程度的低下，而不知道要往哪儿想。这种人往往又活得实惠自在，少有深入骨髓的忧伤或烦恼。

为了避免一些不必要的麻烦，与男人谈判我当然不能露面，我只能凭借电话与蒹葭的那个素未谋面的男人谈。

男人在蒹葭吩咐谈判的第三天就下来了。

男人在话筒里的声音很粗很沉，干粗活的人惯有的嗓音。与他对话的开始，我突然莫名其妙地有一种惺惺相惜的情感自心口涌上来。然而男人后来的蛮不讲理与恬不知耻让我对他的好感荡然无存，而且产生了巨大的厌恶。

男人从电话那头说，离可以，但我要六万块，一分也不能少。蒹葭按原定的计划在她男人身边。

我从电话的那一端听到蒹葭在男人那一边玩梳子的声音，梳子倒下了。

我说，我没有那么多现金。

梳子又被竖起来了。

我知道你们这些人很有钱的，我不能把一个女人这样便宜地送给你。

我听到梳子又倒下的声音。

我听到"便宜"两个字后，突然觉得我他妈的简直不是人，手握着电话跟一个同样不算是个男人的人为一个女人讨价还价。我们有什么权利这样做？我们所处的国度是古罗马吗？我、蒹葭的那个混蛋丈夫、加拿大男人，都是在奴隶市场上买卖奴隶的奴隶主吗？

我们这一帮人简直禽兽不如！

我要是跟他再缠下去，那简直是天大的羞耻。

电话那头梳子竖起、倒下，噼里啪啦的，我听得心里很烦。

我必须迅速结束这场令人痛恨的谈判。

我恨声说，好！我明天就把钱汇给你，但你必须在蒹葭的离婚协议上签字。

男人说，好的，等我见到钱我就签。

男人的口气很轻松的样子，他大概没有想到他至少要半辈子才赚得来的钱，会这么轻易地一个电话就弄到手了。

他此刻的心情可想而知，跟中了彩票头奖的人没什么两样。

蒹葭后来跟我说，她丈夫挂了电话后像要晕了，坐也不是，继续站着也不是，找不到北的团团转。他兴奋得左摸摸右动动，看她的眼神也一改以往的畏畏缩缩，一副很气派的样子。她的心里悔得要命，恨不得这个男人马上在她面前消失。

这种可耻的情景与受伤的刺痛深深地烙印在蒹葭的心里，导致了蒹葭后来毫不犹豫地把这个寡情薄义的丈夫推向毁灭的道路。

我说到做到，第二天蒹葭把钱提给我后，我马上汇给那个男人。我本以为这事算摆平了。

不想却又节外生枝。蒹葭的丈夫居然没有在协议书上签字。

他说得等到孩子出生后才可以签。他说人家告诉他，男方不可以与在孕期或哺乳期的女人离婚，这是触犯婚姻法的。

我听后真是哭笑不得。这样一个几乎算是卖妻的男人居然在我们面前大谈法律，真够黑色幽默。

话说回来，他不签，我们也没办法。这事本来都是口头协定，没有任何的纸质证据或者公证人，唯有一张他签了名的六万块收条。

男人拿了钱的第二天就高高兴兴地乘火车回他贫穷的故乡去了。

临走时他对蒹葭说，你现在还是我老婆，得等到来年你生了，然后小孩子又断奶了，你通知一声，我自然会来签的，那时我们才算互不相干。

蒹葭恨得咬牙切齿，可也无计可施，只好先让离婚的事这样耗着。

十

转眼到了又一年的秋天，这几天的天气出奇的好，天很高，高不可攀的模样。偶尔有飞鸟像雨滴一样从头顶溅过。

我这几天正在与出版社协商出书事宜，进展还算顺利，心情与秋天的天空一样的明净。

蒹葭离产期只有一周的时间了，她说她的心情很紧张，老是在半夜醒来。

我跟她说每个女人一生都要过这一关，咬咬牙捱一下就挺过去了。

我提议说，如果怕疼，还可以去做剖腹，一麻醉就什么事都不知道了。手术费是贵了点，反正又不用我们掏腰包。

蒹葭说，我担心的不是这个。

那你怕什么？没有理由的。我问。

我担心孩子生出来后，被那老男人识破了真相，到时候就竹篮盛水一场空了，说不定他还会要回以前给我的钱物。

蒹葭说完话，拿眼睛望着远处的树梢，略显浮肿的脸庞看上去很空灵很忧郁。

经她这么一说，我也开始有点恐慌。我默默祈祷，希望那尚未来到人世的孩子别长得太像我，顶好全部像蒹葭，或者谁都不像。

倘若如我所愿，那该多好啊！

一周时间很快就过去了，蒹葭早在三天前就住到医院里去了。

产期到的那一天早晨，我早早就赶到产科去。整个产科的走廊到处都是人，仿佛孩子们都相约着要在这个日子访问人间。

写着大大的一个“静”字的手术室门口站着燕子、燕子的妈妈、加拿大男人，还有一群陌生的男男女女。一堆人围在手术室门口压抑着嗓子叽叽喳喳。我到达的时候，蒹葭已经在一个小时前被推到产房里去了。她必须提前推进去完成消毒麻醉等手术前的准备。所以我没有见到蒹葭，略略有些失望与担心。

过了半个小时左右，一个穿白大褂戴着白帽子医生模样的人跑出来冲着人群喊，谁是蒹葭的家属？

我猛一听，心里咯噔一下，正想上前去问出什么事。

那个加拿大男人抢先一步开口答道，我就是，什么事？

白大褂用狐疑的眼光把加拿大男人从头到脚看了一下说，产妇出血量很大，带进去的血袋不够用，需要再购买，你在这张单子上签个字就可以。

说着白大褂从右下角的大口袋里摸出一张与她的衣服同样颜色的单子递给加拿大男人。

加拿大男人弯腰签字时，我问白大褂，孩子出来了吗？

白大褂斜瞄了我一眼说，胎儿的头朝上，个儿又比较大，可能要费点时间……不过，别急，不会有事的。

我说了声谢谢后，便退到人群的背后去了。

又过了约摸四十分钟，等待的人群有点急了，开始窃窃私语地骚动起来。加拿大男人在产房外面的走廊来来回回地踱着步，皮鞋敲打水磨地板的回音像啄木鸟劳作的声响。我想他并非为蒹葭焦急，他担心的是孩子的安危。

我既挂意蒹葭，又担心孩子。但我不担忧孩子的安全，我只忧虑他的相貌是否与我相像。如果像我，医院里他们这么多人中肯定有人会猜疑，然后疑者愈众，被证实的可能就会愈描愈真，最终便公诸于众。到那个时候就如蒹葭所说的，事情就无法按我们预想的路线发展了，蒹葭的梦就会像我们孩童时吹的肥皂泡，瞬间无踪无影，而我那本书也要随之泡汤了。

蒹葭肯定逃脱不了人们的责难与唾骂，虽说她与加拿大男人没有政府意义上的夫妻关系，不受法律的约束。但因双方已私下达成某种协议，这种约定俗成的东西在民间比任何法律条款都更具说服力。老百姓往往不习惯于条条纲纲的教条，而更重视一些叫信义的东西。蒹葭与老男人的合作关系事实上在民间已获得了广泛的认可，一旦哪一方作出破格违规的事，这一方就要受到严正的谴责，甚至俗世无情的制裁。

病床上柔弱恹恹的蒹葭如何能面对人群的唾沫之海而毫发未损呢？那些恶毒的言语与尖刻的指责全都倾泻到蒹葭的躯体上，叫她如何承受得了。为了做这个母亲，蒹葭必须做出比任何母亲更大的坚忍，承受更多的痛苦：艰辛的十月怀胎，生产之痛，三个男人的纠葛，世人的唾骂……

我呢？我该在这样尴尬的境地中扮演何种角色？是勇敢地站出来承担责任，与蒹葭一道去承受人群的汹涌口水？还是逃之夭夭，为了我的前程趁事情还没有泛滥成灾找个地方遁失？

我第一次在思想的炼狱中接受煎熬的痛苦。我又不能把痛苦表露在外，因为那一帮人还与我一道站在产房外面的走廊上，那群人在真相大白后将会成为我和蒹葭共同的敌人。

在产房外面，我无法让自己平静下来，然后理出一个两全其美的头绪来。我心里明白这事事实上并没有鱼与熊掌的古例可循。只有一种可能能够拯救蒹葭与我，那就是婴儿要么像蒹葭，要么谁也不像。如是，事情就万事大吉了。但我知道这很渺茫。哪有孩子不像自己的亲生父母亲的？即便是尚未出生的婴儿就与他的父母亲默契地站在同一条战壕上，顺从了父母的意愿，自成一体，也不能保证事情不会败露。现代技术如此发达，谁敢保证加拿大男人不会在小孩出生后去做亲子鉴定呢？在锐利的科学面前你纵有千百张利嘴也百无一用。科学给我们的生活带来了很多便利，但有时科学又让人生烦。比如此刻我心中的担忧。

我杂乱无绪地想着，不知蒹葭在里面怎么样了？个把小时过去了还没有消息。

加拿大男人在走廊的另一端打电话，不知是为生意，还是为他的这个即将出世的“儿子”？老男人的嘴唇不停地蠕动着，就像渴泽的溪鱼。自第一次见到老男人，我对他便无好感。他陈旧的嗣承想法更让我感到不可理喻。中国人子承父业的腐朽观念在这个已改变了国籍的老人身上居然如此根深蒂固，就像与生俱来的一块胎记，终生相随。

加拿大男人突然朝我走过来。我不明白这个时候他要和我说什么？说他很担忧蒹葭与孩子的安危？说钱的事要暂缓，因为生意上遇到了麻烦？……见鬼！老男人，不管你说什么，我都不会相信你的，就让你像傻瓜一样喋喋不休吧。

她表哥，我有一件事得跟你商量一下，可以吗？

老男人走近我，递给我一根烟，讨好地要帮我打火。

我不置可否，只向他摆摆手，指着墙上贴着的“禁止吸烟”的牌子给他看。

老男人赶忙把打火机收起来，嘴上却还叼着一根没有点上的香烟，说话时烟卷一抖一抖的。

老男人说，等孩子出生一周后，我想做一个亲子鉴定，然后再付清最后的余款，你就可以带你表妹离开，不用再等到小孩周岁。我这样处理可以吗？

果然不出我所料，老男人并非省油的灯，他使出的这一招数，太狠太及时了，让你连想对策的时间都没有。蒹葭还在生死未卜中，我要如何处理这事情？

我说，我们不是早就商定好了吗？为什么又要变卦呢？你这样做是对蒹葭的不尊重，你根本不相信她！

你误会了，误会了，这是规矩。在加拿大，做亲子鉴定很稀松平常。我没有别的什么意思。

没有别的意思最好，反正无论如何，生出来后你要孩子，你就得付完约定的钱款，一分也不能少，一刻也耽误不了。

我对他说，尽量不带一丝笑容。

老男人说，只是简单地履行一道手续，钱我一分都不会少你们的，我就是凭着这一点信用在生意场上闯荡出来的。你尽可以放心。

我怎能放心呢？蒹葭与我的全部算盘马上就要大白于天下了，叫我如何能放心？你他妈的亲子鉴定就是等于要打碎我与蒹葭的美梦让我们的计划胎死腹中。该死，这个时候我怎可想这些不吉利的词汇呢？

这时，我听到了医生急躁的狂喊，家属在哪里？哪个是家属？

我与加拿大男人慌忙奔过去。

还是刚才那个医生，手里仍然拿着张小纸片。

该不是又要让我们签什么领药单吧？

产妇出血太多，身体很虚弱，胎儿又是巨大儿，手术进行得非常困难。我们都已尽了力了，但还是只能保住一个，你们签个字吧，保哪个？

尽管医生尽量用很平静的话语，但我听起来全身冷汗直冒，心沉到深秋舵红的深渊里去了。

加拿大男人懵了一下，突然说，当然保小孩，当然保小孩的。

他嘴里说着，抓起笔正准备签字。

我猛然醒悟了过来，奋勇地夺过他手中的笔，对医生嚷道，我才是蒹葭的亲人，他不是，他无权签字。我签，保，保蒹葭。

我一口气说完这番话，随即把名字给签了。

医生看着我，又看看呆站在一边欲再争辩的加拿大男人，满脸不可思议的神色。她随即摇了摇头，拿着签了我名字的纸片朝产房深处走去。

我全身像女人生完孩子一样的虚脱不已，瘫坐在产房外的长条椅上，什么话都不想说，什么人都不想理。

老男人与燕子她妈妈围成的那堆人圈里，正在高高低低地争论着什么。

有些人时而把脸转向我，时而抬手指着产房的方向，闹哄哄的，像人夜时分的夏蚊。而此刻蒹葭还在里面生死未卜，我的心提到嗓子眼上。内心的痛苦在这个地方没有人能听我诉说。

一阵脚步声从产房方向传了出来，人群唰的朝产房望去。

只见从产房里走出两个人。一个是刚才出来过两次的医生。另一个穿着白大褂左胸处印有护工两个红字，这人我未曾见过。她手里提着一个白色的大袋子，看起来沉沉的，不知装的是什么？

然后熟悉的白大褂开口了，产妇脱离危险了，但还在昏迷中，正在输液，你们放心，不会有事了。

这时燕子妈妈突然插进来问，孩子呢？孩子真保不住啦？

那个护工晃了晃手中的袋子说，喏，孩子在这，救不起来，没了。

两人说完话，边脱手中的透明塑料手套，从人群闪让的夹缝中穿过去了。

我在人群之外，深深地舒了一口气，回到原先的座位上重新坐下。

我把头靠向椅背，闭上了眼睛。

虽然蒹葭现在没事了，但我们一切美好的梦想也随即消失了。我感到从未有过的脆弱，为我这段时间以来所历经的事。我为蒹葭和我感到可怜，老天似乎在作弄我们，安排了这样的一个结局给我们。一个灰冷的反讽。

蒹葭肯定还不知道她在里面的两个多小时里发生了这么多的事，她的孩子，她的母亲梦，她的伟大构想，全都胎死腹中。该死的，我又用了这个不祥的字眼。不过，现在再如何忌讳都于事无补了。

可怜的蒹葭，无辜的胎儿！

待我抬起头，睁开眼睛，产房外的走廊空空旷旷的，一个人影都没有。那群人早就消失得一干二净，就像隔夜的垃圾，清晨起来被清道夫的一把大扫帚清得尘迹全无。

十一

我在医院里与蒹葭相依为命，蒹葭陆陆续续地从我口中得知了她进手术室后所发生的一切。我本来以为蒹葭会伤心得捶胸顿足，悲伤欲绝。不想，听了我的叙述后，蒹葭苍白的脸容上看不出什么伤痛的痕迹。她一边吃着我削给她的苹果，一边沉静地问我还要几天可以出院。

我说，蒹葭，如果心里难受，你就哭出来，没关系。这里又没有别人。

蒹葭说，好好的，我干嘛要哭？你一个大男人的，成天愁眉苦脸，像什么样啊？

她反倒数落起我来。但我知道，蒹葭这种女人，碰到这么大的事，绝不是一句话就能轻轻松松地化解的，她内心肯定尽量压抑着什么。在医院这个地方，她或许能做到什么事都没有的样子，但一旦出院，我不知道她究竟会做出什么事来。所以她越是这样轻描淡写，我心里越难受，我的一颗心越悬着。

蒹葭出院后，先在我那儿待了近一个月的时间。因为她身体还很虚弱，回到学校又没有人照顾她。再说学校又是在一个像乡下的小镇，很多事情都不方便。我在城里的房子又是自己一个人住，所以我提议先到我陋室来。蒹葭只是用眼光轻飘飘地看了我一眼，没有表示反对。在那个月里，我们除了遵医嘱没有过性生活外，其他一切，与夫妻没有两样。

黄昏时分我们到我的房子附近的一座山玩，蒹葭身体还很弱，有些力不从心。我们走走停停，一路说着话，脉脉的温情弥漫在夕阳的余晖里。我们两个人像诗歌中的上下两个句子，形式上是两个，但内在的意味是相通的。

我们，诗意的一对。

经历了这样一场生死考验后，我发现自己对蒹葭产生了难以割舍的感情，我非常担心我会滑入这种纠葛中。前面我已说过了，我害怕沾惹感情的事。

在那个月里，蒹葭亲手煮一些马马虎虎的饭菜，然后静静地坐在房子的阳台上等着我回来。大部分的时间我在家里陪着她说话，拿我的文稿给她看，读诗给她听，一如我们往常的日子那样温馨。寻常的居家日子更让我感动得不知所措，但更多的是惶恐与不安。

所以一个月后，蒹葭提出要回校去了，我虽有些不舍，但也没有多做挽留就送她走了。

如果我知道我这一送是把她送到罪恶的深渊，我绝对不会放她走的，哪怕让我无可救药地爱上她。

十二

蒹葭回去后，学校周围风言风语多得像城市里各式各样的噪音，但蒹葭并不感到特别难受。人言虽可畏，但如果一个人心中还有比畏惧人言更重要的事要做的话，她是完全可以视这些人言如同每天走在路上时都要听到的汽车喇叭声一样。

回到学校的蒹葭确实有一件很重要的事要做。

蒹葭想，她虽然没有替加拿大男人生下一男半子，但错不在于她。加拿大男人自此没有再来看她，至少也应给她一定的补助。可一切都没有，就像压根儿没有发生过。这不公平，蒹葭想，得找他讨个说法。但如何讨呢？蒹葭想这些事时，事先没有与我做过任何的沟通，我被遮盖得严严实实，直到事情发生后，一切都已来不及了。

蒹葭先通过燕子的妈妈说，她与加拿大男人还有一些重要的事情要处理，希望燕子妈妈能向老男人转告一下，她为未能替他生下孩子而遗憾，让他来与她见一次面。

蒹葭的话语里隐隐约约提到加拿大男人以前送给她的金银首饰高档衣料她有意要还给他。

燕子的妈妈原先以为蒹葭要来讨钱，非常不欢迎。听她这么一说，心里乐开了花，赶忙当场打电话给加拿大男人，添油加醋地陈述了蒹葭的话语，百般撺掇加拿大男人回来。

燕子的妈妈心里自有一个小算盘。你以为她真让蒹葭感动了，做梦去吧。

诚如蒹葭所言的，蒹葭要退回一些钱物，加拿大男人绝不会把这些财物又带回加拿大的，那么只有留给燕子妈妈了。另外，如果老男人与蒹葭又进行第二次合作的话，燕子妈妈作为牵线搭桥的人，自然又将有一笔好处费进入她的腰包。这一举两得的想法让燕子妈妈心里高兴得像二八佳人逢春似的。所以燕子的妈妈极尽怂恿之能事，终于说动加拿大男人答应要回来一趟，与蒹葭单独面谈，地点还是老男人以前与蒹葭相会的酒店。

蒹葭当然不会蠢笨到对燕子的妈妈说叫加拿大男人回来的真正意图。

两个人各有各的打算。蒹葭充满忧伤与悔疚地坐着，燕子的妈妈打完电话后掩饰不住内心的兴奋陪着蒹葭闲话，假惺惺地问她的身体恢复得怎么样了。

蒹葭态度诚挚地回应燕子妈妈貌似关注的问候。蒹葭是什么样的女人？而燕子妈妈又是什么女人？前者就是叫兰心慧质的，后者呢？俗不可耐。两人坐在一起喁喁细语，这画面恐怕就是本世纪最荒诞的人物素描。

蒹葭好不容易从燕子妈妈的喋喋不休中找到一个恰如其分的时机，告了辞，从这个女人家里逃了出来。

蒹葭心里还有更重要的事要去做，岂能与这个无聊的女人耽于闲扯呢？

蒹葭回到学校的第一件事是马上打电话给她名存实亡的形式上的丈夫，告诉他，男方为了保全她形体的婀娜特地请来了奶妈，她无需尽哺育之责。她要他尽快来签离婚协议；另外，念着以往夫妻的一点情，她不会让他太过难受。蒹葭电话里委婉地表达了她将让他得到最后的温存，并且还将给他额外的一些补助，她说她的生活现在过得还算富足。

蒹葭的这一番或明或暗的话，让打工仔听后精神为之亢奋不已。

接到电话的第二天，打工仔就打点行装奔赴蒹葭所在的省份来了。

蒹葭果然没有对打工仔食言。打工仔抵达的当夜，蒹葭就用自己的身体极尽柔媚地与打工仔在床上缱绻了一次又一次。两人都发现，事隔这么久，发生了这么多的事，彼此的思想产生了很大的距离与裂缝，但肉体之间仍然相互眷恋，这种粗糙的床第之欢居然给双方带来了最大限度的满足与愉悦。对于打工仔来说，这是憋闷了很久的生理需求于瞬间如黄河决堤般的释放，这种释放让打工仔四肢八骸获得了前所未有的款待。抒发完毕后，骨不是骨，肉不是肉，只留下一堆烂絮样的活物瘫在松软的床上。

而蒹葭呢，姑且称之为放浪形骸也可，称是醉生梦死亦罢。蒹葭游弋于三个男人之间，一个对她是精神之愉多于肉体之欢，这男人指的是我。蒹葭只有与我在一起才能持她的《诗经》情怀，她在我这里除了肉体的完美结合之外，更多的是人格影响文字感动歌诗愉悦这些被我们称之为精神的虚幻的东西；另一个男人对后继的渴求超过对女人身体的欲望。男人带着使命来行欢，肉体的纵欲是顺带拣的。就像我们去菜市场买肉欲付钱时，肉贩子拿刀又切下一小块肉丢到你的菜篮子里，而你自是因白赚了一块小肉而满心欢喜；最后一块就是眼前这个法律意义上的丈夫，这个定然以斤两来论衡诗歌的粗俗男子。然而正是他的粗鄙而在一定程度上磨砺了蒹葭身上潜藏不露的娇弱之气、张爱玲式的沉迷、诗意的凄蒙。他们两人，一个只知蛮横地使力无视娇弱，也可能偶尔会带点怜惜但只是偶尔，一个渴望受虐以求驱逐出内心潜伏的不安宁而被推着搡着达到肉体舒畅的巅峰，一粗一腻，一实一虚，于人类原始的性爱中天衣无缝。

所以原本纤弱的蒹葭坚强了起来，事实上要归功于她的丈夫而不是我或者加拿大男人。而蒹葭这个被我归结为第三种女人的女子本来是与“坚强”这个语词无关的。所以她肯定要走向毁灭。这与本是水的冰与烈日的抵抗无异。

蒹葭与男人终于精疲力竭地从对方的身体上分离出来，仰躺着的两具白皙的肉体松松垮垮，一如沙滩上鲨鱼的尸体。

蒹葭把事情的真相全盘告诉了躺在她身边的男人。当然，聪明的蒹葭不着痕迹地把我在她的陈述中隐去，两个男主角在蒹葭这个出色的导演的干预下合而为一。我是隐性的，加拿大男人是显性的。蒹葭一方面夸大了加拿大男人的富有与吝啬，另一方面添油加醋地把自己的遭遇用很煽情哀怜的语调叙说。她没有提到借腹生子的协定，她只是把这件事本身的性质巧妙地化解为已被社会上广泛流传的“二奶”版本上。她把自己装扮成迷途的羔羊备受欺凌，当然她这样做并非想与男人重修于好，只是想唤醒他的同情，他可能一息尚存的夫妻之情，甚至仇恨——对加拿大男人的仇恨。男人的仇恨与同情都必须基于深深的诱惑，那么财帛就是最好的诱惑了。

所以当蒹葭平静而温柔地提出自己的计划后，丈夫几乎没有多加考虑就应允了。这说明蒹葭前半段所做的铺垫很优秀也很细致，可以说是面面俱到水到渠成。

加拿大男人一如他所说的信守诺言，如期飞抵福建，并住进他以往与蒹葭厮磨的酒店里一个固定的房间。一踏入房门，老男人马上打电话给蒹葭，他的心急火燎有点违反常规，甚至与他这种阅历人生无数、走遍大半个地球年过半百的人极不相称。他当然不明白这种变化是否与蒹葭的交往有关。

接到电话的蒹葭脸上浮现了迷人的笑容，像一个魅力四射的青楼女子。迷人的蒹葭当然不能像以前那样随呼随到，她知道钓鱼最不能性急，否则丢了鱼饵还会让鱼儿跑掉。

蒹葭推托说还有两节课要上，学校里一时又找不到人代课，说课一上完马上打车过去找他。

加拿大男人赶忙安慰她说，没关系，上完课再慢慢来，不急的。

他说，他为这事专门给自己放了五天假，他想好好的陪陪她。

老男人还说，因为生意上的事太多了，所以她生孩子时他没有等她从产房里出来，他很愧疚，他请她原谅。

她同样也安慰他说，她理解他，没有关系的，她不生气，她已从心底里原谅了他。

加拿大男人又说，他在飞机上就想，这几天要陪她好好地四处走走散散心，也算是对她的一种弥补吧。

蒹葭听后心想，晚了，太晚了。

蒹葭把一切事情处理妥帖，对镜略施粉黛后就出门雇车了。而这时她名义上的丈夫早已按她的安排分头去忙碌了。蒹葭深知她这个丈夫的脾气，他一旦答应下来的事就是砍头也会认真去完成。何况这事里有巨大利益引诱着他，驱使着他朝一条自以为是阳光明媚的康庄大道进发。

蒹葭抵达酒店的时候，街灯刚刚醒来，对着所有的路人暧昧地亮着。

城市的夜晚用虚假的灯光掩盖着俗世的丑陋与罪恶。一个小时后，在一座被臃肿喧嚣又浮艳的灯海淹没的容光焕发的酒店里，又添了一件每天都在这个世界的各个角落诞生的恶行。它就像我们在电脑屏幕的桌面上添加了一个文件夹一样的稀松平常，但它可能意义非凡；它又像是一支掉在地上的针，悄无声息，却隐藏着潜在的危险，特别是对赤足行走的人们。

十三

在审讯室里，蒹葭的丈夫说，在他们的计划里原本没有要加拿大男人魂归西天这一项，主要目的是钱物，然后再教训惩戒他一下。蒹葭说，那人持的是外国护照，杀了他麻烦很大，要他千万记住下手不可太重，但那人被击晕后苏醒过来时不该说那句话。

哪句话？警察问。

他说，你这条吃里扒外的恶毒母狗，我就是追到天涯海角也不会放过你们！

我们当时被他的话激醒了脑袋瓜。是啊，他认得出我们俩，如果不斩草除根，拿了钱恐怕也无福享受。

后来我就又回头朝他又要叽哩哇啦的臭嘴捅进去一刀，如泉的血就喷射出来了，刀都没拔我们就走人了。

在监狱的接见室里我见到穿着囚服一脸平静的蒹葭，蒹葭对我的探视看样子没有流露太多的欣喜。我举目看看邻座的女犯，个个蓬头垢面，对自己的外形毫不关心，一副破罐破摔的样子。坐在她们中间就像是坐在一片呆滞的目光编织的网罩里，沉闷的窒息感愈炽。

只有蒹葭仍然把自己收拾得独具韵味，风姿绰约，即便是穿着掩灭人性与个性的囚服，也玲珑曲致，浑身散发着慵懒的贵妇之态。只不过她的眼神已失却了昔日狡黠的柔情，流露出监狱所打造出的千篇一律的厌倦与困顿的神色。

我对坐在我面前的蒹葭产生了陌生之感。

蒹葭叫我下次不要再来看她了，她说就是来了，她也不再出来与我见面。

我问她为什么？

她说，不为什么，只是不想再见到任何人。

我在蒹葭漠然的叙述里知道了我们分别以后所发生的一切。我惊异的是从她出院住到我的陋室再到回学校去，这短短的时间里蒹葭的心灵历程发生了那么大的曲折变化，对人对事她的看法发生了一个莫大的转弯。

而我一无所知。

她说把丈夫拉入这件事中的想法由来已久，起始于早先他拿了钱又赖着不在离婚协议上签字。丈夫既把她当成他私有的物品卖掉，又言而无信。她恨透了他。他不签字时的无赖劲，她当时恨不得把他给杀了才能解恨。彼时她就下了狠心，有朝一日有机会一定要报复他的乘人之危。后来两人一齐商定抢那个加拿大男人的钱，男人竟然为到手后的钱要怎么分与蒹葭吵起来。丈夫说真正出力的是他，他必须拿最多的一份。两人闹得不可开交，引起邻室的注意，最终双双落入法网。

蒹葭说，她现在谁也不怨了，因为再也没有人欠她什么了，该还的都还清了，该理的情都理了。

她说着话，头低得很低。这可能是历经多次深夜审讯之后的习惯性动作。

突然她抬起头，看了我一眼。我发现了她眼里飘过一丝熟悉的柔情，这在我来到这里坐在她面前这么久还是第一次。但这眼神来得突然也去得太快，它随即消逝在她眼眸深处。

然后她缓缓地说，对于你的爱，我早就不抱希望，我知道你不可能真心喜欢我这样的女人，我并不怪你。我本不是那种死皮赖脸的女人，这个你早就知道了。你不是一个平庸的男人，你心里有远大的抱负。我当时因为着迷于你这一点与众不同的性格，才想与你生一个孩子。我想既然不能与你长相厮守，我可以与你的儿子过完余生，那时我就是天底下最幸福的女人了……

蒹葭可能是因为喉咙干燥吞了一下唾液又继续说，你是不是觉得这故事听起来像翻老皇历，太老掉牙了，但我当时确实是这样想的。

我知道你心里一直在抗拒着不让你爱上我，你是理智的，可你后来发现你已无可救药地喜欢上我了，特别是我出院后的那段日子……我看得出来。

但我并不高兴。我知道纵使你放任自己爱我，但你最终仍然不可能彻底快乐起来的。因为像我这样的女人，只能是你的拖累，不可能对你心中的事业有什么帮助。可不是吗？我们本来计划得好好的，可谁想到全让那未曾谋面的孩子给搅乱了，瞬息间就灰飞烟灭了。唉，真是人算不如天算。其实你当时完全可以不管我，保孩子的。

蒹葭最后的这句话触动了我内心深处最软弱的地方，从那里隐隐传来阵阵的抽搐。

蒹葭接着说，你如果实现不了你心中的理想，纵然我柔情满腔，你也将忧郁一生。所以我毅然选择离开你，虽然我是多么眷恋那两情相依的小夫妻生活啊。我的选择是多么无奈，但我仍然要在你面前装得什么事都没有的样子，我害怕你发觉了我内心的隐秘，会把我追回到那令人痴迷的温馨生活情景中去。如果让我回头，我肯定就不会回去了。所以我一回去就紧锣密鼓地开始我的计划，不再像以前那样事事都告知予你。在我心中，你让我永生难忘。但我不能因我个人的奢望而毁了你。要毁也应该毁那些背信弃义寡情薄义的男人们。

事情走到这一步，我在狱中也曾后悔过，我并非后悔自己所做的这些事。而是后悔自己当初从那个穷山沟出来，本是要为我女儿的未来而拼搏，结果现在沦落到这田地，就更谈不上女儿了。

我忙说，你女儿的事，我会尽量帮你妥帖安排。

我跟你说这些并不是要你承诺什么，其实你并没有欠我什么，倒是我对你有很深的愧疚，非但不能帮你什么忙，反让你为我白忙乎了一大阵子。

蒹葭这样说着话，突然伸出她一直规规矩矩地放在腿上的手，摸了摸我鬓边的一小撮白头发。我不太习惯于这种场所的亲昵，尽管她的动作自然又轻柔，就像我们曾是一对患难与共的老夫妻。但我还是觉得难为情，脸迅疾地向旁边别了过去。蒹葭的手停留在半空中一会儿，然后就无声地垂下去了。

她叹了口气说，谢谢你来看我。就没有再说什么了。

在深夜里发笑

我是教书的，名气很大，在我们这个放个屁都掖不了的小城里，像金币一样掷地有声。许多老师眼见我火了，也东施效颦，把大名、电话、地址、专业特长印在小纸片上，有的还附上靓照（当然，贴照片的，女教师居多，有无别的用意，不得而知），狗皮膏药似的贴在小城的旮旯犄角，隆重推销自己。我火起来全因开设了个作文培训班。我有一句广告语，是这样说的：“无论有无文字功底，半年速成小作家!”姜太公钓鱼愿者上钩，上钩的人忒多，而且多是些富贵人家的子女。每逢学校假期，就是我的旺季，简直应接不暇。我收费挺贵的，偏有人要投到我这儿，而不去找那些价廉不一定物美的班。你说怪不怪？那段日子，是多么的充实而滋润，从公立学校一回到培训班，我忍不住老想笑，笑得五官都发生位移。后来，出事了。回头想想，偶然与必然是孪生姐妹，也许我活该。

那个时候我要去赴同门师兄的酒局。下午四时十二分，我还在三尺讲台上口沫横飞，同门师兄就打电话来约请，我欣然应允。像我这种社会地位，吃顿免费水酒的机会并不多。一是教师节会餐，一是家长谢师宴，余下的就是笔会。补充一句，小可业余嗜舞文弄墨，忝为本市作协一分子，为此每年叨扰一顿公家酒在所不辞。

话说回来，从四点十二分到七点，我完成了三碗稀饭外加一个凉水澡，然后踢着一双拖鞋赴宴去了。路途并不遥远，只有两三里路，为了省下三两个小钱，我放弃雇车的想法。读者诸君千万不要因为我这精打细算的铁公鸡而断了读下去的念头，从而错失了一个好故事。大凡精彩故事总是喜好卖关子，吊吊胃口。甭急，马上开始。

我慢条斯理地行走在繁忙的世俗街道上，思忖着这路边的性用品专卖店，门板为何阖了半扇，像一双瞌睡的眼，却又竖一块花花绿绿的印度神油金枪不倒广告牌在门口？这美容厅的女子，为何要穿着短裙又叉开两腿在店口仪态万千地坐着，这八字状是否就是山姆大叔的电影所宣扬的欲望深渊？

体育馆门口的女子，为何孤零零地踯躅，男友失约了，或者是夜景迷人，思乡的女子在千里共婵娟？……同门师兄不知等急了没有，我百无聊赖地想着，耳边突地响起嘤嘤细语，夹杂着吁吁娇喘。

先生，帮帮忙好吗？等会有人查问，您就说咱俩昨晚在一块。我叫颜如玉。

我正莫名其妙，眼前就闪出两顶蓝色的大盖帽来，陡然从其中的一顶底下炸来像枪膛里出来的声音。

干嘛的?！干嘛的?！

不干嘛。我说。

不干嘛为啥鬼鬼祟祟的？

哪个鬼鬼祟祟？跟我女朋友说几句话碍谁啦？

我灵机一动，瞄了一眼站在我身侧的陌生女子。女子回了我一个意味深长的眼神。

我平生最讨厌鬼鬼祟祟、阴谋诡计、暗度陈仓、小肚鸡肠什么的啦，这种没根没据的话出自警察之口更让我心生愤懑。

你女朋友？叫啥？他们一脸的怀疑。

颜如玉，咋的？我脸不红心不跳，心里得意自己的记性还不赖！

她昨晚犯了事你知道吗？

昨晚？昨晚跟我一道。怎么啦？有问题吗？喏，就在那顶楼的旋转餐厅。我随手指了指旁近的一家酒店。

你是谁？做啥的？请出示证件！

挺霸道的口气。

我默不作声。

我是谁？这个世界老是要人证明自己是谁，无聊透顶！可话说回来，我骨子里还是深埋着寻常百姓畏惧警察的普遍心理。

踌躇了一会儿，我还是掏出工作证，直直爽爽地丢给一个身板瘦瘦的警察。这俩警察恰好一胖一瘦，一直在问话的是胖警察。他让我想起英国喜剧大师萧伯纳的一段小幽默：在某个社交场合上，一个肥胖的贵夫人取笑瘦子萧伯纳说，瞧您的模样，就知道您那正在闹饥荒！萧伯纳回敬道，是啊，遇到了您，我终于明白闹饥荒的原因了。

瘦警察打开证件，迅速扫了一眼，抬头睃了睃我，又低下头去看，然后合上证件递给我说，误会，误会。哦，您是老师啊。对不起，我们信得过您。……不过，您能留个电话地址什么的，万一还有事需要麻烦您？

瘦警察说完瞄了瞄静静站在我身侧的叫颜如玉的女子。

教书育人，银子没几个，但人格倒还纯净，人家信得过。我幸福地想，张口就把一长串号码及汉字传给了他们。胖警察像得了帕金森似的，握笔的手在一个蓝皮小本子上抖动着。

两警察道了声打扰了，就没了影，一团烟雾般地蒸腾了。

这时我才有空细看那女子。个儿不高，小巧玲珑，该有肉的地方散发着诱人的肉香，该不长肉的地方则传递着线条的骨感——一个标致的小女子。

小女子说，老师大哥，颜如玉要如何感谢您啊？女人抛了一个秋风扫落叶的眼神过来。

我说，谢什么！拔腿就走。

我只是扯扯嘴皮，并没有舍弃什么，不值一谢。我急着赶去喝酒。顺带一句，酒这东西我挺来劲的，而女人嘛，要在酒喝得差不多时才会想起。古人云，酒能乱性嘛。再怎么着，我也算是个人格堪信的人民教师。

看官，叨唠一句，人格值几个银子乎？

女人木在原地，拿一双妩媚的眼看着我。这我管不着。

师兄说，他已从窗台探出头好几次了，就是寻不到我的影子。

师嫂笑说，他从来没有“坐过台”，头一回，急得像在火车上蹩泡尿等厕所门开似的。

接下来我们开始喝酒，我没有跟师兄提路上遇到的事。

那简直不叫事，眼前这好酒好菜的，才是大快吾心的事。

那个晚上后来又来了很多人，拉拉杂杂的，吆三喝四，最后我当然是醉了。我从来不放过任何一次不可多得的酒局，当然要把这酒吃得酣畅淋漓才罢休，绝不似醉非醉，或者什么酒醉心头明。那不是我干干净净的喝酒风格。

谁送我回来，还是记得的。

师兄用他的电驴子驮我回来，然后扛麻袋似的把我弄到九楼——我的天堂上面来。关于九楼，我又得啰嗦几句，顶楼便宜，即便如此，大部分房款还得靠银行按揭。没办法，穷呗，时髦的说法叫为银行打工。

睡到半夜，电话铃声贼响，像锥子戳我的耳膜。我困得要命，伸个手接都懒，可铃声百折不挠地叫着，活脱一个固执的老头儿，拉着你讲他过去的奋斗史。

他妈的，这半夜叫春的电话。

我骂骂咧咧的用两个手指头拈起听筒，像捏根油条。

啪的一声，听筒没有抓牢，滑落到床下去了。

老师大哥，求求您，您好人做到底……听筒里的声音在静夜里非常清晰地振动着。

一个年轻女人的苦苦哀求。

我重新抓起话筒喂了一声，那边静了一会儿，然后是电话的忙音传了过来。

女人？老师大哥？好人？说谁呢？

我迷迷糊糊地想，是丈夫有了外遇的寂寞女子拨错了号码吧？可怜的女人啊，可我爱莫能助啊。

女人，电话。我再也无法入睡了。我患神经衰弱已有七八个年头了，入睡艰难，一被打醒就再难安眠。我疑心自己的上下眼皮彼此有深仇大恨，或者是上下眼皮不分雌雄，同性相斥。吃过这药那药，都毫无成效，弄得我万分苦恼。所以太阳一升起，我唯有苦着一张脸，哪来的闲心欢笑。唉，都是这单调乏味的传道授业给整的。有时我异想天开，倘能来点刺激的，或许这顽疾便不治而愈也未可知呢。

我开始胡思乱想。先是夜晚路上遇见的一幕，女人的肉香仿佛还在我的身边弥漫，像一层雾。女人很聪明，她明知男人都是食肉动物。女人的眼睛是利器，杀戮男人于瞬息。善于用眼的女人是女中凤凰。当然话说回来，上了年纪的女人千万不要随便朝男人抛媚眼。年老珠黄的女人眼里传递的是灼灼的火，而妖媚的青年女子传递的是柔柔的水。男人害怕“热情好像一把火燃烧了整个沙漠”的女子，男人喜好湿润柔媚像汲水海绵的女子，可以兴之所至思之神来随意揉捏，男人从中体味到主人翁的快感。不是有这样一个说法吗，你得讲故事哄年轻女子上床，但对于年华不再的女人，你得讲故事让她不跟你上床。

我幡然悔悟到今晚忽略了一个水一样的女子。诸君请别误解，以为替人说了话，解了围，就要人献身，就像古典小说里的轻薄之徒。古人训示，君子施恩不图报。前面交代过了，酒喝够了对女人的感觉就会从我心底浮了起来，我惊异自己居然如此漠视百年不遇的水一般的女子。我开始怀疑自己的性能力。如果说性能力可以用重量或者质量来衡量的话，我不知我有几斤几两。古人又说，才高八斗，而我说，性高八斗。我必须去试一试，究竟有没有八斗。有些事你若不去尝试，哪知道它会是什么样？只凭臆想毕竟是镜中花水中月。我为自己近乎完美的推理，在静寂的深夜，自豪地笑了。

可是，这么晚了，找谁试啊？

有一个远洋船员曾对我说过，在茫茫的太平洋大西洋印度洋上不舍昼夜，常常饥渴难耐，像春天里躁动的猫，可又能怎样呢？后来一个尖脑壳的水手出了个挺绝的招数。出航前秤了一块肥厚的双层肉，然后掏个直径二至三公分的圆洞（尺寸因人而异），把肉冰冻起来，需要时拿出来捣鼓几下，完了之后拿去洗洗，再冰冻起来。正所谓一肉除一肉，心里汹涌的波涛一块肉就给夷平了。

我不是远航船员，当然不必这样费尽心思也不会花那冤枉钱。

门铃突然叫了起来，叫出一阵让人心惊胆战的肉腥味。

这个时候，还有谁呢？

我教书糊口，又嗜好码些文字换钱扬小名，就像卖烟杂的又弄了部公话来摆弄，多多益善，不赚白不赚。也就这点嗜好，使我的生意日渐红火。我说的生意，指的是校外作文培训班。你想想，一个三天两头在本地人尽皆知的文学副刊上露面的撰稿人，开写作班，其广告效应不言而喻。我的这点嗜好，催生了学生们对我的崇拜，准确地说，应该是家长们对我的热爱。他们的热情像烧开的水，烫得你跑都来不及。想及这些，我老是想笑，想笑出我内心熊熊的得意。

除了笑，我还有其他的表达形式吗？没有了。

一个人的一生可以有多种表情，苦着脸，冷着脸，寡淡的脸，涨红的脸……但你知道哪种才是真实的吗？一个人受到别人的青睐，归根结底只促成一个表情，一个人让别人忌惮也是一个表情。对了，能糊弄人的也只有一种。比如笑脸，笑是一门很深的学问，笑很深刻。看上去快乐的笑，内心可能是痛苦的；看上去笑得轻松，或许是为了掩饰紧张；笑得轻蔑的，事实上是胆怯……

学校讲台上我一向只有一张脸孔——苦着脸，说得崇高点，叫忧国忧民。没办法，教授道德文章岂能嬉皮笑脸！你们也知道，我之所以这副德性，与我在底层泥沼里生存有关，与我不得不拿些小文章去换钱来补贴家用有关，更与我起早摸黑废寝忘食搞第二职业有关。

但很多人都在笑。太阳出来笑，烟雨蒙蒙笑，中了彩票笑，搂着别人的妻女笑，老婆蹦出一个小鸡鸡笑……笑是如此寻常，如同吃喝拉撒，笑无处不在，就像包裹着我们的尘埃。我以前笑不出来，是缺少笑的土壤与环境。一句话，先天不足。我原先的收入有两个来源，一是传道授业误人子弟，二是码字卖钱坑蒙拐骗。两者都是细水长流。现在添了课外作文培训班这一行当，为我抹上了一张笑意盈盈的脸孔。虽说要起早摸黑，搬弄口舌，劳苦功高，但看着银两呈倒金字塔递增，银子是那样的光辉，我能不笑吗？此刻，我更有理由笑了。

从防盗门的猫眼往外看，白茫茫一片好干净。再细看，这白里隐约有一个起伏层次，像立体的麦当劳标志牌。现在，“麦当劳”在夜风的吹拂下，颤悠悠地晃动着。突然，“麦当劳”朝后退了去，一张白白的小圆脸折了下来，小圆脸上的两泓汪汪的小泉眼，一张一合间往外涌着晶莹的水珠。这一刹那，我察觉我笑了，舒心地笑了。我在凌晨两点一刻从猫眼里往外看时，像一朵花在黑逡逡的深夜灿烂地笑了。辛弃疾说，“蓦然回首，那人却在灯火阑珊处。”我打开门，那女人果然就站在昏黄的路灯里，高耸的“麦当劳”在胸前招摇，惹我酒后的腹腔，熊熊燃烧起不知廉耻的色欲。先人教导我们说，食色，性也，酒足饭饱思淫。我想，我的“色”来了，我的“淫”来了，她自己用两只脚走来了，多么美好的事啊！

女人说老师大哥，您好，我叫颜如玉。我要报答您的帮助。

我说，无功不受禄，你找错地方了。

女人说，我按您路上说的电话打了过来，您没有接，只好寻着您告知的地址摸过来。楼下守门老头儿也证实了您住在这，不会弄错的。

哦，我为你做过什么呢？你可是某某某的家长？是啊，这孩子很用功，成绩好是他的造化与我关系不大，教好他是每一个老师应该做的。

宿醉使我的大脑处于迷糊状态，虽说眼前这个尤物多少让我清醒些，但要我回想起她说的什么劳什子事，还是有些费劲，好在我懒得让自己太累着了。

女人脆脆地笑了。您怎么就忘了路上的事呢？不可能的……也才过去四五个钟头嘛。

女人的嗲声很“港台”。女人抬了抬肥白的手腕像是要指出具体的时间，但她的手腕上什么也没有，朦胧的灯光下隐约只有泛青的血管。

我笑了。难道血管与时间有关系？血脉的行走就等于是时针的规定性跳跃？我也抬手看看自己的手臂，可惜因忙于生计，疏于保养，色泽太暗了，什么也看不清。

时间在体内潜行，时间无声无息地流失在空间里，就像曾经的青春岁月。秒，分，时。嘀嗒嘀嗒嘀嗒，像雨敲窗棂。哦，不能再消磨时间了。

进来说吧。我说。

我想，站在门口无异于自我暴露。或许对门已有人从床上爬起来趴在猫眼里窥视呢。窥视他人总比被人窥视快乐。一个在暗处，一个是明处，前者自淫，后者受淫。窥视者因为窥视到别人所不知的秘密而窃喜，就像独自去偷欢。

果然，当黑乎乎的门洞把我与女人吞进去，光明与黑暗隔门相思后，我弓腰从猫眼里看见对门一片黑漆漆的气流中，裂开了一道渐渐宽厚的缝，然后一颗零乱的圆物从那缝里长了出来，像胎儿从母亲的生殖器官里徐徐探出。那东西左右晃了晃，突然抬起一颗青得惨烈的脑袋来，定定地盯着我刚刚阖上的门板，嘴巴朝两耳的方向绽开去，像有一只小鸡从壳里突围而出。

哦，一种专门生长在暗处的笑容。

我没有看见那嘴巴里跳出小鸡来，我只看见上下两排焦黄的犬牙中一条深紫色的长舌头，明天它将要在人群中出出入入翻卷腾挪，不辞辛苦。

女人进门后就不声不响地脱着身上的衣服，仿佛我的屋子蒸热了她青春的躯体。黑暗中渐见一块白，愈来愈大片，直到女人所站立的地方像竖着一块曲致的大白糕点，糕点的中间点缀着一小团倒三角形状的墨黑，像黑芝麻，光芒四射腥味扑人。

突然，糕点朝我倾倒了过来。

食色性也，食色性也……我叹息着、我呻吟着、我嬉笑着。我要食色了，我要食色了。我喃喃自语我情不自禁。

我没有闪避，我怎会闪避呢？饿了就该吃东西，吃着东西还需喝点什么，吃也吃了、喝也喝了就该玩点什么、折腾点什么，正常得与和尚尼姑还俗一样不值得大惊小怪。我突然悟出别人老是能笑的原理，原来生活是这样的多姿多“色”！

肉香扑鼻而来，我翕了翕鼻翼，像一头嗅觉灵敏的动物。我的手禁不住朝肉香的来源探了过去，可是，抓到的是虚空的一团黑。

颜如玉该如何谢您啊，老师大哥，您是天底下最好的人呢。温软的声音拨开黑暗的迷雾窜到我的耳际，提示了我肉香的位置移到哪里。

我应该笑两声，让颜如玉知道我是如何的君子施恩不图报，让颜如玉明白什么叫得失荣辱成败恩宠一笑置之。

呵呵，那不算什么，你千万别当回事，你要是当回事我就要生气，我要是生气那就没意思，没意思我就会请你出去，这样一来，晚上你到这儿来也就丧失了意义。我挤出一丝干涩的笑声做为我慷慨陈词的伴奏。

我的手又闻到了肉香的源泉，我以抱西瓜的姿态上前一揽，那一团白肉却又巧妙地在我的精心策划中滑走了。

老师大哥，既然您觉得我的想法丁点意思都没有，颜如玉只有心领了。老师大哥我可要走了，您多保重啊。

叶的一声，门什么时候开了，吓得我的心一蹦一跳的，像陷入情欲的人心头乱撞的小鹿。

门打开了就像谁倒了一大桶清水，黑暗的浓度被稀释了很多，两团黑影随即弥漫了进来，门又无声无息地合上了。黑暗又重新纯净了起来，但黑暗里的喘息声却愈来愈刺耳。

一个，两个，三个，四个。

嚓，嚓，嚓，怎么有那么多的光，像锋利的尖刀咔嚓咔嚓地朝我狠狠扎来，我本能地拿手遮住双眼。一只温软的小手拿下我的手，我想是颜如玉，因为我闻到粘附在我身上的肉香。“闻香识美人。”我笑了一下，然而很快我的笑凝固了，像是被画家糊弄在画布上——蒙娜丽莎诡秘的笑。那么画家在哪里？有两个，不，不是画家，是摄影家，一胖一瘦，手里拿着一个黑家伙，耀武扬威地站在我面前。他们在笑，笑得眼睛、鼻子、眉毛、嘴巴都不见了，笑得整张脸只剩下笑。颜如玉也在笑，不着一缕地笑，笑得一身小巧的白肉被分解成精致的一小团一小团，然后再合成一具完整浑圆的肉体。她笑出层出不穷的浪花，后来浪花似乎支撑不住了，一个大浪头打了下来，就俯在我的身上了。我生长在海边，大海的浪涛从来不曾把我吓倒，但我终于被这嘈杂的笑浪击晕了。我合上双眼，把所有的笑浪关闭在我的眼帘之外。我回想今晚历经的情节，怎么老觉得像拍电影似的，这蒙太奇的手法确实令人着迷。但显然此刻研究电影的手法是非常不合时宜的，我必须理出一些头绪来，诸如颜如玉、大盖帽、午夜电话、以身相报、摄影家……

老师，我们是不是可以坐下来说点事？声音很瘦，又耳熟得紧。

我费力地朝发声处张望。一个瘦瘦的人影正在嘿嘿笑，我也笑了笑。我以为自己已经笑了，可为什么没有听见笑声呢？它丢了吗？什么时候丢的？丢到哪去呢？我俯下身子想找找看，结果倒找到了一把四脚凳子。我一屁股坐了下去。颜如玉就站在我的身侧，双臂抱胸，好像担心那两颗白球跳下来跑掉似的。她为什么还光着身子？光着身子笑是不是更有魅力呢？颜如玉，全裸的维纳斯？

老师是明白人，我们绝对相信。这时，他们中胖的一个说。

胖子的大盖帽到哪去了？我当然是明白人，我明白这就是当今社会盛行的“受人点滴之恩当做涌泉相报”的演绎。有人溺水有人见义勇为，人救起来了，勇士却化作一条鱼永生与水为伍，大难不死者连声谢谢也没有就遁走了；有人让车给亲吻了，可恨的是“吻者”不留名，逃之夭夭，而路见不平挺身而出的英雄却被当做亲吻者给留下了。有人贩卖恩情有人以怨报德……

我有几个小钱，卖文与教几本破书所得，如果你们需要，我尽可以无偿奉献。我说着话，心里难受着我干嘛笑不出来。

瞧您说到哪去？老师您清贫，我们怎会不晓得？老师穷我们当然不能找您要钱，就算找您讨老师肯定也没地方借，老师的亲朋故友一定也跟老师一样的穷得叮当响。您放心，我们不会难为您，但是有一件事，我们需要您的帮忙。

说话的人扬了扬手里的摄像机。那里面有什么？里面的我是什么样子？

一本正经或者丑态百出？重要的是颜如玉光着身子和我站在一起，可我还衣冠齐整，该出手时没有出手。但，谁信呢？明天或者后天吧，会有人像一窝蜂，围在一起交头接耳地欣赏我和颜如玉的靓照。他们的笑容一定像过节般的灿烂。这笑容是为我而起的。瞧，老师多么幸福啊。老师幸福得两眼都睁不开啦。

老师您不用开口，只要点一下头就行了。老师是斯文人，羞于和我们为伍我们理解，但老师啊，您不知道我们多么渴望您这样的英才加盟我们的集体啊。如果您能加入，我们将受宠若惊，老师您能理解我们此刻的心情吗？

我想了想，确实无法理解，我只知道我现在跳进黄河也洗不清了，于是我摇了摇头。

您怎么不理解呢？您怎么可能不理解呢？您是知识分子，我们呢？我们也算是混迹社会的精英吧，您渊博的知识与我们丰富的经验连为一体，肯定逢凶化吉天下无敌。这叫一夫当关万夫莫开吧？您只要慢慢想就会想通的，没有关系的，我们不急。瘦子说完不紧不慢地摆弄着手中的机子。

颜如玉为何还不穿上衣服呢？颜如玉为什么老是朝我酥酥地笑呢？她的手为什么老在我的衣服上像刮痧似的抓来抓去呢？我怎么觉得是利诱逼供呢？我多么想笑一笑让自己紧绷的神经舒缓一下。可笑已丢失，我只能扯扯嘴角权当做笑了。

老师啊，真羡慕您桃李芬芳一呼百应，您手里握着价值连城不可估量的资源，老师想必不知道吧？

资源？我动了动嘴唇，正想发问。那胖子把嘴巴撮得像母鸡屁眼，手指竖在屁眼前嘘了一声说甭吭声。我刚才说您桃李芬芳，芬芳啊，芬芳不该自己一个人芬芳吧，芬芳也该匀一些让我们尝尝。这好比被窝里放屁……哦，您别生气，我只是随便打个比方，老师您不生气才能福如东海寿比南山。

我想嚎几声，并不因他的话，而是懊悔不知在何时丢失了我的笑声，弄得现在笑不出来。而一直在摆弄摄像机的瘦子，一抹贫贱而丑陋的笑容却像一颗痣挂在嘴角。

老师只要告诉我们哪个“桃李”家庭环境优厚，回家路线，家里的电话，余下的您就不用管了。老师您不要把眼睛瞪得那么大，老师一定担心我们会对您的桃李怎么怎么了。老师您尽可放一万个心，我们会用春天般的温暖疼爱他们。他们可是祖国的花朵、未来的栋梁，我们就是有天大的胆也不敢在花骨朵、栋梁之材上动心思啊，我们主要是想跟他们家长做几笔交易。

我的笑声到哪去了？我要是能轻轻松松地笑几声，他们还会如此张狂地对我指手画脚吗？我笑不出来他们以为我投鼠忌器有所忌惮，我真该死怎么可以在这样千钧一发的时刻丢失了我的笑声呢？我若笑了说明我对那个黑盒子里的东西根本不在乎，对那个我都无所谓了我还怕谁？我谁也不怕了，你对我要挟威逼有何屁用？可问题是我的笑声到哪去了呢？

老师您可以考虑考虑再回答，我们有耐心等，照片洗出来后我们一定选几帧送给您欣赏欣赏。我们还可以免费寄一些给您的家人同事朋友，当然必须经您同意，这里面涉及您的肖像权问题，我们可不想吃官司。老师您可要三思而后行哦。古人训示，君子一言，驷马难追。您要是答应了就该去做。这事说到底也不费事，您只要隔三差五的挂一电话给我们说说情况就结了，我们绝对不会亏了您，我们还是挺尊重您这样的灵魂工程师。

我咧开嘴，极力想象美好的事情以期激起我的笑欲，然而搜肠牵肚的就是找不到一件，反而惹得悲从中来。这么多年来居然没有一件真正让我快乐过的事情，传道授业也罢，码字换钱也罢，办班赚外快也罢……都是被逼出来的。哦，好日子一去不复返！罢了罢了，想想今夜不花一个钱喝的酒吃的菜，一丝兴奋爬上我的脸庞，可那离笑还远着呢。

老师您不必担心我们告发，我们爱护您还唯恐不及呢，怎会去做那不仁不义的事呢？只要我们精诚合作，就是同道中人。同道中人讲的是互助互爱，彼此拆台、恶意中伤的事我们绝不做，这个，您尽可放一万个心。嘿嘿，说话的人放肆地笑着。

我脸上的肌肉怎么这样酸疼，笑不出来真是难受啊。我仰起脖子，看见一抹晨曦像女人性爱后脸颊上的潮红悄悄地爬上窗棂，顺着墙壁像藤蔓慢慢地滑进房子。

光着身子的颜如玉像一条温顺的哈巴狗依偎在我身上，她的手在我的衣服上游走，终于爬上我没有刮净的毛碴碴的下巴。

老师您为什么沉默不语呢？是不是对我们的提议没有意见？哦，没意见就是同意了。老师果然是聪明人，能跟您这样的人共事是我们毕生的荣幸。老师您若还有别的什么要求，颜如玉留下来陪您继续聊，我们俩先走一步。

叶的一声，门被打开了，依稀的晨光里，门口什么时候已站着两个大盖帽，好像遗落的种子在露水的滋润下，一夜之间发芽抽茎茁壮成长起来的庄稼，这两茬庄稼恰巧也是一胖一瘦。门口的两个顶得门里的两个倒退着走，脚后跟互相磕磕绊绊咬来咬去，像爪哇土著的舞蹈。光身子的女人霍地站了起来，来人唤醒了她内心深处的伊甸园之羞。女人的双手急切地做着细致的分工，右手捂紧胸前的两团肉，左手罩住下身的那堆黑芝麻，却偏有几根杂草顽固地从指缝间探头探脑，在晨风吹拂下摇曳多姿。

我突然想笑，我努力想让自己笑出声来，我嘴角两边的肉拼命地往外挤，就像在冬天的墙脚下挤着身子取暖。最终我还是笑不出来。我想，我的笑声无可救药地遗失了，遗失在我生命行程中的某一个不起眼的驿站里。

胖胖的大盖帽板着脸孔问女人，你叫什么？

女人颤悠悠地说我叫颜如玉。然后她居然妖媚地笑出声来，真让我艳羡不已。

衣服呢？先穿起来！

颜如玉慌慌张张地找寻遗弃得像秋天落叶的衣裳，长长短短、颜色各异的落叶，横七竖八地躺在地上。颜如玉极其迅速地把一片片落叶披挂起来。

当一行人从房子里鱼贯而出时，对门有人向我们行注目礼。那眼神有幸灾乐祸，也有好奇与猜疑。也难怪，万籁俱寂的时辰，女人来访男人接踵而至，好不热闹，小小的猫眼哪容得下这般蹊跷的事儿呢？夜充满诡秘，夜晚是一个被幽禁的绝色女子，谁来给她解禁？只需一个电话，就可以轻轻松松地把所有的问号扯直烫平，暴露在依稀的晨曦下。

楼下停着一辆长长的车，车盖上一盏红红的灯闪着的光芒，像颜如玉胸部上的肉团一样刺目，弄得一行人浑身不自在，手上的扣子清清脆脆地喘息着。

审讯室里，大盖帽打开笔录本敲着笔头问我整晚都干了些什么，如实交代清楚，争取宽大处理。

我想笑一笑，以示一切都是误会。我扯扯嘴角，却徒劳无功，只好说，我找了一宿遗失的笑。

舔了舔嘴唇，我又加重了语气说是真的，我以人类灵魂工程师的人格作证！

石榴树下

1

每一个夜梦醒来，我总是被一些陈年旧事所震撼。那些人与事，已然蒙上岁月的尘埃，隐逝在记忆帷幕深处，在时光之手的淘洗摩挲下，熠熠发光，像一堆散发着樟脑味儿的绸缎。没有多少人会重新拾起，甚至偶尔在唇齿之间驻留片刻都不。只有我，以及我平庸而琐屑的生活，才会经常受到它们的困扰。哪怕是少女般妩媚的夏日清晨，也无法洗净我睡梦的残余，它们像分泌着黏糊糊液汁的根须植物，依附在我的血液、我的神经里，一同在我青春的肌体里肆意运行。

从我记事起，生长在南方的故乡，似乎一直活在阴冷的冬天里，哪怕在繁花盛开的季节，我都感受不到温暖、湿润，富有光泽的春天性格。村落从来不曾放晴过的天空，和母亲放在灶头的抹布一样的脸庞，淅淅沥沥地淌着肮脏的水汁，顺着土砌的灶墙，一路蜿蜒而下，像一只丑陋的壁虎，濡湿了干燥的灶墙，在昏暗的灶屋里，无比醒目。在我渐渐清晰的记忆里，惜的母亲花常常在这样的时候踏入我家的灶屋。花本来是要穿过我家门前的巷道，上合作社去买一块臭皂角，好回来洗涮一家大小的衣物。正在灶屋里忙碌的母亲瞅见了她，打了声招呼，花就歪了进来，母亲顺手掇了条矮凳给她。很快地，花肥大的屁股就淹没了矮凳……

经年后，我回想起这一幕时，内心深处总是泛着莫可名状的情欲，像萋萋枯草掩盖着的，没有被完全打熄的火星，随时都可能燃烧起来。我弄不清楚那个时候的我，为何会特别留意花屁股底下的那方矮凳，想象着倘若她坐着的是我稚嫩的双掌，我会怎样！

昏暗的灶屋，一方矮凳，花丰腴的屁股，纠缠着我早熟的少年时代，而那个时候，我所居住的故乡村落可不管那么多。村落始终季节不分，模糊着一张缺乏个性的脸，让人一想起，就垂头丧气。我曾说过，故乡似乎永远罩在冬天的硬壳之下，以至于时隔经年，我到了北方一个成天灰蒙蒙的城市，恍惚间，竟以为回到了少年时代的故乡，在异乡的梦寐中醒来，泪流满面。

我的母亲，作为一个勤劳朴实的农民，将一生的大部分时间，用在灶头与鸡舍、猪圈之间转悠。田里她反而不多去，因为地少。母亲的手脚利索，所以无论我在外面野多久，回到家里，母亲忙碌的身影像一个画面似的，老在我面前晃悠。画面里偶尔还有惜的母亲花。我为什么老要提起花呢？事实上我在回忆这些陈年旧事时，我曾试图将花从我陈旧不堪的记忆里干干净净地剔除，像那些刀法娴熟的庖丁们，只遗下惜娇小艳丽的容颜与款款柔情。但是我做不到，因为伴随着惜的母亲花的，还有一个叫枪的年轻的独身男子，以及枪的瞎子父亲与苦命母亲。好了，要说的人物，基本都出场了，那么从哪里开始呢？

2

枪的家在今天看来，仍是美的。两层，大阳台，红砖灰瓦，木质楼梯，门口圈着一个晒谷坪，环植着不知名的花草树木，坪中央有石桌石椅。最值得一提的是，二楼西窗下，种着一棵被我们唤作“台湾番石榴”的树，据说它的品种来自台湾。每年其他人家的石榴果还只是指头大的涩果时，枪家的番石榴已沉甸甸得像羞答答的青春少女，泛着诱人的黄色光泽，柔弱地垂下枝头。那个时候，我总是要在枪家的石榴树下站一会儿，努力把脖子抻直，仰着高高的脑袋，凝望着树上成熟的果子，像一个贵族面对他卑贱的子民。而枪就坐在二楼西窗下的大阳台上，抱着一本书，半眯着眼睛，似看非看的样子。为此，没有一个伙伴否认枪的装腔作势，其实是在守着他家的果实。枪虽然没有俯首往树下看，但我清楚其实他早已注意到我了。树上的石榴果金黄金黄的，像蒸熟的糯米蛋糕，诱使我不停地吞咽着唾沫，但我绝不敢轻举妄动。看着满树诱人的果子久了，虽然脖子酸疼，但多少平息了我的果腹之欲。这大概就是小学语文老师说的“望梅止渴”吧。

石榴树上空更高远的天空，仍然是一副要死不活的样子，铅灰的云层，仿佛是蹩脚的二流画家随意涂上去的，纹丝不动地蜷着。哼，像一条条邋遢的灰狗！没有风，整个午后都是这般岑寂。但是我的心里却激起阵阵微波，我不甘心轻易地离开这棵我注视了一个下午的树，而一路蹒跚地回到家里脏兮兮的桌子前，喝那些黑乎乎的地瓜糊。可我无计可施，枪依然眯着眼，盯着手里的书，他甚至连起身踅进屋里去撒尿都没有过。我猜想他乐意那样憋着，就是为了那些长得像男人胯下的球的石榴果，而宁愿让自己遭罪。但是匆匆的时光不容许我旁征博引，推理论证，我得回去了，母亲的呼唤已穿过灰暗陈旧、参差错落的房子与郁闷的空气，抵达我的耳膜。我突然蹭地跳了起来，冲石榴树最底处的一簇枝头抓去，那里有一个早已熟透了的石榴果，浑圆结实，像十三岁的惜的胸部。哗啦啦啦，枝头猛地弯了下来，像有人持着一把扫帚，朝我凶猛地打来。我的身体迅速落到地上，灵巧地躲过了石榴树枝叶的还击。但声音惊醒了二楼阳台上的枪，他迅疾站了起来。我的身影没有闪过骤然起身的枪的眼睛。

枪发现了树下的我。

躲已没用了，我没有像受惊的羚羊，机灵地跑掉，索性装得很倔强，站在他的俯视里。我以为枪会站在阳台上对我大声咆哮，骂些难听的话，话里会把我不知情的父母也牵扯进去。或者他会返身从楼上冲下来教训我，那么，我就可以趁他下楼梯的间歇，跑掉。

但是枪什么也没有做，出奇的沉静。他盯了我好一会儿，然后说，痴，你上楼来吧，我抓几个给你吃。

那个像惜的胸部的石榴果并没有被我抓下来，其实我并非真要抓下它，我只是心有不甘，临走之前弄出一个猛烈的举动来，以消弭我一个下午无所作为的欲望。这就像有的人烦的时候大吼一声，或者踢一脚墙壁什么的。我没想到我的无聊之举非但没有惹怒了枪，他反而要摘些果子送给我。许多年以后，枪已不在人世了。我回想起当时的情景，心里多多少少对枪的行为释然，因为那时我也是一个正沐浴在爱河里的男人。但现在，枪出乎意料的举动让我愣了愣，我犹豫着下一步要如何进行，却看见左侧巷子尽头，午后暧昧的浮光里，花丰满的身影渐次近了。因为花的到来，对枪的好意，我突然害怕起来，想着尽快离开这个是非之地，我转身朝另外一条巷道跑了。

回到饭桌前，在母亲的唠叨里，我猜想着枪不知道会对花说什么。他会说我试图要偷摘他家的石榴，而被他及时发现。然后花会在某一次上合作社买东西时，歪进我家灶屋，向我母亲复述，也许还会添油加醋。我仿佛看见，告密者的神采快乐地爬上她的脸颊，就像电影里那些叛徒一样的亢奋而潮红。

我很懊悔自己的那一抓，担心真相大白后遭受母亲的责罚，心里无来由地恨起枪和花。整个晚饭，我在忐忑不安的情绪中度过。我不停地思虑着到时候倘若母亲问起，我该用什么话头搪塞。我恍恍惚惚地想着，以至把早已扒干净的瓷碗抠得叮当作响，还不自知。直到母亲用筷脚点了点我的脑袋，呵斥道，吃饭时，不许敲碗！我才醒悟过来，该去盛下一碗了。但我没有去，而是谎称饱了。母亲狐疑地看看我说，怎吃这么少？我大着声又说了一遍，饱了，就离开了饭桌，不再理她。在我的心思里，虽然母亲现在还没有遇到花，但与遇到了没有两样。花肯定会告诉她的，母亲也一定会对我兴师问罪。突然间我灵光一闪，想到了惜，我找到了对策。

3

惜只有十三岁，但已经与我一般高。不蒙你，我们曾经屁股蹭屁股量过，当然那个时候，她穿着一双花退下来给她的凉鞋，而我则打着赤脚。反正，她的个儿与我差不了多少。我七八岁那会儿，惜是我众多小新娘中的一个，那时我有七八个像惜一样的美娇娘，天天更新，日子幸福似流水。几年过去了，她们一个个离开了我，不再与我卿卿我我“过家家”了。只有惜，未曾离开过我，一如既往地与我交好。那时村落里来过一个戏班，演的是《白蛇传》，我常常想，惜就是我的白素贞了。而我现在却一门心思想着出卖惜，让她替我担待些下午我在石榴树下所犯的过错。我也没有办法，我只不过是一个十五岁的少年，能有多少能耐去遮掩自己所做下的丑事呢？

撂下饭碗，我就去找惜。我想让惜告诉花，石榴果是她央求我去抓的，这样多多少少可以减轻我的罪责。惜会同意我的要求，这个我有把握！

惜的家离我家很近，三座房子的距离，但房子与房子之间隔着像肠子似的巷道，弯来拐去，如同迷宫，去惜的家，如果不想多走弯路的话，就必须经过枪家的石榴树。我在想要不要多遛几个巷道，避过枪的家，下午的事让我耿耿于怀。这么晚了，我还要到惜家去，全都是为了这个倒霉的下午。我颇一番踌躇，但是一股血气方刚的豪情让我放弃了绕开枪家的念头，我不想做一个胆小鬼，我是十五岁的少年痴！

夜幕深如潭。

我再次来到石榴树下，午后的那个石榴果还挂在枝头，像一个橘黄的元宵灯笼诱惑着我，但现在我没有心思去摘它，我的心绪出奇的平静。阳台上早已不见枪的影子。天黑了，他该是缩回房里看书了吧。我拼命抻直着脖子，像一条竖立起来的眼镜蛇，仰首看着枪家二楼的西窗，灯光从毛毛糙糙的纱窗上溜了出来，光里隐约晃动着人影，一会儿重叠，一会儿分开，像舞台上的皮影戏。

没有月，村夜死寂，即便有人在巷道上穿梭，也是悄无声息。在黑沉沉的夜晚，村人的行走从来都不用借助光的指引，却走得比白天更流畅无比。黑夜比白天来得温暖与安宁，当然还有些诡秘。它就像一个巨大的鸟巢，挂在树梢枝杈，在夜风中高高在上，飘零摇曳。多年以后，我行走在城市之夜流光溢彩的街道上，回忆起我的村落，我总是这样想。

在这个平庸的乡村，我度过了一个无所作为的童年，跟大多数农村孩子一样，挂着没完没了的鼻涕，用肮脏的小手抓少得可怜的食物往嘴里送。微风吹来，一眨眼，少年时代的门槛就横在面前，我变得有些无所适从，有些孤单，有些落寞，尤其是在夜晚。母亲总要我像所有的农人一样，养成早睡早起的习惯，而我却常常喜欢一个人在村落的巷道阡陌间游荡，像一个忠诚尽责的守夜人。在我不停逡巡的眼里，矮矮的村舍，婆娑的树影，村子外像一条死去的大山蟒孤单地卧着的海堤，甚而那些独自在深夜鸣叫的虫子，都被我视作亲密无间的伙伴，甘苦与共，肝胆相照。可有一次玩捉迷藏，却从此打碎我心中对村夜的神往与迷恋。那一次，因为我藏得太深太隐蔽了，而躲过了捕捉者的天罗地网，以至于竟然躺在干燥芳香的麦秸堆里，沉沉睡去。醒来时，村落安静极了，像史前时代的一块巨岩，冷光寂寂，凛然不动。头顶的天穹挂着一弯下弦月，闪着诡秘的光，像一种来自天庭之外更遥远的漠漠夜空的引诱。我害怕了起来，白天时在老人们唇齿间出没的种种神秘莫测的村落传闻，恍若在耳畔萦绕。那些故事中的女人，一个个渐次清晰地从我记忆的深潭底部浮了起来，一身素白，披头散发，水渍斑斑，唯有长及地面的舌头是血红血红的。我感觉头皮一阵阵发麻，像无数只虫蚁在爬行。我甚至听见毛发竖起来的簌簌声，然后是从我头上纷纷扬扬飘落而下的皮屑，模糊了我的视线。我不敢挪动半步，也不敢大声喊叫。

那一刻，村夜像一只注满了老白干的酒瓶，在凄清的月光下明晃晃地摇摆不定。我命定在这样一个死寂的时刻，被诡秘的传闻与内心的恐惧所包围。我要是能像大人们那样醉得不省人事该多好啊！我极力想让自己坦然起来，像以往的深夜独自去村头小店为父亲沽酒那般。可我的手中没有酒瓶，没有那些浑浊的液体，体里的液体却激荡得厉害。就在这个时候，我看见了虫子，绿茸茸的毛毛虫，在我的脚边爬行。它们像父亲描述过的火车，一节一节的，后边的一节推着前边的一节，就这样有规律地爬行着。我还看见了在我的额头上笨拙地飞行的灰龟子。它们比那些金龟子难看，像一团小小的泥巴，但看上去外壳坚硬如铁。它们围着我飞旋。我站起身，决意抓住它们中的一只，我的手刚要触及它们的身子，它们就灵巧地躲开了。

我没有气馁，再次蓄势。

天上的云层，一忽儿与月娘擦身而过，一忽儿慢慢遮没了月娘，于是，月下的村落时明时暗。我没有停止追逐灰龟子的脚步，我相信我会抓住它们中的一只，就像我对石榴果的执著。在追赶中我已忘怀了恐惧与孤单。你可以想象，一个乡村少年，在月芒笼罩的村落，追逐虚空中的飞虫的情景，充满无限的象征与迷离。

此刻，是枪家二楼西窗透出的灯光，把我一下子推向这个只属于我一个人的秘密。

我有秘密。每个人都有秘密。

成年后，我才知道秘密对一个人是多么的重要。每个人都在试图营造自己的秘密，像守着一座心灵城池，竭尽全力，让它固若金汤。任何人都无权叩问。每个人都相信自己的秘密是惟一的，是属于自己的。惜、下弦月、虫子以及追逐，我的秘密就是这些。

枪有秘密吗？我问自己。

枪是村落里惟一的高中毕业生，大学没有考上，郁郁闷闷地回到家里，大部分时间待在房子里看书。村人以为他会复读一年再去冲一回大学的门槛，但翌年夏天的高考，枪却一如既往地出现在他家阳台上，手里拿着一本书。村人便有些可惜地晃晃脑袋，从此认定枪是一个书呆子。但书呆子并不呆，至少在我们眼里是这样的。枪守着那棵石榴树，让我们没有下手的机会，他要是呆子，干嘛不任我们采摘他家的石榴果呢?

枪的父亲是一个瞎子，背弓得像雨后的虹影，纤弱而宏大。枪家不怎么事农桑，却有着稳定的生活来源，隔三差五的有穿墨绿衣裳的人给他家送汇单。我母亲说他家有侨亲，在大海的另一边住着，以前回来过，穿着肥大的碎花衣裳，戴着金丝眼镜，手很白。是啊，瞧他家那两层红砖楼，在村里灰不溜秋的石头土疙瘩屋群中，鹤立鸡群般的突兀，实在让人艳羡不已。但是村落上空阴郁的冬日，给这幢小洋楼涂染上颓废的色调，远远望去，像一抹被拍死的蚊子的血，在腐败的空气里渐渐发紫变黑。

夜幕拉开后，那西窗里漏出的星点灯光，映衬得红砖灰瓦影影绰绰。石榴树的枝叶投射在墙壁上的影子，稀稀疏疏，随风摇曳，一丝诡异的气息飘入鼻翼。

此刻，我站在树下，枪家的底楼黑沉沉的，二楼西窗里跑出的灯光刺激着我的思想。在我的想象中，黑夜中的枪家房子，像一只硕大的乌龟顶着一盏昏黄的灯，一动不动地趴在石榴树一旁。灯火对于枪的瞎子父亲来说，毫无意义。枪的父亲总是早早地把弓了一天的虹，放平在他的古式眠床上，像一条嗜睡的虫子。我不清楚他究竟入睡了没有，我站在他家的石榴树下凝望，他知晓吗?母亲说聋了的人眼睛特亮、瞎了的人耳朵特灵。枪的父亲是不是在这样阒寂的夜晚，支着一对灵巧的耳朵捕捉着外面的动静?

在我漫长的少年时代，一间黑咕隆咚的房子，一个穿着黑衣的瞎子老人躺在里面。这样的影像像一只围火旋舞的蛾，老在我的脑海里晃来晃去。我曾在一座守灵人的房子里留意过这样的老人，白底黑面的布鞋，挺直枯朽的躯体，通身黝黑，布做的纽扣一颗颗在胸前一字摆开，像黑色的肉瘤。老人眼窝深陷，像两个黑洞，看久了，似乎在瞪着你。因为想起这个，我心里直发毛，仿佛枪的父亲就在楼下某个屋子里，穿透厚厚的砖墙，阴阴地盯着我。一股凉意从我的脚底直往上蹿，全身起了一层鳄鱼皮似的疙瘩。我转身想尽快逃离这个地方。但在这一刹那，我听到西窗里传出的说话声，压抑着，但赛过静夜的虫鸣。

那是一个女人的声音，宽厚而圆润，似乎在哪听过，但是我没敢再作逗留。拔腿往惜的家赶。

4

我到惜的家时，惜坐在她家的灶角，像一只温顺的小猫，正往灶膛里塞一小捆干裂的花生草。灶膛里的火晃来晃去，映着惜那一张红彤彤的脸。

惜家的灶屋很小。花纹红砖砌就的灶台占了一大半空间，剩下的地方除了放一个大水缸、一座石桌外，就是堆在地上的三五捆干裂的花生草。而那些简陋的刀砧、勺子、汤匙，全都爬到墙壁上挂着。哦，对了，记得墙上还供着一尊灶神，面目模糊。灶神两侧的对联，字迹依稀可辨，上联是“有德能司火”，下联是“无私可达天”，横批是“灶君司令”。我们村落里所有灶屋的摆设，几乎类同，像从同一个蒸笼里蒸出的包子。

惜坐在一方矮矮的短凳上，惜的屁股没有她母亲的大，只占了矮凳的一小半面积。惜的头发很黑很软，长及她瘦削的双肩，发梢扎着一条胶质脱落的橡皮筋，乳白色的。从背后看去，惜真像一个恬静的小妇人。惜在通红的灶膛口一推一搡那些干裂的花生草时，有时够不着，她就要欠起屁股，然后又坐下。她的头发就随之一翘一翘的，像小松鼠的尾巴。

惜的母亲花还没有回来，惜在煮晚饭。我正好可以跟她说那事儿。我跨过被脚板蹭磨成弯刀形的木门槛时，惜回头看见了我。她笑了笑，很浅很浅的那种，像微风轻轻吹了一下水面而起的波纹，就是老师说的“风情万种”。

我轻声叫道，惜。

她猛地站了起来，抬脚把屁股下的矮凳朝后踢给我。矮凳滚了两三下，没有停稳，像只南瓜，歪倒在杂乱的柴草堆里。我把凳子扶稳，但没有坐下。惜蹲在灶膛口，继续向灶膛里送花生草。我蹲在惜的背后，闻到惜身上的味道，像田里的稻香与晒干的麦秸混合的味道，当然还有小女孩身上的幽香。我把手轻轻地贴在惜薄薄的背脊上，然后张开五指，像一只螃蟹，爬行到她垂在背后的发梢上，慢条斯理地用手指头缠卷她的头发玩。惜觉察出我在她后面做的把戏。她没有回头，只把头甩了甩，企图摆脱我的纠缠。但我感觉出她的动作并不坚决，我边那样做着，边与她扯皮。说到底，直觉告诉我，惜是喜欢我这样戏耍她的。因为我们俩拥有共同的秘密。

秘密像一条欢快流淌着的河流，润湿了我与惜的心。秘密既像山盟海誓，也像某种咒语，它把惜和我紧紧地维系在一起。

也许我不该再去搬弄那些陈年旧事，但为了说明我与惜关系非凡，我还是得说出来。

你知道的，在我们村落，我们很小的时候就已经要做许多繁重的家务了。惜尤是，她现在所干的活几乎可以顶一个大人。我说这个，是想要告诉你，虽然我们一穷二白，我们所居住的乡村形容枯槁，但我们很早就都明白了一些事情。当然起初是出于好奇，然后才是摸索实践。回想起来，那事已过去有些年头了，像夹在书的扉页里的一叶绿色标本，泛着暗黄的光泽，却引人怀想。事情一开始是由撒尿的话题引起的。惜她们几个小女孩坚持说她们女的天生就是蹲着尿尿的，我坚决持不同观点。我凭什么呢？我拿出了活生生的论据来，我的论据就是惜的母亲花。

花就不蹲着尿尿，这是我亲眼看见的！我立场坚定地说。

花在田头撅着肥大的屁股劳作，一锄一钯的。她要把种过一季花生的田土刨松软，过段时日，再种上番薯。那时，我坐在田畴歇息着。我刚刚捡了一篓子的花生，累了，百无聊赖地看着在地里俯仰劳作的人们。天空铅灰铅灰的，像枪死去的母亲的脸庞，田畴阡陌一片无垠的迷离。这时，花直起腰，双掌重叠撑着锄头柄，四下里看了看。突然，她推倒了锄头，弯下腰，狠劲地挽卷着右脚裤腿，直把裤筒缩到大腿根处，露出一条白生生的大腿，而她的左腿仍然套着裤子。一黑一白，立在铅灰的天空下，立在田畴灰泥上，煞是耀眼夺目。我坐在花身后不远处，不知道花要做什么。

突然，花稍稍踮起那条嫩白嫩白的腿，两腿之间，一股晶莹的尿水如注奔泻而下。哦，原来，花站着尿尿啊！

我的讲述汪洋恣肆、绘声绘色，为了增加叙述的可信度，偶尔还穿插了几个不甚规范的模仿动作。

我一说完，她们全都捂着肚子笑成一团，惜也不例外。

有一个女孩子说，你像是在说狗撒尿儿。这个女孩叫端，后来听说嫁到南洋去了。

惜狠狠地剜了端一眼说，你妈妈才是狗呢！然后她转向我说，丑死了，不对的！只有你们男的才站着尿尿！

惜的语气很坚硬，像一块深冬里的生铁。我的耳朵莫名被戳了一下。

惜又说，总有一天，我会让你知道我们女的是蹲着尿尿的！

惜说话时眼神一洗刚才的冷峻，忽地柔和了很多。

后来有一次只有我们俩，连那个讨厌的端也不在时，惜才露峥嵘。

惜把我约到村堤坝边的一座石角堆里。多年以后我在异乡街头看见那张一个小男孩扯开裤头，让一个小女孩探头往里瞧的摄影照片时，脑海中浮现的是少年时代，我与惜在乱石堆里的一幕。

那个下午，家人都外出了，就我一个人坐在院子里拣母亲刚从地里摘下来的豆角，惜来的时候，我已拣过大半。惜一声不吭地蹲在我面前，手脚麻利地帮我拣。

我们都没有说话，只有时不时地响起豆角与枝叶被掰断的声音。院子像一条家狗，安静而温顺地趴着，光线稀疏，微尘不兴。院子外面也一片寂静，大人们都下地去了，村落不做声，仿佛睡在过去的怀里。不一会儿工夫，豆角就拣完了，我长长地舒了一口气，站了起来，抬脚踢那些散落在地上的烂豆角和无用的枝茎。

惜说，痴，我们出去玩吧！

我说做什么？

惜说，给你看一样东西。我狐疑地瞅瞅她空空的双手，以及干瘪的衣兜。

我摇摇头说，什么东西，我怎没看到？……我不出去了，过会儿我还得煮晚饭。

惜说，早着呢，日头还高着呢！

我抬头看看天，原先的铅灰淡多了，白晃晃的，看了一会儿，收回头时，惜就影影绰绰了。

什么好东西啊？我的胃口被惜吊了起来，当然，对她这样神神秘秘的作为，我多少也有点恼火。

她却说，去了你就知道。惜似乎打定主意不说出来。

我无奈，又抑制不住好奇，只好说，好吧，等我打扫完这些烂豆角再走。

惜没有接腔，顺手抄起地下的一把高粱秸做成的扫帚，腾腾腾地扫了起来。

我们的村落临海而居，村子外早些时候围起了一道长长的人工堤坝，两三人高，像中国象棋的楚河汉界。大海与村落隔堤相望。海水涨起来时，能看到许多长途跋涉而来的船只，在海面上荡弋，像一只只大水鸭。

海水在堤坝外咆哮，我与惜则龟缩在堤坝内的乱石堆中。乱石堆像一个温暖的鸟巢，而惜与我是雌雄两只雏鸟。那一刻，我心里既兴奋，又忐忑不安，不知道惜要给我看什么东西。

惜要我蹲下身子，她自己也蹲下了。我的眼神始终没有离开过惜的身子，我在她的身子上下睃巡，但我一无所获。

我想，惜一定是把要给我看的东西掖在乱石堆的某个角落里。但是我错了。蹲在我面前的惜，盯着我好一会儿不吱声，突然她站了起来，迅速将她的那条长及脚踝的裤子褪了下来。她穿在里面的一条红色碎花短裤，一下子就展现在我的眼前。哦，不，不是短裤，是底裤，因为并不短，估计是惜的母亲花穿旧了退给她的。尽寸大，不合体，原本一股脑塞在长裤里，皱成一团，现在解放了，就显得空空旷旷，像一面旗帜。

我笑出了声。

惜瞪了我一眼说，不许出声！神态很恼恨的样子。

我笑她居然把要给我看的东西掖到底裤里去，是什么东西这样金贵呢？但是，这一回我又错了。

惜似乎犹豫了一会儿，很短暂，不易察觉。然后惜又果断地褪下那条红色碎花底裤。我睁大眼睛在她身上找她要给我看的东西，但是我什么也没有找到，除了十三岁的惜雪白的小腹与小腹下稀稀疏疏的一小丛黑黑的毛发外，什么也没有。

我抬起头看惜，发现惜的脸不知什么时候红了起来，像用湿润的红纸涂染的新娘子。这一刻，她竟然不再像刚才那样对我虎视眈眈，她甚至不敢再盯着我看。

我心里充满疑惑，问惜，你要给我看的东西在哪啊？

惜的口气转瞬又生硬起来，似乎还咬了咬嘴唇，然后她略微叉开双腿，手指着两腿之间说，你看清楚，我们女的是这样的，能站着尿尿吗？

直到此时，我才恍然大悟。是的，惜少了一块肉，在那儿。我似乎一下子懂得了很多事理，花费了那么大劲，原来是害怕光天化日之下蹲着尿尿让人瞧见不好，站着又不像我们男的有东西掏，担心尿到裤子上，只好那样做。

我紧紧盯着惜的大腿根处神思恍惚。

惜红着脸说，你傻看人家干嘛！突然她一把将我推倒，害我差点撞到石角上。

惜说，我也要看你的。声音软软的，像我们村落深冬里偶出的阳光。

5

惜家铅制锅盖边忽地溢出了泡沫。惜拿了把铁火棍，把灶膛里还在噼噼叭叭燃烧着的花生草打熄。惜站了起来，揭开锅，用饭勺子搅了搅锅里的粥，又合上锅盖，但没有盖紧，留了一道缝儿，让热气冒出。

我想着要如何措词，让惜同意我将她当做同谋，纳入整个石榴事件。

我说，惜……

惜回头看着我，等我说话。我正要说出来，花就回来了。花进门的时候穿着一件缀满白色碎花的的确良上衣。花看见我就笑了一下，说，痴你吃饭没？我说，吃了。

花没有再理我，径去揭锅盖。我感觉她的笑里还有别的意思，是不是枪已告知花真相了，我心里愈发忐忑不安。只可惜我还来不及与惜串通一气，花就回来了。我的心像灶膛里的那些灰烬，一片冷寂。我多么渴望花能走开，让我与惜单独待一会儿，可是她们还没有吃晚饭呢。我待在惜家的灶屋里，患得患失。

其实我的所有担忧全是白费心思、自寻烦恼，枪非但没有把我企图打下他家石榴果的事讲给花听，而且还跟花说，他要送果子给我，我拒绝了。当花有一天在我母亲面前说起这事，并一个劲地夸我有教养时，我满脸通红。好在那个时候我正坐在我家灶屋的灶膛口，熊熊的火光照着我的脸庞，掩饰了我心里的不安。母亲幸福地笑着，为她完美无缺的家风自豪。母亲一生最痛恨蝇营狗苟的宵小行径，她充分利用一天三餐的饭桌——这个全家人都在的据点，对我们谆谆施教。

“不可随便要他人的东西”，是她常常用来告诫我们的祈使句。后来我在书中读到“无功不受禄”时，心里对母亲敬佩不已。母亲饭桌上对少年时代的我，持之不懈的教导，使我成年后受益匪浅。惜就没有我的幸运。惜从花那儿能得到什么呢？我想，得到的是永远无法洗去的耻辱与羞愧。

6

其实枪还在外地读高中时，处在冥顽童年时代的我们，就曾打过他家石榴的主意，有一次居然成功了。这一次成功得益于枪的父亲是一个瞎子，他根本不知道树上早已埋伏了一个，树下的这一群虚张声势喊着要偷他家石榴的，只是幌子罢了。待到瓜分果实时，除了淌着不知廉耻的口水外，我们还充分地嘲笑了枪的瞎子父亲的无能。由此，在嬉笑讥诮里，我多少获悉了些枪的父亲眼瞎的缘由。

但是那个故事听起来太离奇了，非但没有使我们引以为戒，反而激起我们热烈的向往。当然不是向往眼瞎，而是向往枪的父亲的种种传奇经历。

枪的父亲年轻的时候，一表人才，风流倜傥，长着一双摄人魂魄的美眼，又是侨亲，出手阔绰，在村里时有寻花问柳的事儿发生，似乎还牵连到惜的奶奶。后来枪的父亲漂洋过海到南洋去谋生，回家时他搭了一条大商船，船长年轻的妻子貌美如花。枪的父亲旧习复发，他看上了船长的妻子，要命的是，船长的妻子也看上了他。有一个深夜，两人趁船长喝得酩酊大醉时，偷偷溜到甲板的一角苟合，不料让一个起来夜尿的水手撞着了。第二天晚上水手以此要挟船长的妻子欲行苟且之事，船长妻子不允，水手就向船长告发。船长大怒，用大号针筒，把浸了浓盐碱的烈性酒，强行注入枪的父亲的双眼，然后把他丢入海里喂鱼。枪的父亲在大海中颠簸了好几天，虽说捡回了一条命，但一双魅力四射的眼睛却从此瞎了。另外一个说法说的是，枪的父亲在南洋航行时，有一天走上甲板，突遇一股不知名的黑风，把眼睛给吹瞎了。

枪的家人倾情于后一种说法。无论是哪一种，对于我们这些渴望冒险的乡村孩子来说，都充满巨大的诱惑。汹涌的波涛，像鲸鱼的大船，还有遥远的异国风情……都激起了我们热切的渴望。我们村堤外也有海，显然，那只是一个想象力贫乏的海，与我们内心渴望的海天差地别。不一定要有美丽的女子出现，但漂泊到一个从未去过的地方，一直是我们少年时代最渴望做的事情。

枪的瞎子父亲为我们打开了一个窥视世界的窗口。但是，在一个四季灰蒙蒙的村落，我们所能做的，也仅仅就是打打人家树上酸涩的果子，蛛网粘蝉，弹弓打鸟，下海捞血蚶，上树掏鸟窝……这些小儿科的把戏，离我们宏大的理想，差之千里。我们在嘲笑枪的父亲的无能时，心里更多的是嫉妒，嫉妒他这样一个黑乎乎的瘦老头，居然去做了我们所最想做的。然而，嫉妒有什么用呢？我们只有通过那样拙劣的方式来泄气。枪的父亲在石榴树下被我们弄得团团转，他不停地咆哮，用最恶毒的言辞。而我们的伙伴却在树上悠然自得地挑选最饱满的果实，往肥大而纵深的衣兜里装，嘴里又在嘎吱嘎吱地嚼着熟透了的果子，芳香的果汁沿着嘴角蜿蜒而下。

7

关于枪的母亲的死因，我是从花与我母亲断断续续的交谈中得知的。在我们冬天般萧条的村落，每年都要发生几场意外的死亡，死亡是那样的稀松平常，像一只家禽遭遇主人的毒手。

村落里的女人，伟大地创造了各种各样层出不穷的死亡形式，而道具，无一例外的就地取材，俯拾皆是。每一场死亡，似乎都是蓄谋已久，精心策划，赴死之心坚如磐石，因此，死亡像一支涂满毒液的利箭，一触即发。死亡更像一种前生的夙愿，让我们的乡村女子如愿以偿，走向传说中的天国。有了这样奇妙的少年亲历，以至成年后听说某人自杀未遂时，我的内心充满了不屑与鄙夷。

看看吧，我少年时代村落里的那些目不识丁的朴素女子，是如何巧妙地避过亲朋好友敏锐的嗅觉与细致的观察力，用最简单的方式，把自己送到幸福的天国里去。

我一直相信这样的一句话，一个人倘若死意已决，世间就没有什么力量可以阻止了。

说这句话的人，就是枪的母亲，一个业已离开了对她来说灾难深重的人世的女人。枪的母亲自杀时，枪的父亲瞎了没有，是多年以后一直困惑着我的一个问题。因为我要算出枪风流的父亲，在他母亲的死亡中，究竟应该承担多少责任。

我这个想法说起来几近无聊。我与枪家既不沾亲也不带故，但我就是愿意去绞尽脑汁想。我认为想这样的事情，才是成熟的人该干的事，这总比成天与一些小屁孩玩肤浅的游戏，更带劲。自从发现了惜的身体与我大大不同后，短短的一天之间，我知道我已经不仅仅是一个十五岁的乡村少年。我仿佛明白了许多以前所未曾想过的，世界在我的面前，豁然开朗。

我发现我与他们完全不同类。我说的他们，是我的那些同龄人。瞧瞧他们，是多么愚不可及啊！他们只知道在夏天把自己剥得像只褪皮的田鸡，亮着黑黝黝的肌肤，满山疯跑。他们从来不去思考这个村落已经发生的，正在发生的，与将要发生的。他们不知道他们所看见的，并不是事情的真相，或者全部真相。他们不知道听到与看见的，其实就像一团锡箔纸，里面包着什么，无从知道，可能是一块香甜的糖果，也可能是一枚又臭又硬的小石子。他们不知道他们用来打鼾与梦呓的黑夜，掩盖了多少少为人知的秘密。我想着这些念头时，心里对自己充满着无限的敬佩。我的想法听起来是多么富有哲理啊！

现在还是让我继续来说枪的母亲吧。枪的母亲不是土生土长的本地女子，她是“越南婆”。花与母亲，还有村里的人们都这样叫她。其实她有一个很好听的名字，叫莎。莎皮肤黝黑，但模样俊俏，这是公认的。她从遥远的越南迁徙到我们村子的过程是一个谜。谜与秘密一样，让人费解，却又引人遐想。

莎为什么要离开故土，来到异地？没有人知道，也许枪的父亲也不知道，他只知道这是一个美丽的异族女子。当人贩子把莎拉到他跟前，他当即拿出大把的钱来，然后莎就留了下来。第二天，村人在井盘边汲水边议论这件事。村人也无从探知莎的来历，就直截了当地把事件本身定性为拐卖人口，并断言这个女人与枪的父亲不会长久，过不了多久，她会悄悄跑掉的。

莎死后的若干年，我一直以为事情本身并不像村人所说的那样简单。我在想，也许莎来到我们村子前，曾有过一个美丽而凄婉的故事吧。但这个问题太复杂了，或者说这是一个难缠的谜，它非但困扰了十五岁的我，也难倒了我的那些憨厚朴实的父老乡亲。

村人的预言也许会在某一天兑现的。村落终年弥漫的朦胧雾气，隐约透出的一股超自然的神力，让我总是这样深怀敬畏地想着。

但是事情却朝着一个众人意想不到的方向发展。自从莎到来之后，枪的父亲的风流心性似乎收敛了，莎与枪的父亲相敬如宾，相安无事。莎很快就学会了我们的土语，并顺利地生下一个叫枪的婴儿。

枪的出生就像一颗定心丸。一晃，几年过去了，正当村人对异族女子莎渐渐刮目相看时，莎却莫名其妙地喝下“敌敌畏”死去了。那个时候枪只有九岁，或者十岁，反正是少不更事的年龄。在村人眼里，莎在枪家的日子才刚刚开始幸福美满起来，却选择了自杀。很长一段时间以来，村人一面惋惜着这个异族女子的不幸，一面又迷惑不解。后来惜的奶奶浮出水面后，一切疑问似乎就迎刃而解了。但是事情的真相真如人们想象的那样吗？莎已经到另外一个世界去了，她喝下药的那一刻，想了些什么？她究竟带走了多少人世的秘密呢？不得而知。

枪的父亲与惜的奶奶的故事，是在莎死去五年后的一个秋日午后昭然若揭的。

枪从学校回家拿钱，因为学校要求交校服费。枪回来时，家门虚掩，他以为父亲不在家，本想踅回去，但是当他经过父亲的房门时，他听到了一种压抑与痛苦交织的声音。枪无法辨明那是什么声音，他想推开父亲的房门，却推不动，里面反锁了。

倘若枪就此放弃，也许枪的一生就要重新改写。但遗憾的是，枪却悄悄地绕到父亲卧室的窗子外。当他揭开一角窗帘时，他看见惜的奶奶赤条条地在父亲宽大的床上爬行，而父亲握着一根棕色皮带站在地下。父亲胯下坚挺的物什，丑陋无比，像一截烧焦的草根，雕花木床上支着的纱帐，在惜的奶奶的推动下，像波浪一样飘飞荡漾。

枪看着惜的奶奶白得耀眼的大屁股，五年前死去的母亲一下子在枪的脑门里轰然浮起，他站在窗外凄然地大叫了一声，阿母啊！

枪的父亲与惜的奶奶骤然被枪的这一声嚎叫惊醒。从此，村人发现枪的父亲，脸色灰暗，神采骤失，连走路头也不再昂扬，老耷拉着，像一头被骗了的老公牛。村人谣传，枪的一声断喝，喝去了他父亲的精元，枪的父亲从此再也不能在脂粉堆里纵横驰骋了。

也许枪的父亲的眼睛就是在那个时候开始渐渐黯然，直至什么也看不见的。不过，这只是我的个人猜想罢了。但小小年纪的枪从此不言不语，倒是真的。枪几乎不再跟他的父亲说话，一直到后来他没有考上大学回到村里。他把自己关在二楼西侧的房子里，有时坐在窗外的阳台上看书，有人问他话，他也不搭理。

枪的怪异多少引起了我与惜和端的好奇，我们曾经无情地嘲弄过村里的一个哑巴和一个瘸子，但我们从来都不敢去招惹枪。枪阴郁的脸庞，枪灰灰的身影，枪的离群索居，总是让我们不敢与之亲近。

他真像一把锈迹斑斑的枪！谁也不想去招惹！

我们不知道终日沉默寡言的枪，心里在想什么，想早早离他而去的母亲吗？想父亲与惜的奶奶龌龊的行径？想他高考落第吗？有几次我与惜和端在枪家的石埕上玩耍，就是那种两个人围着另外一个人玩猫抓耗子的游戏。我看见高高地坐在楼上的枪，眼里流露出痴迷与神往，这是很少见的，可他为什么不下来与我们一道玩呢？要是多一个人玩，那才带劲呢！有那么一瞬，我抬头看着枪，真想唤他下来，与我们一道疯。但我最终没有喊出来，只在心里一遍遍地说，你下来吧，枪。你下来吧，枪。

枪的母亲莎为什么要自杀呢？莎为什么忍心离开年少的枪呢？即便枪的父亲与惜的奶奶有染，又能怎样！村落里的人都是这样评论着事情的是非曲直。他们从来不往更深处去想事儿，从不用所谓的道德标准去衡量一件事，究竟孰是孰非。他们只知道无论世间有多苦，人言有多厉，劳作有多累，物质有多匮乏……哪怕所有苦加起来漫无边际，只要能活着，就是最好的。

莎多么傻啊！干嘛不好好活着呢？村人言简意赅地评价着，却又深深为莎的殁去扼腕长息。

母亲说，莎很勤劳，是好女人，可惜就是命薄。唉！

母亲说这话时，我还小，根本不懂什么是命的厚薄，它究竟与一个人死后躺着的棺木的厚薄有多大的关联呢？但从母亲说话的口气里，我多少听出她对莎的同情与痛惜。后来，母亲说起枪时，依然用这样的口气。那时，枪已经死了。

8

气候渐入隆冬，村落的天空越发灰不溜秋，像一张垂暮老人的臭脸。海风凛冽，好像一叶不断翻卷着的巨大巴掌，一下一下地扇着行人的耳光。这样的鬼天气，我们少年家通常很少出门，一个个歪在家里的木板床上，摆扑克牌测运气，或者玩弹珠。从早饭起，惜已经来过我家三趟了，每一次来她都问我的母亲吃饭了没有，然后看一眼坐在扑克牌前的我，没有再吭一声就离开了。接近午后，惜第四次来，正准备走时，我叫住了她。

我凶巴巴地问她，惜，你干嘛老往我家跑？

惜说关你什么事！

嘿，奇怪了，惜可从来不用这样的口气与我说话！惜一向是柔声细语的。我抬头看惜，才注意到惜一双通红的眼睛，像害了红眼病似的，泪水婆娑地看着我。我下了床，趿着“人字拖”朝她走去。那个时候母亲已经去山上菜园里摘晚上要煮的菜。惜站在那儿不动，等我快走到她身边，她突然转身往外跑。我愣愣地站在屋子里发呆。惜怎么啦？我抓抓头发，垂头丧气地回到我的扑克牌上。晚饭时，我问了母亲。母亲叹了口气说，小孩儿吃饭，没你的事，别多问！母亲的无可奉告，更让我疑窦丛生。

接下来几天，惜再也没有到我家来。惜仿佛化作一缕轻烟，无声无息地飘离了这个暗淡的村落。惜不来找我，我既疑虑，又伤感。

那几天村子里一连下了几场颓废的冬雨。天气变得潮湿而阴冷，海风袭来，像有人拿着山青枝抽你一样的痛。

我出门变得少了，像一只过冬的刺猬，缩在家里摆那无休无止的扑克牌，在层出不穷的纸牌组合中虚掷年华。这时母亲对我说，你以后与惜要时，少跟人家一道嚼舌头！

母亲的话让我摸不着头脑。

我嚼什么舌头啊？我嘟哝着。

母亲说，哪家都有哪家的难处，人家已经够苦了，少惹人是非！

除了惹了惜，我还招谁惹谁？再说，我跟惜，算是谁招谁啊？我心里越发纳闷了。

这个漫长的雨季，我突然醒悟到母亲对我的教育，已变得不再言简意赅了。她的言辞再也不像先前饭桌上所讲的，那样微言大义。也许我该出去走走，看看人家都有些什么难处，我又招谁惹谁了。我想，除了那次石角堆里与惜互看彼此的私处外。我们又分别在我家的鸡舍旁的草房、她家的杂物间里各干了一回。除此之外，我们再也没有什么秘密。

你们说，一个十五岁的乡村男孩与一个十三岁的乡村女孩，能有多少秘密呢？但大人们就有无穷无尽的秘密，像夏天山坡上漫山遍野荒长的野果子。那些秘密潜伏在闪烁其词的唇齿间，藏匿在村落黑夜的罅隙里，像那些鬼鬼祟祟的昙花，偷偷地在夜晚盛开。

9

夜像一场密不透风的黑色粉尘，撒满了大地。我从扑克世界里走出后，便直接朝惜家赶，其间我途经枪家的石榴树。冬天的石榴树只不过是一棵浪得虚名的树罢了，果子早已化为粪便，重新润泽土地上的一切生物。

枪家冬天的石榴树对我一点吸引力也没有。

我打算目不斜视地走过去。这是一个岑寂的冬夜，黑黢黢的村道，让我感觉阴森而虚妄，仿佛此刻天下万物都贫瘠而清瘦，连同围裹着我的冷风。偏偏在这个时候，我又听见了那似曾相识的说话声，从枪家二楼忽明忽暗的窗口传出。

女人的声音。

或许在传播过程中遭受到诸如棉被、手掌、紧闭的窗棂、夜风、石榴树繁密的叶子……的阻挡，声音听起来断断续续，飘飘浮浮，不甚真切。我的内心充满疑虑，枪家没有女人，这是铁定的事实。那么，女声从何而来？如果说上次，是幻听。这一次却是真实的了。

我一路纳闷着往惜家赶。

惜不在家，她家里的木门朝黑沉沉的暗夜开着，却一个人影都没有。这么冷的天，惜一家到哪去了呢？我孤单地站在惜家门前的空地上，夜风呼啸，像一个春心不死的老流子吹着响亮的口哨，一股透澈的寒意袭人心脾。

我只好顺着来路回家，当我快要走过枪家的石榴树时，我改变了主意。

夜幕下影影绰绰的树冠，在我翘首仰望时，仿佛给了我灵光一闪的勇气，我决定从那里攀援而上，去探究黑暗的秘密。

枪家的石榴树依墙而长，也许是缺乏养分，虽然年年都结出了丰硕的果实，茎干却只有大腿骨粗。因此，在我的攀援过程中，为了减少树干摇曳不止而弄出声响来，我的动作缓慢而扭捏。我爬得很费力，笨拙的攀援姿态，对于一个惯于窜高遛低的乡村少年，简直是莫大的耻辱。但树旁二楼西窗里透出的微光，像即将昭示天下的秘密，老在诱惑着我。

终于爬上树梢，我歇了口气。透过密集的树叶，我盯着不远处泛着微光的窗子浮想联翩。那个女子是谁？他们在里面做什么？这么冷的天，要是我，肯定躲到被窝里去玩扑克牌，或者睡大觉得了。

我的眼睛在石榴树上四处睃巡，我没有发现任何一颗果实，遗落在这个冬天的夜晚。眼力所及的，除了叶子，还是叶子。叶子就像树的羽毛，层层叠叠，让树温暖地度过寒冷的严冬。

可是此刻，我的内心并不温暖，我莫名伤感了起来。如果现在我是爬在秋天的石榴树上，而整个世界就只有我一个人，没有灯光，没有过路的夜行者，没有枪的父亲此起彼伏的鼾声，那么，我就可以自由地采摘那些饱满得像惜的胸部的果子，将我寡淡无味的嘴唇，涂抹得芳香四溢。哦，那么，静寂的乡村夜晚该有多美啊！

寒风瑟瑟。这时，一片被风吹起的树叶打在我的脸上，我被打回到这个充满诡秘的世界中来。恍然间我才想起此为何来。

从树上到枪家二楼的阳台，双脚一探就到了。当我一脚踏到枪家红砖铺就的阳台上时，我抬头潦草地扫了一眼夜空，夜空深邃，宇宙浩瀚，除了无边的黑之外，什么都没有，但仿佛什么又都有了。或许冥冥中有一种神力，启蒙着一个十五岁的乡村少年，只不过我不自知罢了。从阳台的栏杆到亮灯的窗，只有八块方形红砖的距离。我蹑手蹑脚地踽踽靠近那个藏着巨大秘密的窗子。我探寻的双眼，尽力从纱窗稀疏的网眼往里张望。尽管眼眶胀得发酸，但我一无所获。我只看见，屋子发黄的灯晕里，一张没有支蚊帐的床，一张散乱地堆满着书的桌子，还有一只三脚凳，除此之外，空无人影。

枪去了哪？还有那个发出声音的女子呢？这时，一阵夜风从我耳畔忽悠而过，屋里的油灯突然欢快地摇曳了起来，屋里的摆设像是受到某种神力的感召，在我的眼前晃晃悠悠，像传说中的鬼魅魑魎，我的头皮又开始发麻了。我慌忙转身看看身后。我想枪以及那个神秘的女子，该不会就躲在我背后的某个角落，窥视着我，然后在我没有防备的情况下，给我迎头一击呢？我愈想愈胆战心惊，迅速撤退到石榴树上。因为慌张，我没有抓牢滑溜溜的树干，差一点从树上跌下去。婆娑的树叶在黑暗中，像无数只巫婆的手，老是讨厌地纠缠磕绊着我急于下滑的身体，使我仓皇的逃遁，显得混乱而拙劣。在下滑的过程中，我仍然不忘察看树底下，枪与那个神秘的女子是否就埋伏在下面，等着我成为他们的瓮中之鳖呢？

然而，我所忌惮的枪与女人，仿佛就像两只暗夜里的蝙蝠，扑打着轻盈的翅膀，无声无息地消失在广袤的夜空中去了。

当我的双足触及乡村的大地时，我并没有从刚才的惊惶与疑惑中苏醒过来。我再次抬头仰望枪家二楼西窗，灯光仍然诡秘而暧昧地亮着，像一种隐晦的昭示，让我一而再、再而三固执地想，也许枪与那个神秘的女子，又不知从哪个角落里冒了出来，此刻正端坐在屋里娓娓而谈。他们的话题，全是玄之又玄的关乎鬼魂的，而他们在暗黄的灯光里却泰然自若，仿佛在拉家常。

而我，站在无边的黑夜里的乡村少年，却似历经了一场灵魂出窍的体验，背脊上冒出的阵阵冷汗，此际让夜风一吹，透出刺骨的冰凉。我激灵了一下，撒开腿拼命地往家跑，眼前的黑暗，被我硬生生地撕裂出一道道瘦长的口子。我像一只被激怒的野牛，高一脚低一脚地将我乡村的土地踩得咚咚响。奔跑的声音弄得越响，我心里的惊恐会更弱些。在慌不择道的奔跑中，我老是回头看看来时路，我老是怀疑枪和那个女人就紧跟着我。虽然我看到的除了一大片黑外，仍是黑。但我仍然不死心，一路跑一路回头，直到我家房子里隐约透出的光，在我的面前愈来愈清晰，我才刹住了脚，大大喘了口气，定了会神，然后猛地一转身。我以为我将撞及紧跟我身后的某个人或者某只鬼魂，但是我大失所望，视野里是一片沉寂的墨黑。

站在自家灯火照及的范围里，我渐渐滋生了一丝温暖的慰藉，但是脑海里的那些影像，仍然挥之不去，枪家西窗微弱的光、女人的私语、空无一人的屋子、黑暗中的石榴树……所有的一切，搅得我心绪不宁，仿佛看了一场恐怖的午夜电影，残留在我脑中的是那些深具毁灭意义的道具：渗着血迹的绳索，断柄的斧头，或者一把遗落在床下的锋利的匕首……

这一个夜晚的经历，是刺激又颓废的。它无疑在我的成长中，必然要产生难以言说的影响。开头我就说了，许多年过去了，我总是会在每一个夜梦中，重温这些发生在过去的图景，让我一觉醒来，汗渍斑斑。只不过，与过去所不同的是，成年之后的我，不再充满恐惧与疑虑，更多的是困惑和不解。

10

倘若枪与花不吵起来，我们的村落将像一本老皇历，一页页的被撕掉，随风飘散，沉入时间深处，直至腐为尘化为埃而无人问津。

枪与花吵起来的时候，天还未大亮，我睡在乡村温暖的梦里，忽悠悠的就被嘈杂的人声所惊醒。我弄不明白究竟发生了什么，但我还是感到一丝莫名的兴奋，我希望有热闹看。

我已经在这个寒冷的季节里，蜷缩了一段时日，成天无所事事，惜又老是莫名其妙地避着我。这种时候我要是冬眠的动物就好了，就可以无忧无虑地用安宁的睡眠，打发掉这个晦气的冬天，直至春天的粉拳来敲我紧闭的门扉。

但我不是。我是一个躁动不安的乡村少年，我无法让自己紧闭着双眼去聆听这个世界正在发生的一切，我渴望近距离的、更深入地去观察，发生在这个村落的故事。现在房子外面沸腾的声音告诉我，是时候了。

我迫不及待地套上一条肥厚的灯芯绒棉裤，披了一件父亲退给我的长及膝盖的旧夹克，推开门就朝发声处疾奔，木门在我身后愚蠢地开开合合。

声音是从村落西侧的水井边传来的。我到达的时候，早起的村人已将水井团团围住。我以为是谁不慎坠入井里，或者跳井自溺，心里难受了一下。我并非哀伤那坠井之人，这口井是我的至爱，闷热的盛夏，提一桶冰凉的井水从头上倾泻而下，甭说有多舒畅。倘若井里溺死了人，水就脏了，非但吃不得，就连衣什锅碗瓢盆也洗涮不得。我正在独自愁肠百结，却在人群中看见了久违的惜。她也看到了我，但她的眼神很冷，几乎是在看到我的同时就别过脸去。

我惶惑了起来，不知到底哪儿得罪了她。倘若是关于身体隐私的话，虽说我们又偷偷约了几回，但每一次都是她主动来找我的，地点也是她定的，我不过是顺其自然罢了。

当然，海边石角堆的那一次，为了公平起见，我也让她看了我的东西，并且有一回，惜还闭着眼睛红着脸用她的纤纤细手摩挲了我的东西。而我虽说也亲过她通红的脸蛋，但都是在她的默许下。相形之下，除了好奇地端详她的那些隐私部位，我还未曾在她的身体上动过手脚，包括我一直想触摸的那两团像石榴果的奶子。一切都只是止于想想而已。那么，我究竟哪得罪了她？

汹涌的人群中我还看到了花、枪，还有很多熟悉的脸孔。这么多人聚在一起通常是在农忙时节，相互间借借农具，聊聊收成，或者是红白喜事，相帮讨个热闹。但现在什么也不是，相反，却是一年中最无所事事的冬季。

花与枪站在人群中央，面对面，他们之间隔着一张长条石椅。春天时分，石椅上面总是放着几个灰褐色的大陶坛，腌着村人自种的卷心菜或大甲菜，坛口用石头压着。我和惜，还有端她们经常偷偷搬开石头，捞出菜茎来啃，那种酸酸脆脆的感觉很带劲。现在我没空去回味了。我看到人群里的花与枪正在唇枪舌剑。不，应该说是花在唱主角，而枪只是偶尔应应嘴。人缝里花不停地翻卷着薄薄的嘴唇，突然让我想起家里那只正在下蛋的小母鸡，我观察到它从屁眼里吐蛋的样子很像此刻花的嘴巴。

枪在人群里，看上去很孤单，只听见他嘴里嗫嚅着一句话，那你还我手帕，还我的手帕……

枪说话时，神色黯然，嘴唇灰白，手脚不停地抖着。或许他的心里万分激动吧。但是他的脸色为什么不会通红呢？我要是一激动起来，脸准就涨红。枪干嘛要送手帕给花呢？倘有这回事，送了也就送了，为什么还要找人家讨回呢？

看着枪软弱无力的声讨，他的形象一下子在我心中一落千丈。虽然之前他没有向花和我的母亲告发我，而且还褒扬了我，我曾一度对他萌生了好感，但我讨厌不讲信誉的人。我想，东西既已送了人，就不应该再反悔。这也是母亲对我一贯的教诲。

枪穿着一件有四个大口袋的蓝色上衣，扣子一路扣到喉结上。枪的眼睛一直盯着站在对面的花，一丝惶惑与怯弱抹上他的瞳仁。枪话说到最后，嘴巴抖抖索索的，像着了冷。

花穿着一件红色碎花衣裳，包着洁白的头巾，丰满的身躯，像一个感叹号，不断地蹦出惊人的言辞来。

花与枪站在一起，花像熟透了的秋天果实，而枪则是刚脱了花蕾的小涩果。毕竟，那时花已三十出头，是女人最多汁的年华，而枪刚过弱冠之年，活脱一个愣头青。

花说，我跟你这么久，就得你几块手帕，你还有脸来讨！你也有脸来讨！花的声音咄咄逼人。

围观的乡里乡亲，没有多少人跳出来排忧解难，我甚至看见母亲平时要我唤她们婶啊、妗啊、姨啊、婆啊的女人，泥巴一样的脸色里夹杂着一丝不易察觉的欢愉。几个年纪稍大的妇女，偶尔插进几句无关痛痒的劝语，非但没有起到作用，反而推波助澜。她们说，芝麻小的事，何苦弄成这样？

花顿时跳了起来，说，谁说小啊？都有两年了。花说话的样子凶巴巴的。

我听见人群里隐约有谁夸张地“啊嗬”了一声。有人见规劝不了花，就转过来劝枪说，你是男的，就省点心。

枪嗫嚅说，也不止手帕，还有别的……

我心里想，母亲曾告诫我不可随便要人家的东西，花凭什么要了枪的东西呢？

这时花听见了枪的话，丰满的身躯又一次弹了起来说，还有什么！还有什么！你说啊，你说啊！反正今天我是豁出去了，什么也不管了。

花说话时，我慌忙转头去寻惜，但人群太混杂，像一锅烧烂了的粥，惜在哪，我找不着。

花说“什么都不管了”，也包括不管惜，不闻不问我与惜的秘密吗？我夹在人群里胡乱想着。

枪在花凌厉的追问下，显得有些颓唐。他死命咬着嘴唇，好像担心一不小心，再从齿缝间跑出什么不该说的话来。

这时，花又嚷嚷，哼！你让我做的那些事，说出来也不怕丢脸！

花的这句话让围观的人群顿时安静了下来。花很会控制人群的情绪。后来，我在学编故事时，意识到花当年用了“悬念”的手法。

安静的村人，显得很有教养，全都静穆地等待花的下文。枪的一张灰白的脸更加白了，几乎到了白里泛青。他虽然还纹丝不动地站着，但我感觉他脆弱得好像快要倒下去了。是的，只要人群中谁戳他一个手指头儿，枪立马坍然倒下。我想，枪也许让花的哪一句话给击中了。老人总说人言可畏，唾沫也能淹死人，看来不无道理。在枪与花的交锋中，我隐约明白了些什么，又仿佛一知半解。在这个大人们所主宰的世界里，我总是这样矛盾含混，似是而非，似懂非懂。只有事隔经年后，我渐渐长大，远离了这一片故土，隔岸观火，像一个旁观者站在对弈者外围，过去的一些印象才渐次明朗起来，也渐渐有了茅塞顿开的感觉。

也许，天下的事理都需要有一个渐渐认识的过程吧。

花像一条离开水的鱼，舔了舔有些干涸的嘴唇，却没有继续发挥下去，人群大失所望。

花要说的事虽然咽了回去，但难不倒村人，他们凭借多年的人情历练，隐约也能猜出花所指何事。只是苦了我们少年人，涉世未深，虽然置身其间，却不能明察秋毫，窥其全貌。好在时间可以消弭一些已经发生的故事的痕迹，也能让另外一些故事沉淀得更醇更浓。花所说的，枪要她做的事，到底没有让强大的时间魔力所挟走。

就在花与枪争吵的半年之后，枪要花做的事就大白于天下了。在枪与花断断续续的来往中，枪不止一次要花脱得精光，在他家两层红砖楼的屋子里，像一条狗似的爬行，枪快意地欣赏了闹剧后，就骑到花的身上去。枪甚至还要花在爬行时模仿某种声音。村人说枪要花模仿的是，惜的奶奶当年在枪的父亲胯下发出的声音……

事情的脉络渐次清晰后，我对枪莫名地产生了恐惧与不安。当然，还有故事中的那些没有详尽的情节，留下的想象的空间，反而挑起我腹中霍霍燃烧的情欲，让我一看见花硕大的屁股，就会在脑子里想象枪让花玩的游戏。虽然我未曾目睹，但这难不倒一个乡村少年丰富的联想能力。你只要去看看那些公牛与母牛在田野的尽情嬉戏，看看配种人牵着满村游走的种猪是如何在配种人的指挥下完成某一项欢畅的活动，你就会触类旁通。

枪要花那样做，花也就做了，花为何那么温顺地听枪的话？我万万没有料到看似文弱的枪，寂若黑夜的枪，居然还会来这么一手，居然还有这么大的号召力。他凭借什么呢？我疑惑不解。

11

自从枪与花发生了那一次争执后，枪家夜晚再也没有亮过灯。一到入夜时分，枪家的房子以及石榴树，全都罩在黑黢黢的夜里，仿佛是无边无际的淡墨中的一大团浓墨，将黑夜分出层次来。而我，也不再常常越过枪家去找惜了。在黑乎乎的巷道里摸索，失却了枪家若明若暗的灯光的指引，我对自己回响在深夜的脚步声，产生了失魂落魄的畏惧。尤其是听了村人讲述的各式各样的传闻后，我去找惜就只好选择在浅薄的白昼了。

有一天母亲唤我去灶屋。那个时候我正蹲在地上摆扑克牌测运气，以此打发百无聊赖的时光，母亲的叫声打散了我的玩兴。当我很不情愿地走进灶屋时，我赫然看见花坐在灶角的草堆里。那次争吵之后，我已很少遇见花了，有一阵子我还以为她外出打小工呢，与枪交往之前，花是常常这样做的。

我一点也不关心花到哪去，她到底是避着对她刨根问底的村人，还是出外谋生了。我没有去问惜，我只关心的是花不在了，我与惜就自由了些，至少两人做些彼此都兴趣的事，就不用担心让花瞅见。

花不在的日子里，我与惜，在她家的灶屋里，又坦诚相见了一回。我所说的坦诚相见，指什么，想必大家都明白。那个时候，惜家的灶屋里堆满了刚从村里石埕上挑回来的晒得干裂松脆的地瓜草与花生藤，惜把脱下来的衣服铺在干草上，然后就躺了下去，她纤弱的身子压得草垛吱吱作响，像一个人恣意撕纸的声音。

我站在惜面前不知所措。我回头瞅了瞅那扇破绽百出的木门，上面皲裂的一道道缝隙，像一只只夸张变形的眼睛，盯着我与惜所共同拥有的秘密。我担心不知到哪去的花会突然回来，趴在门缝里，窥视我与惜的丑陋行径。

在惜面前，我光着身子站着，犹豫不决。

躺在草垛上的惜，突然涨红着脸，咬牙切齿地说，痴，来啊！我母亲与枪就常常这样做的！

惜的话让我惊愕不止。我不知道惜是从哪得知的，她说得那样肯定，像是亲眼目睹过一样。

惜的话让我突然对她以前老避着我，有所顿悟。

但惜为什么要这样说？花与枪的事关我们什么事？他们是他们，我们是我们，对吧？那时我确是这样想的。惜为什么要在那样的情景下说出那句话呢？惜的话让我胆战心惊又兴味索然。我慌里慌张地把自己脱得乱七八糟的衣服套了回去。惜还原样躺着，神色平静地看着仓皇局促的我，她没有像过去那样急不可待地阻拦我。惜一言不发。

穿好了衣服后我说，惜啊，你也穿起来吧，我要开门了。

惜不作声，也没有马上爬起来，但她的眼神里忽闪而过一样东西，很冷很冷，像我们村落冬夜里，嵌在深邃天幕上最后的一颗寒星。我忍不住哆嗦了一下，也许是适才光着身子木木地站得太久，受了凉。我还打了一个不大不小的喷嚏，飞溅起来的鼻涕，坠落在惜光溜洁白的身子，以及她身下的草垛上，星星点点，丑陋龌龊。我突然萌生了一丝不安与愧疚，但我不知道我究竟哪里做错了，我要对谁愧疚？

母亲告诫我要慎言慎行，我尽我十五岁的阅历去身体力行，但我发现，前方总是一片迷茫，像天将亮时，隐在西天的星，似近若远，不可捉摸，自然也就无从说起与做起。世界才刚刚在我面前打开一道窄窄的缝，我能知晓多少呢？何况那么窄的一道缝，还是惜与我一道去探知的，倘换成我独自一人，是绝不可能做到的。你们说呢？

现在母亲把我叫到灶屋里花的面前，要让我明白些什么呢？对大人们的行为，我总是一知半解，我无法洞悉大人们的世界，我想大人们为什么要故弄玄虚，把事情搞得神神秘秘，弄得人人疲倦万分呢？

我万分困惑。也许，每个人都要历经一个又一个的困惑之后，才能长大吧。

灶屋里，多日未见的花，依然丰腴的屁股，遮满了我家灶角里可怜的矮凳。花正在说话，她的嘴唇与先前跟枪争吵时迥异，看上去湿润而饱满。她的声音听起来很温和，一句一句，不紧不慢。但她所讲的内容，在我听来，阴森可怖。我转身看了看母亲，相信她也有同感。灶膛里的明火照着母亲的脸庞，这张平日里给我不少威严与慈爱的脸庞，沐浴在光里，看上去，却显得有些不甚真实，惶惑，胆怯，息事宁人。

我不知道这样描绘母亲彼时的神色，是否准确，但我确然看见母亲在花絮絮叨叨的陈述下，是那样的慌乱而怯懦。母亲平日谆谆教诲我的样子，在我脑海里，渐走渐远，直至遥不可及。

花说，已经不止一人看见、听见了！

母亲哆嗦着问，认得出来吗？

花说，千真万确！端她娘这两天着凉了，夜半起来拉稀，就看见她坐在她家二楼墙头的石榴树旁，一身黑衣裳，拿把大梳子，一遍遍地梳她的头发……

花边说边比划着两条肥手，她肥臀下的那张窄小的凳子，被她扭来扭去的身子弄得吱吱歪歪地响着。在这一刻，我再也不想将双手想象成她肥白臀下的凳子了，惊恐像一场飓风，吹灭了我早慧的情欲之火。

灰暗的乡村午后，花的话语让我在自家亮堂堂的灶屋里胆战心惊。我看见母亲往灶膛里塞草的手，抖了一下，一两点火星儿随之抖落到她脚下的稻草上，母亲慌忙用脚板死劲地踩灭它，母亲的腮帮突然鼓了起来，像春天涨水时爬上田头的青蛙。我想，母亲是咬紧牙关踩那儿颗星火的，看来母亲并不比我镇静多少。

花正在讲的是，枪已死去经年的母亲莎。

在我们村子里，常常可以听到这样那样的传闻，殁去的人，在阒寂的深夜，游走于村道；溺水的女子，赫然静坐在水湄潭沿，洗濯长及腰间的头发……她们要么一身白缟，要么缁衣裹身，而走起路来，却无一例外的轻盈如飞，把撞见她们的人惊吓得魂飞魄散，回到家后，要讲几天的胡言乱语。家人便要扎些小纸人儿，带到撞及的地点，让撞鬼的倒霉蛋嘴里含几口清水，直喷到纸人身上，最后再把纸人烧掉。这样，晦气才算彻底驱除。大家都说，只有“八字”轻的人，才会撞及鬼魂。我时常在深夜里行走，但我一回也没有碰及，也许真有鬼魂与我擦身而过，只因我“八字”重，才看不到她们。这样的念头让我禁不住打了一个寒战。

母亲对我说，听见了吗？以后少到外面窜，尤其是枪家那儿，也少掺和枪家的事，知道吗？

我看了看坐在草垛边的花，下意识地点点头。

花这时笑了笑说，找我家惜玩耍，就昼时去，晚暝就不要去了。

花的笑容与刚才在叙述莎时判若两人，诡秘，飘浮不定。我疑心她知道了我与惜的事，可是就算知晓了，她为什么不阻止？或者直接告诉我的母亲呢？我对大人们的举止真的是愈来愈糊涂了。

事实上，听了花的叙述后，我真想知道枪的母亲成什么样了，确切地说，化为鬼魂的莎会是什么样子的？但我恨我的“八字”重，以至于无法看及另外一个世界。我常常想象那个隐秘世界的样子，那该是一个凄凉的、幻灭的、诡异的世界。热切的渴望使我的想象浩瀚无边，但我对那个世界又无可捉摸，难以亲近。

我现在仅能记得的，是莎喝了“敌敌畏”断气之后的样子，我、惜和端都围过去看。莎的灵堂设在村中的祠堂里，门口挂着一条灰色布帘，与外面的天井相隔。布帘上贴着张白色的布条，用毛笔歪歪斜斜地写着忌入内探看者的生辰八字。我们趁大人没注意，偷偷溜进祠堂。枪跌坐在停尸床前铺着的稻草上，额头上扎着一圈醒目的白布，双目浮肿，神色悲恸。莎仰天而卧，脸色灰暗，像灶膛里隔夜的灰烬。惜说是让药给烧的。死去的莎像一段炭头，丑陋而平庸，我看见惜与端都伸了伸舌头。

母亲说莎当时喝下了泡了毒药粉的地瓜糊后，还将一家大小连同她自己的衣服洗得干干净净，然后一脸平静地躺在家里木床上，等待垂死时刻的到来，虽然那个时候药物可能已在她肚子里翻江倒海，但她就是一声不吭。母亲说，这个异族女子很倔强，她要是呻唤一声，就不会遂了愿，因为那个时候她家屋外人来人往。莎却把所有的话语吞到肚里去，不留只言片语给人间。

母亲的叙述，充满痛惜与缅怀——生者对死者的缅怀。

灵堂里穿着寿衣的莎，黑乎乎的，像深潭里的一块锈铁，透出冰冷的寒意。灵堂不远处，一具红褐色的棺材，架在两条长凳上，盖子斜斜打开着。棺身用五色彩笔拙劣地画着一只缤纷的凤凰，细细的脑袋，脖子扭得像绞着的绳索，很难看，看上去更像一只毛发稍微长些的家鸡。

瘫坐在干草堆上的枪，勾着头，像一个疲乏的问号，对任何一个瞻仰莎的遗容的探视者不理不睬。他在想什么？他悲伤吗？他心里有恨吗？我带着满腹的疑问跑出灵堂，一直往前跑，跑得很快，两耳生风，以至于惜与端她们在后面喊我，我也没有听见。我跑到枪家的石榴树下，那里寂静无人。枪家的两层砖楼空空落落，像糊纸匠给死去的莎贴糊的阴间大厝，门口的石埕空洞地袒露着一无所有的躯体。我仰望石榴树，除了重重叠叠的叶子外，就是灰褐色的枝干，什么也没有了。我的忧伤无来由地滂沱开来，好像死去的莎是我的亲人，我不知道我为什么会弄成这样。是的，莎曾经在石榴树下送过我几颗黄透了的果子，那个时候我还小，那个时候母亲还来不及教诲我做人的准则，那个时候我还有些腼腆，并非一点推辞都没有就接下莎的馈赠。莎自作主张地拉起我的衣角，像渔民用瘦长的木棍支开一张渔网。然后她把果子放在网上，沉甸甸的果子压得我的衣角直往下坠。我只好羞涩地将衣角拉得更高些，裹紧黄澄澄的果子。

莎轻柔地摸摸我的头说，痴啊，吃吧，吃完再来。

我看见莎清澈的眼眸里流出了一道柔和的光辉，这在母亲那儿是少见的，虽然母亲时常关照我的吃喝穿玩，但母亲给我的往往是恨铁不成钢的谆谆教诲，以及不乏慈爱的呵斥。那一刻，在莎面前，我几乎要喊莎一声“妈妈”了，但我憋着没有喊出来，我担心她会笑我为了几颗果子，就随便叫她妈妈。

这是闹剧吧？或许她会这样问我。村里娶不到婆姨的老光棍，常常用一两块过期的糖果，或者炒焦的花生米，诓那些嘴馋的小屁孩，唤他们“爷爷”、“爸爸”什么的，一下子把全村的姻亲族系搅得一团糟。他们那些大人们玩的也是闹剧吧？当然都是闹剧，就像我如果唤莎“妈妈”了，莎肯定也会认为我是闹着玩的。

我涨红着脸，紧紧咬着嘴唇，一句话也没有溜出口。

现在，莎黑着一张脸躺在灵堂里，临近中午时，她就要躺到土里去，跟庄稼的根须连在一起，再也不会有人那样自作主张地送我果子了。我独自站在枪家的石榴树下忧戚不已，等到惜拍了拍我的肩膀，我才回过神来。

惜惊讶地说道，痴啊，你干嘛落泪啊?

我才发觉我居然站在石榴树下流泪了。我心里羞愧得要命，心想惜该不会以为我弄不到果子吃而掉泪吧？我想解释，但又不知从何说起，结果我脱口而出的是气急败坏的诘问，谁说我落泪了？是沙土！是树上的沙土给弄的！说完我揉了揉流泪的双眼。

惜知趣地走近我，拨开我的手，踮起脚尖，撮着嘴朝我的眼里吹气。她吹得很轻很柔，弄得我很舒服，泪水居然没有再流出来了。

惜问我好些了吗？

我告诉她好了。

紧跟在惜身后追过来的端说，你们俩真像一对小夫妻。

惜回头白了端一眼，我却看到，只一会儿，惜的脸就莫名其妙地红了。

12

枪与花发生冲突后，就再也没有在阳台上露面，他沉到屋子里去了。

但有一天，当端的母亲又一次突然瘫坐在深夜枪家的石榴树下时，枪家再一次让村人惊诧莫名。

那是一个有下弦月的夜晚，端她母亲起来上茅厕，当她快走到枪家的石榴树旁时，她清晰地听到说话声，一个人的声音，有些压抑，又像是在与谁争辩。端的母亲并不在意，继续朝前走，她肚子里乱得很，急于找到村里的那座露天厕所，好让闹哄哄的肚子好受些。待到接近树下时，她有些好奇地抬起头看了一眼枪家的二楼，一下子，她就看见了多日未见的枪，坐在二楼的护栏上，只有一张脸是白的，其余全是墨黑，而他的对面站着一个通身发黑的人，手臂在空中不停地挥舞。端的母亲起初有些迷惑，她揉了揉眼睛，再抬起头时，头皮禁不住一阵发麻，感觉头发都竖了起来。我的妈呀！端的母亲尖叫了一声，转身就往回跑，也顾不得难受得要命的肚子了。但她跑不动，腿脚发软，不听使唤，跌倒在地，嘴里哭爹喊娘地号着，把死寂的村落吵醒了。待到醒过来的村人赶到石榴树下，却什么也没发现，端她娘在石榴树下鬼哭狼嚎，枪家却连一盏如豆之火都没有，黑寂寂，静得像没人居住一般，于是村人怀疑端的母亲是不是中了邪。

后来，端的母亲诅咒道，没错的，骗人我不得好死！我看得很清楚，与枪说话的就是莎。她说话的手势和在世时一样，老是把手臂抬起来，晃一下，再垂下去……是的，那晚她也是这样的。

端的母亲边说边比划，听的人仿佛把端的母亲看成莎了，身子不由自主地朝后缩了缩。

一个胆大的女人问端的母亲，她和枪说什么？

端的母亲白了问话人一眼说，那种时候，我哪有心思去听呀？跑都不及，只记得两人好像在争着什么……我倒是看清了枪一张脸苍白的骇人。他很激愤，像是要去做一件什么事，而他的母亲却在极力阻止着……

端的母亲那个夜晚的遭遇，没有人不相信。所有的人都说死去的人，太阳出来前，都会出来散散心，看看活着的亲人过得好不好，有没有什么需要帮助的。

议论纷纷的村人困惑的是，莎与枪说了什么？枪要去做什么事？与花有关吗？有人甚至替花担起心来，以为枪该不会是要去找花的茬什么的。花对众人的猜疑不以为意，仍然没事似的，加入议论的圈子，并且比以往更常到我家的灶屋来。于是我就常常要看到我家的矮凳被花压得更矮，想象花肥大的屁股，在枪瘦弱的身子下的样子，是不是像那些母牛或者母狗，我真想知道她是否也会像那些畜生那样哼哼呀呀的。

正当我们的村落沉浸在类似鬼魅幢幢的惶恐之中时，花与枪的故事也断断续续地飘入我的耳朵，当然，全来自于村人闲暇时天马行空的扯侃。

我记得母亲对我的教诲，不要与别人搅在一起搬弄口舌，我当然得照办。大人们的事往往让我很费解，我唯一能做的就是言听计从。但那些故事实在太诱人了，你只要看看那帮正在议论的村人的神色，就知道我没有撒谎。他们一律脸色亢奋，一洗平日劳作的愁苦，但声音并不高亢，压抑着，仿佛掐着脖子说话。听的人身子都站得歪歪扭扭，一律朝说话者倾斜再倾斜，像一棵棵歪脖子树，立在灰暗而陈旧的乡村陋巷、墙角旮旯。那个时候的村落，在我眼里，仿若小人书里所描绘的没落的明清时代某一角场景。

三年前，枪考不上大学回到乡村时，他其实一点也不伤心，并非像乡邻所说的万念俱灰，连自杀的念头都有了。他把自己关在房子里，过着冥想的生活，他思念死去的可怜的母亲。枪可能想得更多的是，母亲为什么要自杀？村人都说好死不如赖活，为什么母亲要另辟蹊径？枪常常想得头疼欲裂。有时他也恨父亲，恨父亲的风流成性，恨父亲对母亲的不公平。想起自己如今的处境，枪心里除了空虚与茫然外，会浮现一个老女人的身影——惜的奶奶。枪想，如果惜的奶奶没有和父亲缠在一起，如果那天他不回来取钱，如果他不那么叫一声，如果……或许母亲不会死去，还会赖活着，像村人所说的那样，一家人相依为命和和美美。

13

那一年暮春的一个傍晚，花敲响了枪家的门。那个时候，枪的瞎子父亲出门上厕所去了，而枪依然缩在二楼房子里冥想，花把门敲得很响。其实门压根儿没关，虚掩着——这是我们村落一贯的作风，人类学家们所称道的“夜不闭门，路无拾遗”的民风。门虽然开着，但屋内若是无人回应，任谁也不会擅自闯入的。花当时的情形是，敲了几遍门，没人应她，花站在门口犹豫着，进还是退，她拿不定主意。后来，她又不死心地喊了一声，有人在吗？

冥想中的枪在花最后的问话中醒了过来。枪在楼上问，找谁？

花听见了枪的声音，就自作主张地拐进屋子，顺着枪家陡斜的木梯爬上楼。花要来借一个农具，第二天好早早地到海堤内自家的宅地犁田。枪家不事农桑，但农具一应俱全，这应该归功于莎的勤劳与朴实。莎来到村子，她完全可以做一个衣食无忧的享着清福的女人。枪家有源源不断的外汇，虽说不多，但细水长流。莎却一声不吭地整起农具，跟着村人，学习耕作的技巧，最终成为田里的好把式。我想，莎没有四体不勤，一定让村人肃然起敬，以至于对她的过早殁去，惋惜不已。在我们乡村，热爱劳动，就是受人尊重的美德。

枪坐在二楼屋子里，一动不动，眼前摊开着一本书。枪没有在阅读，眼光游离在书本之上，像在捕捉虚空中的氲氤。枪听见吱吱扭扭的爬楼梯的声音，转过头，就看见一个用香油梳得光亮的头发盖，渐爬渐高，那光亮一抖一抖的。

此刻，窗外的天空不甚明朗，这是春天最后的时光，像风烛残年的老人，阴晦艰涩的脸庞，跌入屋子的光线微弱若萤。枪恍恍惚惚，像在梦境中似的，他一下子想起那个午后，花的婆婆，雪白的身子，以及黑亮的发髻，一如眼前渐渐高大起来的花。

枪孱弱的身躯毫无先兆地战栗了一下。母亲，母亲喝了毒药后发黑的身体，与渐渐清晰的花丰满的身躯，在枪的脑海里交替闪现，撞击得枪脑袋发胀，血脉贲张。

花终于爬完了枪家的木梯，完整地俏立在枪卧室的地板上。枪仍然一声不吭地坐着，脑海里的情景并没有因为花的出现而中断，反而愈演愈烈。枪头疼欲裂，像快要爆炸似的。就在那一刻，枪的心里霍地燃烧起一股无可名状的冲动，这冲动来得很突然，很复杂，说不清楚它的味道，似乎是郁闷，是愤愤不平，又有自暴自弃，也有颓废与卑贱的念头。年轻的枪似乎意识到心里的变故，但枪坐视不管听之任之，直到花肥大的屁股晃入枪有限的视线里。那个时候，枪依然坐着，勾着头，看上去满腹心事的样子。花身上的皂角味，与头发上的香油味掺杂在一起，枪的卧室里顿时飘浮着一层薄薄的香味，这味道很轻浮，将人的心勾得燥热难耐、坐立不安。花走到枪的跟前，弯下身子，她斜斜地盯着眼前这个一言不发的年轻男人的双眼。

那种轻薄的、淡淡的皂角与香味混合的味道更近了，更浓了。

这时，花问，干嘛不理人？

花说话的同时，一只手指轻轻戳了戳枪瘦弱的肩胛。枪抬起头，花就在眼前，丰满的花，鲜活的花——那个图景——花的婆婆与父亲在一起的情景，又活生生地展现在枪的脑海里。枪一把推开问话的花，花没有防备，一跤跌倒在枪家二楼木质地板上，她肥大的屁股刚一触及坚硬的地板，枪瘦削的身子就到了。

14

这一天，惜在花与枪争吵事隔月余后，来我家找我。惜的突然来访，让我措手不及，但作为一个真诚的少年玩伴，看见她，我还是萌生了失而复得的惊喜。

我带她去了我们第一次约会的石角堆，但石角堆已不复存在，早已作为地基石埋在深深的土地里。我们只看见一丛丛无人搭理的野荆棘，寂寞地疯长，在海风中摇曳。我们爬上堤岸，坐在硬通通的干裂海土上，望着远处的海，还有苍茫海天之际缥缈的帆影。

一个下午过去了，惜一句话也没有说，一直是我在说，絮絮叨叨的。我跟她说了我的不满——对她的不满，怨她不该那么久不来理我，问她我哪得罪了她，我还问了花与枪的事。我从来没有这样婆婆妈妈过，我甚至忘却了母亲要我慎言慎行的谆谆教诲。惜不回话，也不看我，她只望着海上的那些远去的舢板和机帆船。那天是农历初三，或者初四，午后五点多钟时，太阳仿佛在瞬间就通红了起来，波澜起伏的海水像一条巨大的绸质床单，在你不经意时，就被人忽地卷走了。海在我们面前袒露了她丑陋的真面目，褐色的滩涂沟沟壑壑，像村人收了一季庄稼后荒芜的农田。稍远处挤挤挨挨地斜立着的长条石板上，缀满了海蛎壳，粗糙不平又不讲规则，像大海的雀斑，有鲜活的生命在坚硬的壳里蠕动。而那些伫立在礁石上的海鸟，一只只灰头盖脸，耷拉着小脑袋，合起它们引以为傲的双翅，像犯错的孩子袖着手……

惜站了起来，拍了拍她宽大的裤子说，痴啊，你说那些船都到哪去呢？惜的手指着远处大海深水区里缓缓而行的船只问我。

鬼知道，肯定是到很远的地方去了。我嘴里嚼着草根含糊其辞。

惜的问话勾起我昔日对山外之山、海外之海的向往，往昔对枪的瞎子父亲的仰慕又浮上心间，像一只秋虫在心里爬行，痒痒的、滑溜溜的。渐航渐远的船只，像一样举足轻重的道具，勾起我对过去时光的深深怀念。但我无法明白惜在沉默了一个下午后，怎么会问我这个。惜的举止似乎透出某种玄机，惜的话语更让我颇为费解。我回望着像一棵青翠的麦苗，迎风俏立的惜，忍不住抡臂朝远处狠狠地扔了一片海蛎壳。海蛎壳在大海的上空划出了一道优美的弧线后，叶的一声，跌落在死寂的滩涂上，溅起了几点惊慌失措的海泥。

惜悠悠地说，我要是也在那些船上该多好啊，只管让它载，载到哪就到哪。

我问惜，你要去哪？

惜说，我也不知道，反正要是能离开这里就好了。

后来，惜勾着头好久没有说话。

惜的话像寺庙里的僧侣唱的含混不清的经文，让我困惑又费解。惜怎么啦？她干嘛要离开村落？村落有何不好呢？至少我们俩可以一道做些彼此热衷的事，可以说说话儿打发无聊的时光，像端所说的小两口一样。惜想离开村落到外面做什么？她会做什么？花会同意她出去吗？我的脑袋里充斥着杂七杂八的疑问，我费尽心机，要从中理出头绪来，但惜容不得我去找到答案，就独自一个人走下堤坝。

15

夜晚来临。

夜晚像一只巨大的鲲鹏，人间蜷在它温暖的羽翅下安然而眠。普天之下，万物都睡去，村庄，村庄里的人们，灰旧的石头房子，石榴树……甚至连思想、记忆，都昏昏欲睡，那么，有没有幸免于难的呢？

那一个夜晚，注定像一条行驶在惊涛骇浪中的孤舟，给每一个亲历者心中，留下不可磨灭的印迹。

枪与花在众人面前大闹之后，花在婶婆叔伯们的游说下，通过端的娘，心平气和地退还了枪赠予的几条色彩艳丽的手帕。而枪曾隐隐晦晦说的还送过的其他东西，花当时没有承认，也就无所谓退还。村人议论说那些东西就是枪的南洋亲戚送的金银首饰，议论归议论，大家未曾见花炫耀过，时间一长，也就不了了之。

从那之后，几乎所有的村人都认为枪与花的纠缠，就像枪的瞎子父亲与惜的奶奶一样，终会沉到时间深处，直至灰飞烟灭。哪想在那样的夜晚，却又节外生枝呢！

也许花以为枪讨回几方手帕后，事情就算了结了，两人的秘密瓜葛从此烟消云散。花坦然地生活在村落阴沉沉的天空下，她肥大的屁股愈发招人地摇晃在一条条巷陌村道上。当枪在那个万籁俱寂的夜晚，推开惜家虚掩的门扉，径自摸近花的眠床边时，花或许还在劳累了一天的睡梦中，无知无觉。直到枪用他从花处讨回的六条花手帕编成的绳索，套住花纤细的脖子时，花仍然没有及时醒来，也许白天的劳作让花太累了。

在我的想象中，枪当时应该不会马上动手，枪读过多年的书，他不像那些穷凶极恶的歹徒，眼露凶光，残忍异常。少言寡语的枪，苍白的枪，孤单的枪，站在花的床前，静静地凝视着这个曾与之交好过的女子，枪的眼神或许飘过一丝凄凉的柔情，像所有即将殉情的男女的最后一眸。

往事纷繁，枪的满腹酸楚，更与何人说？

枪在花的床前缓缓跪了下来，枪握着睡梦中花温润的手，放在他干涩的唇间，轻柔地亲吻。此刻的枪，像一个置身梦幻的抒情诗人，为所喜欢的人柔情满腔、肝肠寸断。

枪做下这一切时，花都没有醒来。花好像很听话，柔顺，像那些逝去的美好岁月，唤起了枪内心的怜爱。那一刻，枪有些犹豫了，枪轻柔地拍了拍花的脸颊，像往昔花抚摸他的样子。枪不想让花走的不明不白，他唤醒了她，在花惊愕的眼神里，枪慢慢收紧了手中的绳索……

花终于咽气了，枪没有马上离开，他坐了下来，跌坐在地板上，仿佛在田里劳累了一生，双膝不由自主地跪下来的老黄牛。枪勾着头，脑袋里空空。过了许久，枪爬了起来，他的手在花余温渐退的身躯上摸索，他要将花挣扎时弄皱的衣裳拉齐，他要让花走得齐齐整整，像模像样。但他却忘了将花的眼睛抹阖，所以花离开这个世界时，睁着一双不解又惊恐的眼睛。

看到突如其来的枪，花来得及喊话吗？花猜出枪所来何为时，她一定困惑地想，一切不是已经完结了吗？不知道花那个时候是否向枪求过情？或许花心里除了惧怕之外，就是深深的懊悔吧。

夜漫漫，覆盖众生。不知道在手帕收缩的瞬间，我正在做什么？也许我正驰骋在一堆十五岁少年应该做的花花绿绿的梦里。那么惜呢？她又在做什么？隔壁她母亲房里发生的一切，她无从知晓，也就不可能及时去阻止那一场毁灭。如果惜也做梦，少女的梦是什么色彩的？梦里会出现什么？斑斑血迹或者苍白的阳光，或许还有笑声吧？而这些，现在都已无从查证了。

次日近午，人们首先在枪家二楼的房子里发现枪单薄的身躯，像一条晒干的腊肉，孤单地垂挂在屋梁上，一动不动。而枪的瞎子父亲还哼哼哈哈地卧在楼下的房子里，无知无觉。随即，村人恍然大悟似的，冲到惜的家里。人们没有遇到惜娇小的身影，只看到花安静地躺在垂下的蚊帐里，两眼圆睁。她的脖子上缠绕着一条花花绿绿的布条，胆大的人走近一看，是一条由几块手帕编缀而成的布条。人们挖掘出贫瘠的想象力，猜测着当大家都沉睡在灰沉沉的大地上时，这个屋子里发生的一切。

村人们在窃窃私语中埋葬了花与枪。

原来黑夜是那样的充满玄机，充满可能，充满血腥，充满刺激，充满秘密。大地之上的夜晚，歧义丛生，永远没有单一的解。而我们，包括所有在这片熟悉的土地上生活了好几辈子的村人，都无法洞知黑夜的秘密。现在，一切似乎已昭然若揭了，一切又似乎都还刚刚开始，还会有什么秘密不为人知呢？还有什么秘密会伴随着秘密制造者的离世而永无开启之日呢？比如惜，那个十三岁的女孩，我童年的小新娘，她到哪里去呢？她是在什么时候走的？她是搭着村堤外的那些船只远去的吗？是花的死，给了她离开的勇气吗？所有的疑问，再也没有人给出圆满的解了。就像所有黑夜中的秘密一样，只属于黑夜本身。

16

现在我生活在异地。透过阳光灿烂的天空，回想灰色的故乡村落，以及生活在村落里的人群。我想，无论我走多远，我这一辈子都将活在过去的记忆里——活在一些少为人知的秘密里。

乡村边缘

一　疯了

阿古是一个健壮的青年，会种田，善泥水，间或木作，是农村的好把式。在村里，像阿古这样的青年，很多。但大多固守陋村，日出而作，日落而息。阿古心大，并不甘愿一辈子待在乡村，阿古要前无古人。后来他干脆把田让给母亲种，自己外出专事泥水活。他做出这一举动时，农村税费远未改革。阿古随着一支建筑工程队南征北伐。阿古偶尔也会想起安静的乡村，想起春天里漫山遍野盛开的野杜鹃，想起那似乎永远没有枯竭过的水井……日子渐渐长了，阿古的喉结也愈来愈尖挺了，像缀着一颗野毛桃的核。异乡的夜晚，孤寂的阿古无所事事。他加入了打工者的牌局，耍些小钱，也常与人为了几个钱吵嘴。但一觉醒来，大家该和泥的和泥，贴瓷的贴瓷，配合仍然默契。很快，阿古就厌烦了，他开始留意异乡街头的妖娆女子。阿古想女人的情绪，像海绵吸水，慢慢洇浸开来。同来的人有的到空旷的广场去寻便宜的流莺，缓解生理需要。阿古也想，但最终没有效仿。阿古心高，要明媒正娶一个，过踏实的日子。但这样的日子并不是想想就会自己走来的。寂寥的阿古偶尔与女小工开些不甚高明的玩笑，目的性并不明确。

在异地过了三四个萧条的大年后，阿古带着硬鼓鼓的血汗钱，回到乡村。

阿古要成家了，但村里村外没有女子愿意嫁给他。这其中不仅是阿古长得矮而瘦，阿古家的房子破落也是一个原因。倘把钱拿来做房子，阿古就一贫如洗了，又得去奔波苦挣。可岁月不饶人，阿古已跨入大龄门槛。后来有人给他出了主意，经过撮合，阿古花了六千块钱，从人贩子手中讨来了一个外地女子，皮肤像阿古家种的白萝卜。阿古欣喜得用剩下的钱，连摆三天酒席，大醉三天。阿古不急着去扯红本本，村里的大龄汉子，大都这样操作。

生米做成熟饭了，心就像吃了秤砣般的铁定。但是第四天清晨酒醒后，女人不在了。阿古毫不在意，寻思着女人如厕去了。阿古家有只木桶，桶壁早已粘上厚厚的一层尿碱，用来小溺。夜深人静尿起来，淅淅沥沥的声响，很撩人，但大动作还是要跑到村里的露天厕所去的。日头已在脑袋上了，女人还是没有回来。阿古意识到他买来的女人，没了。阿古心里堵得慌，他想起辛苦挣来的六千块钱，想起没有女人的漫漫长夜，悲从中来。阿古足不出户，闷着。

三天后，阿古疯了。疯了的阿古游走在乡畴田间，与他的影子为伍。阿古时常站在空旷的田野，或者空无一人的小学操场，一个人说话。时而慷慨激昂，像竞聘的村干部；时而低声下气，像求人借钱的乡邻。乡人都说阿古“八字”轻，能见到死去的村人，能与鬼魂对话。那个时候，在村里走夜路，转过一个半个巷道，一不小心，就会碰到蹑手蹑脚走着路，悄声细语说着话的阿古，让你惊讶咋舌。阿古的言语里都有一个主题，比如围绕一头猪，或者一堵墙的砌法。外乡人来到村里，看见阿古一个人在午后稀疏的阳光下，比比划划，声情并茂说着话，往往好奇，便凑近去，企图辨清他所说的话。阿古并不生气，扬眉撇嘴，口气似商量，似胁迫，看上去像是与外乡人说，细听又不像。外乡人听得一头雾水，只好笑笑退下，回去后，便四处渲染阿古轶事。

从此，阿古在方圆几里名声大噪。

二　癫了

村里有三姐妹，个个如花似玉，只要稍加修饰，任何城里女子都比不上。她们的腿一律修长而健硕，常年捂着长及脚踝的粗布裤子，自然是白的，让你想得撩心挠肺。一头任其生长的甩及屁股的长发，像流动的黑瀑，走起路来，黑色的光芒煞是扎眼。村里的轻薄之徒便以此作为谈资，说是倘娶了这样的女子，宁愿日日是晚暝，白天见鬼去。后来果然有人娶了其中一个，是老二。老大原该先嫁的，但她的情郎到外地去了，只好让妹子先出阁。按农村习俗，这对她是很不利的。拗不过老二的坚持，择了一个良辰吉时，让她遂了心愿。

老二的当家的，泥水为生，乡村的叫法——“土水匠”，与箍桶匠、水电匠、打铁匠差不多，大众化的职业。村里类似这样的匠人，家家户户都有一个。但老二就是喜欢，即便双方家长阻拦也无济于事。土水匠娶了老二后，小两口甜甜蜜蜜地过了一段令人眼馋的日子。农村人务实，不喜坐吃山空。蜜月一过，土水匠张罗着外出打工，老二心里不乐意。她贪图着鱼水欢，但这种事是羞于出口的，尤其是在长辈面前，更难于启齿。她便想方设法谎称身体不适，尽量多留些时日。但是无论如何，谋生的欲望总是超越一切，尤其是众目睽睽之下，饱食终日无所事事，在乡邻眼里是可耻的。土水匠终于要踏上打工之途，离别当夜老二极尽缱绻之能事，拼着命要把往后的空闲全都要回来，直至鸡啼三遍，两人才起身。此时工友早已在他家门口等着了，大家都没有作声。老二的体态是有口皆碑的，换成别人，也会馋得忘了正事的。土水匠耷拉着脑袋瓜走出自家大门时，众人不约而同地说，早啊早。土水匠突然觉得受到了羞辱，便恨恨地嚎了一声，干你老母的生事啊?众人看了土水匠的熊猫眼，没有作声，各自背起行李，一言不发地开拔了。土水匠自觉没啥意思，顺手把行李往肩膀上一甩，一声不吭地也跟着队伍行进。

妹子的美满老大看在眼里。她不馋，她自己碗里有，但渐渐地她的眼神却有点不对劲，老盯着人看，一看许久，三天两头在春日的桃林里转悠，后来竟出声了，细听，说的是那个情郎的名字。村里好事者，多方探听，方才得悉老大的情郎其实不会回来了，料想是发了一笔挺大的财，便就地娶了妖娆女子。这个消息对老大打击很大。本来老二先嫁人，已经让老大吃了不少苦头，村里村外闲话没有一箩筐，也有一竹篮子。老大对自己的容颜是有信心的，就凭她独守空房时，家里三天两头出现的一些不明作物果蔬就是最有力的例证。绝不可能是讨好三妹的，三妹尚小，还是一个少不更事的中学生，村里男人再饥渴也不至于这样损。不声不响地败给一个未曾谋面的外地女子，老大实在不甘心，但不甘心是没用的，事实胜于雄辩。老大就是想不通，想不通愈是想想通，愈是不通。

桃花烂漫，老大癫了。

老大癫了当儿，传来土水匠从六层楼的脚手架上摔了下来，在外地的医院挺了个把月，就去了。消息抵达时，老二在村外的水潭洗涮衣什，便一头栽入潭中。好在传信的人会水性，把她捞了起来，掐了人中，又人工呼吸，才醒了过来。但那眼神明显不对了，没了神采，白的多，转的次数少。围观的村人心里咯噔了一下，坏了，该不是步了老大后尘？果然苏醒过来的老二，不哭也不闹，打着赤脚向前走，向前走，像歌里唱的样子，一路走回家。从此，月亮夜，在村里的巷道小径，遇到老二踮着脚尖赤足行走，是很常见的。有时还听见她对幢幢树影冷笑，干涩而桀桀，让小脚小手的人吓破了胆，于是一村大小出来看月的便少了。

老大、老二的癫，让人嘘唏。据说她们的几个姨到谈婚论嫁后，都这样。传播者说得凿凿可证，众人便觉得没啥奇怪的了，再笨的人也会想到遗传。但这下老三就浮出水面了，老三的姿容自然是赛过两个姐姐的，又读过很多书，也算知书达理。她也已到了婚龄，成了另外一个故事的悬念。

三　痴了

这种病，村里叫“桃花痴”。发病时，山前山后，桃花开得旺盛，粉红粉红的，像一簇簇燃烧的火苗。诗云：“桃之夭夭，灼灼其华。”大部分花痴都是女子，女子痴情之深男人无法比拟，成子例外。成子的女人是外地来的，但与成子恩爱，并育下儿女一双。成子种田，又圈养着几头大白猪，一年要吃掉一些口粮。田里回来，他还不能歇息，要侍候它们，但到了年关，宰杀后，除了增加收入外，一家子的嘴巴还可以流油到正月十六。这在当时的农村是幸福的事，所以成子没有忧愁。

成子的女人爱穿碎花衣裳，话语里夹着别扭的外地口音，少笑，但看上去一脸满足。其实农村女子的生活愿望都很素朴，有一个勤种作会疼惜的男人，有一角能吃饱穿暖的窝，就没有渴望了，至多是暗自向往着偶尔能得到男人赶集后带回的一只红艳艳的发夹或一块不甚时新的碎花布，心花就开了。生活在成子一家人的眼中厚实而悠长，说不上最好，也差不到哪里去。像家酿地瓜酒，在地窖里藏它个三五年，那味道亲切的直让人咂嘴，醇香自然比不上传说中的杜康。

如果信不来，成子家的日子就会像一条波澜不惊的河流潺潺地流到岁月的末梢。一连数天，女人没了滋润的神采。农哥成子，心并不粗。他问女人是不是身体不爽，倘是，要背她到镇上的卫生所看看。女人摇头，懒懒地斜靠着床架，眼睛望着厝顶的某个角落，空洞而无神。成子急了，竟嚎了起来，说，你这样不死不活的，叫我如何是好啊？嚎完抱头蹲在床脚，闷闷的。女人的眼神从屋梁上收了回来，轻飘飘地扫了成子一眼，干裂的嘴唇翕了翕，没有出声。这时猪圈里的猪叫得正欢。哦，该喂猪了。成子强撑了一会儿，还是站了起来，勾着头，双肩一耸一耸地出屋去了。女人看着成子宽宽的脊背，心里填得慌。她想叫住成子，跟他说事，又担心说了反更糟。她隐忍着，由他出去。成子喂完猪日头已像蛋黄，柴草渐空了。成子想趁天没黑透到山旮旯弄些，要过冬了，家里也该多备些。这活儿一向都是成子做的，砍回来后，女人负责曝晒收仓。成子回屋拿镰刀草绳与扁担，见女人还一动不动，心里郁闷，作声说，我去弄些柴草，饭你要做。

成子爬上山头，依稀的村子落在脚下。他看到了几缕炊烟，心里就想，那一道是自家的呢，心里便舒坦了许多。成子寻了一片荒疏的枯林子，甩开膀子拼着命干了起来。暮色四合，林子里有稀疏的鸟鸣，大概是雀儿与昏鸦吧，这两样鸟贱，到处可遇。突然隐约有急促的声音粗鲁地插入鸟的聒噪里，成子直起腰来细听，恍惚有人喊他的名儿。他回应了，声刚落，山脚下一个人影渐渐清晰起来。那人靠近了他，一把抢了他手中的刀，丢在地上，嚷着，你女人出事了，你女人出事了……成子还没反应过来，人已往山下踉跄了，是那人扯着他的。到了自家厝埕，听到自己的小孩稚嫩的哭腔，屋里围着很多人。他慌了，两腿直发软，拨开众人，看见女人还斜倚在床沿，但脸色很黑，地上横着一瓶“敌敌畏”。

女人刚接了一封信，又丢了一回魂。女人读过一年高中，老家在西南边陲的大山里，原先的男人嗜赌贪杯不事农桑，酒后以摧残女人解醉，两人生有一囡。女人是在一个山雾肥厚的清晨逃的，遇到成子前捡破烂为生。女人安逸后写了信回去，她放心不下山里的囡。男人照着地址来了信。男人悔了，知道自己叫不回她，信里不敢说自己，全是囡的事。每一封信都是一根烈酒浸过的针，扎得女人心绞痛。一个女人，两个男人。女人不是春桃，女人用灭虫药灭了自己。

女人走后，成子的心空了，渐渐喜好上穿碎花衣裳的女子，见一个眼就直，然后是痴，不知不觉跟着女子走。碎花女子只好落荒而逃。

被　子

从县城到葛村，得途经一条刚修好的国道，双车道，左侧是陡峭的山坡，右侧则是万丈山崖，可以毫不夸张地说，这样的地形特征，在鹰嘴县是最好的。接下来的路就难说了，或者不叫路，叫“径”准确些。国道绕三四座尖削的山，盘旋而上，突然就断了，好像从井底拉起一段沉绳，原指望有点什么，哪怕绳端绑个破桶，结果只是一节灰不溜秋的绳头，没有了。人只得弃车踽踽而行。无所谓另辟蹊径，到处都是蹊径。这样走了近三个钟头，又冒出一段路，就是书上常说的羊肠小道。路长在杂乱的山坡上，这时如果歇脚回望，你绝对找不到来时路，全都掩在萋萋荒长的山茅草里了。

夏季走羊肠小道要防蛇袭。有经验的村人，腰间不忘挟把尖锐扁平的割草刀，兜里揣包捣烂的蛇见愁鲜根渣，前者用来劈草惊蛇，后者涂敷伤口。葛村这个地方素以蛇多为外人所却步。在羊肠小道上走约摸两顿饭的工夫，就到了一个山头，往下鸟瞰，有低矮民居，像养蜂人的蜂盒子，错落在一个山坳里，黑黝黝的屋盖，漆黑的窗子，静默地兀立着，高高低低，没有规则。这就是山外人吹得玄之又玄的葛村了。

看到村影并不意味着就到了。站在山顶吆喝一个村人的名字，哪怕你用高音喇叭，传到村里也只是缥缈的余音，像风飘絮，压根儿不知所唤。山里路，看着近，走时远。

葛村祖先为何会选在这么偏远的山村，建家立业繁衍后代呢？

大约是明中叶吧，一个在朝中做大官的葛姓先祖，犯了事。到底犯了啥事，没有下文，大抵不是贪赃就是枉法，或者入错政治派别，上面追查下来是要掉人头的。这葛姓大官，事先得到通风报信，连夜潜逃，可逃到哪去呢？要知道明朝东西两厂素以嗅觉灵敏著称于世。这葛姓大官带着一大帮妻妾仆役，苦叹天下之大，却无容身之处。后来一个老家在鹰嘴县的爱妾提议到这儿来，因此地山高地远，路途不畅，属明府不闻不问之所。葛家大官心想，犯了这样的事，繁华地带肯定呆不得，车马可达的也不是长久栖身之所，不如就听爱妾的话，找个山高皇帝远的地方，从此隐姓埋名，了此一生。主意已定，便一路风餐露宿地来到这里，山野虽荒，路途迢迢，但毕竟能保身家性命无虞，心就定了。葛家一族便拓荒栽种，垒土建房，一番大兴土木，百事俱兴。不想，这一闹，却发现了一个金矿，其蕴藏量之多，闻所未闻。

外人耳闻眼热这里的宝物，成群结队来攫取，但路途崎岖难走，来者要么抛尸野外，要么弄到了点金子，却没法运出。所以守着一个大金矿，今天的葛村人并没有暴富起来，依然保持着农耕时代的面貌。个别心思活络的村人，偶尔弄点金粉金屑，拿到山外墟场去换物品，但来回要折腾一天一宿，村民很快就断了心思。山外经济大潮风起云涌，而地居旮旯的葛村，微波不兴。足不出山，村貌贫瘠，自产自销，民风淳朴，与世无争。即便是山外每月一次的赶墟，也没让村人心里有多激荡。

这一天听说县长要来，这可是逃难至此的葛村人迎来的唯一的大官。鸟不拉屎之地，淘金人都艳羡得一筹莫展，还有谁愿意到这儿来呢？除非用直升飞机把人空运出去。县长大人到时肯定要在葛村委屈一宿，但村里找不到一个像样的地方，让县长大人睡觉。于是全村老人都集中在祠堂商讨接待事宜。村老人聚在一起探讨事儿，在葛村尚属首次。平日也没啥事理论，家长里短的事儿少，种田栽菜，饲弄鸡鸭，就是村人的生活主题。

祠堂里的村老人们，要决定一户人家，暂且在山上搭棚，腾出房子给县长及其随从住。消息一经传出，村人蜂拥而至，全都围坐在祠堂外平坦而夯实的土埕上，土埕四围野生着高大浓荫的松树、桉树与榛子树。村人闲暇时喜好倚在潮湿的树干上，天南地北闲话，说的都是古事古人，近前的事熟谙而稀少，说来说去总离不开桑竹田池。

西坠的日头无限眷恋着围坐的村人，那光影，淅淅沥沥，金黄金黄的，宛然无数个绕膝的孩童，雀跃欢唱。

会叫谁呢？狗窦扬头问，没有专门的指向。村人平日饲鸡养鸭，忙于山活，生活节奏不疾不缓。这么多人闲坐一块，罕见，一时间大家都没话可说。坐得久了，就闷，像久腌的咸菜罐子。但狗窦的问话撕开了沉寂的空气。

鬼知道，但我是一定要得的。说话的是穷强，家里只有一爿两间张的石头房，却窝着四口人，他、老婆、两个小女儿。他来时，众人都拿眼瞅他，意思很明白：就那样的房子，县长咋会看上眼？不说县长，就是知根知底的村人也看不上。所以大家便笑，空气陡然活跃了。

穷强，你甭指望了，你那达穷磣，县长是大官，可别糟蹋了这么大的身份！人群中有人刻薄地嚷叫。

是呵，是呵，县长到咱这儿，带福音来的，听说要开山掘路，把咱屁股底下的金子掏出来卖个好价钱，让咱有好日子过的。一个稍知点县长来意的村民自豪地振振有词。

穷强听着，脸涨得通红，没有吱声。他午后来到这里，好似鬼使神差。他也知道他那房子是一点贡献的资格都没有的。但他就是要来，说不清，道不明。县长就是不睡在他家，县长也要把好日子引进来。

会是哪家呢？人群把穷强丢下，老问题又提了起来。是啊，哪家呢？狗窦又搭腔了，我看村头锦民家最有可能。他家刚竖起一座两层石头房，全是雪白的石头，翻两座山掘来的。

祠堂里的说话声此起彼伏，人选还没有最后定下来。但九叔公晃了出来，他是出来撒尿的。人群围了过去，拿眼齐刷刷地看着德高望重的九叔公。九叔公慌忙把搭在裤带上的手抽了回来，做什么的？他问。

穷强说，九叔公，定了吗？

一边去，别瞎操心！九叔公瞄了瞄穷强愁苦的一张脸，挥挥手说。

狗窦趋前一步拦住九叔公问，九叔公，有中意的吗？

九叔公一把推开狗窦，乜斜他一眼，说，猴急个啥？没你的份！

狗窦不罢休，说，晓得的了，是锦民家的，这不明摆着吗？

锦民是九叔公的亲侄子。九叔公已经走开了几步，这时回头冲狗窦骂道，狗嘴里吐不出好东西！

人群又颓然散坐了下去。

阳光早已遁走了，树影下坐着的人，像牛粪，东一堆西一丛。

除了腾出一户人家外，还需一床崭新的棉被，总不能让县长盖着脏兮兮的被子。时令虽值暮夏，但山里的气候，像更年期的妇人，白天热得发烫，夜晚却冷得直打颤。最后，村人实施了一个浩大的工程：集全村最好的棉絮，哪怕只有一小团也好，汇成一床棉胆，被面则由各家捐出，东家一截，西家一片，南家一角，北家一面。棉被做成当日，举村欢欣。

县长终于来了。县长是踏着晨雾来的，据他说，路上用了两天两夜，遇见了三条蛇，其中一条还是“五步倒”。县长的声音很嘶哑，可能是吃了山雾。尽管如此，他笔挺的服饰，他的气宇轩昂，着实让村人大开眼界，舒心快乐。大家都想，几天来为县长的栖身之所与棉被的事没有白忙乎。

夜幕扯开了。山里的夜才算真正的夜，除了寂静外，就是虫啾与蛙鸣，侧耳听听，有“嗖嗖”的声响撞击着静夜，是什么野物穿荆而过。村户早早就困了，一处半隅亮着的，也是一星半点的昏黄，把黑夜撕开一个小口，无碍大局，很快的，这个口子就又合拢了。

黑夜的村落是宁静的，宁静得好似不属于这个世间。

静谧的山夜里，有一个人却无法静下来。他知道县长大人明天就要走了，就要带着允诺离开这个活在旧朝代的村落。他所乐意去做的，人家不愿让他去做，他并不怨人家，但他的心思别人不理会，他很苦恼。现在，他守在这里，像一个中世纪守夜人，守着凝固得像麦芽糖的时间，一言不发。县长盖着全村的百衲被在房子里酣睡。夜深深，山寂寂。他似乎闻及县长均匀的鼻息。是的，他坚信他所听到的没有错。那床花花绿绿的被面上，本来也有他的一小块，是他家那条盖了近十年的棉被中，最干净最艳丽的一块，呈梯形。他裁下时，看着绽开着一个豁口的被面，像一个花骨朵儿，心里快乐又满足。他送了过去，他们不要，说这么小的一片，顶屁用？他想起光着屁股的童年，一个人欢欣地在山涧里跳跃腾挪，有时爬上山头，看见更远的地方仍是山头，迷迷茫茫一大片，望不到尽头，他真想知道过遍所有山头后，会是怎样的世界？

山里的花脚蚊子很毒，只一会儿工夫，已在他的脖子小腿上叮了好几个包，他不敢拍打，任它们叮咬。他心里没有恨，似乎还响着这样的声音：咬吧咬吧，咬个够，要不下回就没机会了。是啊，对他来说，这是最后的机会了。他所伏身的地方是一片密集幽深的竹林，幢幢月影被翠绿的竹叶裁成一缕缕碎片，像全村人奉献出来的碎布条，在林子里飘扬晃动。有几片竹叶被风吹着，触及他的鼻翼，弄得他鼻子里头痒痒的，直想打喷嚏。他极力忍着，只用手背轻轻抚弄了一下。他仰头看着月娘，月娘在灰白的云层里走，忽而隐了去，忽又溜了出来，走得很悠闲，看上去像一只明晃晃的白瓷碗。

他家很早以前有一只，后来被女儿打破了，现在只剩清一色的粗糙木碗。那是他自己做的，用上好的榛木，吃着的时候隐隐飘着淡淡的木腥味。这时，月娘不见了，似乎担心他久趴竹林子，太孤寂了，与他捉迷藏。突然，他感觉脖子后面凉了一下，滑滑溜溜的。他赶忙屏住呼吸，一动都不敢动。他知道那是一条蛇，正要游过他的身躯。他害怕了起来，不是因为蛇，只要他不动，蛇就会过去了。他怕的是，让别人发现，会不会把他当贼抓起来？“贼”，这个字在他们山里头说出来，都怕脏了口，没有人愿意做损祖宗颜面的事儿。他再次抬起头望天，这会儿月娘没有再出来了，天是墨黑的，像一块沉沉的锈铁。他心里活络了，刚才关于贼的忧虑也随着月娘的隐没而遁逝了。

天黑透了，说明天快亮了，县长就要起床了，他就可以行动了。一个长夜，保持着这样的姿势趴着，他全身酸痛。山里雾重，他浑身上下湿漉漉的，但是，天终归要亮了。他暗暗嘘了一口气，再抬头望望天，天已不再像刚才那样黑了，好像让人挑了溪水囫囵刷过一遍，淡了许多。他稍稍挺起腰身，感觉腰部不太听他使唤。他只好放弃，轻轻揉捏腰间，动作舒缓，没有平常砍柴割草的力度，他得等那最后的时刻到来，万不可前功尽弃。

天已乳白了，依稀可见竖在不远处房子的轮廓，青涩的石头房，两层高，立在那儿，很威严，像背着两只手站在村头榕树下的村中长辈。他心里酸酸的，看着这房子，无来由的，闷闷不乐。在这当儿，他听到了说话声，还有门的吱呀声，穿透没有全散走的山雾，抵达他的耳畔。那些声音在他听来，潮湿，新鲜，富有磁性又充满诱惑。他不知道自己为什么会有这种感觉。他稍稍抬起头，就看到走在前头的县长。他认得出的，虽然隔着轻纱似的雾岚，但昨天来时他见过，村里没人能在晨起时把衣服穿得那样笔挺，县长说着话，边比划着，后边有两人跟着。县长比划的手势干脆有力，像拿刀劈竹筒的样子，他看得心里很温暖，像捂着刚蒸熟的馍。心想，只有会使这手势的人，才是山里人的贴心人。

县长一行走远了，他没有马上站起来，而是瞅瞅四周，侧耳听听，没有，什么也没有。除了渐渐稀薄的晨雾，除了沟畔池底的蛙鸣，除了不知何时又挂着的像纸一样薄的月娘，没有，一个人影也没有。他忽地一跃而起，后腰的锥痛使他几乎要朝前趔趄，但他的脚丫马上生生止住前倾之势。他一点也不犹豫，冲向前方，推开虚掩的房门。他看见那床百衲被，像一个方方正正的土疙瘩摆在床头。他眼睛一热，回头看看身后，一个人也没有，唯有他打开的门缝里，溜进一线晨光。他趋前几步，俯身抱起棉被，暖暖的余温，还没散去——县长的体温。他把脸贴在松软的被面上，他的幻觉里，贴着的是女人丰腴的胸脯，是梦里的白馍馍，是脚下沉睡经年的金子，是山那边迷离的世界……

他突然醒悟了过来，记起了此行的目的，很快的，他像拥着襁褓中的婴儿，紧紧抱着被子，冲出房子。他在竹林里穿梭疾跑，像一只被猎人追击的兔子。他跑得慌乱，把竹林子踩痛了，林子发出噼里啪啦的呻吟声。他来之前就想好了，先把被子掖在上山砍柴时无意间发现的一个狭仄的山洞里，然后，再想办法移回他破旧的家里。他谋划着，瞒着所有的家人，为这条被子——这条县长盖过的被子，他做出了这样的举动。他能想到的，也就这样了，他无法让别人明了他的心思，他只能这样。

他还没有跑出竹林，就被村人拦截了下来。他立在村人面前，手里紧紧抱着那床棉被，心里反而平静了，也不打算把被子丢下。棉被上县长的体温早就被晨雾洇散了，触及被面，濡濡的，湿湿的，但那上面的花儿却越发苍翠欲滴。他被关了起来，关在村里的牛圈里，脚下到处都是潮湿而污浊的牛粪，对门的旮旯地里，卧着一头年老色衰的黄牛，正百无聊赖地用尾巴摔打着身上的蝇虫，嘴里不停地咀嚼反刍着，花白的唾沫渐渐从嘴角溢了出来，漫了一地。

他不知等着他的是什么决定。村老人们此刻又聚在牛圈不远的祠堂里，像上次为县长的到来一样。他们的声音时高时低，遥遥传来，若有若无。他既不害怕，也不恐慌。他甚至不去想一天一夜没有见着的妻女。他只感到悲哀，悲哀自己怎么这样笨？这下全都落空了，房子县长看不上，棉被凑不了份，这时也摸不着看不见了，县长也早回去了。他半蹲半坐在散发着臭烘烘牛粪味的房子里，抬头看见木头屋盖上破了许多洞，午后的阳光踅了进来，拍打着他翘首的双眼。他心里迷糊了一下，朦胧中有人打开了牛圈的门，把他扯了起来，没有言语，一直往前拉，像村人牵着牛去犁地的样子。他看见牵他的手白皙细嫩，不像山里人的手，但很有力，攥得他有些痛。他情愿就这样被那人拉着，一直走下去，走出去，走出这个难见天日的金窝窝，走出像褶皱的大山……

三更，起床了

时针已指向十点了，三更破天荒还躺着。

三更不记得从什么时候开始，每天都是这样。早晨醒来后迟迟不愿起来。起来干嘛事儿，三更茫茫然。

比如这个早晨，一个极其普通的清晨。房子外面的火车像一条疯狗，狂吠着蹿了过去，三更的两片眼皮才在一夜缱绻后极不情愿地分离了。三更把两条枯瘦得像扳手的臂膀往上抬起，然后，使劲往后拗，一个看起来很抒情的摇橹之举。三更做这个动作时注意到自己腋下两侧历历在目的肋骨，一根根可怜地突兀在清晨的微曦里，像一行行龌龌龊龊的句子，捅破了优美的文学意境。三更恍然想起某一次在牛排店里大快朵颐，盘子里的刀刀叉叉，交织出餐桌上空的刀光剑影，多么像是在蚕食三更的身体！

三更情不自禁打了一个寒噤。仿佛刽子手的风刀霜剑已光临他的身体，他成了盘中餐，在劫难逃了。三更吃牛排喜欢吃出吱里嘎拉的声响，他仿佛又听见那声音再度在这个平庸的早晨响起。三更看到自己肋骨罅隙流出了灰色浓稠的液体，黏黏腻腻的，像三更童年岁月里老挂着的鼻涕，流出了一个过去时代的旋律。

三更慌忙收回思想的利刃，他害怕这把利刃会把自己杀戮在这个寻常的清晨，就像庖丁对待无力反抗僵卧大地的老黄牛。

机关小干部三更在这个清晨原该待在办公室的案桌上，费尽脑汁抠字整材料，天天如此，周末节假日也不例外。日复一日年复一年，只要有那开也开不完的会，就有三更写也写不完的材料。三更盼望着那些愈开愈不会的大会小会能逐渐少下去，就像女人的例假，随着年岁渐长而渐逝，直到烟消云散。三更知道女人的更年期终是会来的，而单位的大会小会是永远不可能绝经的。在单位里，三更的能耐可大呢！瘦弱的三更在单位里有一个昵称，叫"阿补"，全称是"十全大补"——闽南药酒名。哪十样呢？除了给大小领导当材料秘书外，三更还是驻村干部、农业统计员（主要统计全镇生猪的栏数）、财政所出纳、纪委委员、机关收党费、食堂卖菜票、清会办打发票、工会干事。最后一个能耐对阿补三更而言有点羞于出口，是什么呢？计生协管员。凑上这个“十全大补”就齐了。这最后一个工作其实就是配合计生人员下村抓结扎。哈，三更想起小时候村人聚众围观劁猪，大伙儿一致同情那被劁掉的公猪，想想自己如今所做的工作，除了对象不一样，工作目的却是高度一致。

“十全大补”三更将自己掰成好几个人，一天到晚像车轱辘连轴转，仍然招架不住这事、那事。懒床对三更而言，稀罕得像赴一场奢侈的豪宴，需要盛装视之，但三更现在却还半裸着卧倒于床。三更是 O 型血，据说这种血型的人特能抗压，但三更最近却老觉得力不从心，每每路过家附近的成人用品店时，都要偷偷瞅了两眼，心里大着胆子想着，不知那伟哥可管用吗？

这个早晨对于“十全大补”而言，完全是一次例外。

昨天下午，三更正在办公室里统计全镇的养猪户，手里拿着笔点着表格嘴里一遍又一遍地念着数字。三更正数得起劲，机关里的众领导仿佛事先约好似的，一个接一个纷纷来给三更下达工作指令。

三更刚一张嘴嗫嚅，手头的活儿已经好几条了，能不能……

三更的话很快就让领导伸过来的肥白大手给打断了。

领导们拍拍三更瘦削的肩头亲切地说，呵呵……阿补啊，辛苦了，啊……没事儿，你的能耐大着呢，加点班不就完了，啊，哈！好好干，哈！明儿上午下班前交给我，啊？

三更缩了缩了脖子，麻麻木木地点头应允着。

下班前，三更核计了一下，这些事全都是明天要交的差事。三更头大了，像注了膨大剂的西瓜。西瓜撑不住药物的化学作用，可以裂开了事，但三更的脑袋不但不能裂，而且得敞开着装更多的差事。三更愁啊！

现在这座处于顶楼的两居室小房子里只有三更一个人了。那个可以同甘而不能共苦的女人自从那天从民政局出来后就再也没有回来过。但三更一点也不介意。

当年买下这个房子三更其实心不甘情不愿，压根是让房产商们赶着买的。

那个时候三更所居住的城市到处都是工地，报纸、电视、户外广告牌，触目所见的都是房产广告，一家比一家慈善，有的要送你“春暖花开”，有的要给你“面朝大海”，有的要予你“尊贵世袭”，有的要赠你“空中花园”……三更冲着这些掷地有声的诺言一家一家地找，所得的结果让这个坐在机关里闭门造车的小干部一张瘦脸皱得像小餐馆的抹布。三更寻思着，这是卖啥呢？卖金，还是卖银呢？几根钢筋、几块砖头和着水泥的房子咋会这么贵！还一家一家赛着提价，一天一个价。三更每去一回售楼部回来就便秘一次，憋住劲就是屙不出屎来。这个时候，坐在抽水马桶上的三更多么渴望能屙出黄灿灿的金块来，哪怕是碎金也好，好让他提着去“面朝大海，春暖花开”。

知书达理的三更非常清楚，拉出金屎肯定不现实，当务之急是趁房市这一条疯狗还没有达到丧心病狂的时候，赶紧下手整一套，要不以后，只能过以地为床、以天为帐的日子了。回想起当时的果敢，躺在床上的三更真是感慨万千。当三更提着七拼八凑的钱刚刚下完单，马上有人窜到签约台前跟他耳语，说转手让他，给三更三万，三更愣了好一会儿，不明白这房价咋就像探发高烧的水银温度计，就一会儿工夫，嗖地又上去了。

唉！躺在这来之不易的房子里，三更的心却无法踏实下来。

昨晚，三更熬了一个通宵，领导们交办的事还没法儿交差。明天，明天该如何是好？三更想得头疼欲裂。躺到床上时，三更恨恨地揪了揪“聪明绝顶”的脑袋，不如像那西瓜就裂了吧，一了百了。

掐指算算，已经有一段时间了，三更躺着的床正上方的天花板上，老是有一片深色水渍，在周遭一大片白色中存活着，像一个补丁。每经过一个雨季就长大一些，最后异化成发霉的黑苔。三更想是天之甘霖穿透水泥板滋养出来的。房子还住不到一年，三更当然有生气的理由。这一砖一瓦，都是三更无数辛苦日子的物化。三更找房产商说了。三更甚至威胁说如果不把这块日渐庞大的讨厌补丁弄掉，他要投诉315。三更话说完的第二天，就有许多人拿了些乱七八糟的东西来了。他们像风一样嗖地蹿到房顶，好像315的人就拿着判罚单在他们屁股后面紧紧追着呢。整个早晨，他们在房顶上敲敲打打，三更的耳膜随着他们的敲打一下一下地痛。有好几次三更想爬上楼顶像一个裁判那样英武地喊停。

三更都已经站到工人们的身边，脱口的却是，能弄好吗？

工人们齐声说，放心吧！

三更非但没有像他们所说的放心，反而心情沉重地爬下楼来。三更看到屋顶隔热层被一些不明器具粗鲁地戳破，看上去像地瓜粉绞完后的残渣，散散乱乱地堆在蓝天白云下，要多丑陋就有多丑陋。三更想这可是我花了20年的血汗换来的房子，这是在扎我的心窝啊！不就一个渗透吗？犯得着这样大张旗鼓地又敲又挖又涂柏油的，弄得像是在修隧道。三更下楼后不停地长吁短叹，就像是他叫人来拆了自己的房子一样的悲伤与无奈。

一个雨季来了，一个雨季又走了。工人们说放心的地方仍然有一个补丁，而且较之以前的更加肥大，形状也乖张。先前那个是一处长条的缝隙，长条的两侧横着长肥了些，凹凸有致，像一个线条优美的女子贴在天花板上，每天清晨光着身子与三更对峙。这基本解决了三更对女人的感性认识，也消弭了生理学家关于早晨性欲最强的论断。三更回忆起少年时代，伙伴们晨起比赛谁裤裆里的东西撑起的“蒙古包”最高最持久。现在想想那该是最纯净的单性场景了。形似赛过神似，天花板上形似妖媚女性的图案是三更晨起至晚的原动力。现在，天花板上的女人被工人们敲跑掉了，代之一个像鲨鱼嘴的图案。似椭圆，又像方形，四周长着一些类似犬牙的东西。三更的早晨由此狰狞起来。一睁开眼，晨起的心情就让这不伦不类的东西给破坏了。此刻三更真不想爬起来。起来做什么？找房产商理论？做一个可口的早餐？或者，打开电视自慰：瞧，世界就在我的眼前，足不出户即可环球之旅。

但三更还是决定起来，太阳都老高了，怎好意思懒着。三更像一尾龙虾弓起后腰，突然自腰间传来阵阵锥击的疼痛，三更几乎直起来的身子又因受不了这痛而坍然倒下。三更准确地认定疼痛来自腰部两个点。左一个，右一个，左右对称。三更又松弛地平躺着，像一根折弯的弹簧恢复原状。

三更开始回忆，回忆这疼痛的渊源，像红学家们对曹氏家谱的研究。是不是上周一次付酬的床上运动干得太热火朝天了？原先商定的价格是“一根棍子两个球”。这是行话，意思是一百块。这样说，倘若听不懂，女人会笑你是嫩鸭子。在女人面前，哪个不想充大爷啊！尤其是在那些夜莺面前。后来三更折腾得稍久了些，女人就在下面讨价还价说加时赛要另加钱的。三更边加紧忙乎边问多少。

女人说，一口价，五十吧。

三更听了心里寻思着，也太贵了些，看世界杯加时赛还不要另外加钱呢！这样想着，三更便只剩剧烈喘息加缓慢思索了。

女人厌烦地说，怎么样啊，怎么样啊，你倒痛快点？甭磨磨蹭蹭的揩油啊。

三更只好说，随你，就开始手脚并用狠命地运动。

三更心里想要把这一百五十块钱挣回来，别让她得了便宜。女人因为心愿满足了也高兴地迎合三更。肉搏结束，两人均筋疲力尽。床上摊着两堆闪着盐花似的汗珠儿的肉泥。歇息没多久，女人把三更拉到浴室，打开蓬头，帮三更搓完澡才拿了钱哼着小曲儿离去。三更想这腰痛大概就是一身燥热冲凉给病魔乘虚而入了，这算不算风流代价呢？

一只蜻蜓从窗外飞了进来，像一架小型飞机扑哧扑哧地在房子里绕来绕去。它用力撞了一下薄薄的门板，嘭的一声就像徐志摩乘坐的邮机的那一碰。飞机突然折转身连一声疼都不喊，又从来路飞回去了。三更漠漠然然地注视着这个早晨的问候场景。三更把手伸向刚才发出疼感的两个匀称的点上，手指在疼点上来回抚摩，三更感到有一股火正从指尖流向疼点。三更的腿抽搐了一下，那是腰部被灼烧的反应。腰部烧起来了。三更的下半身与上半身隔着一堆火相望，拦腰而断的感觉真美。三更躺在火焰的炙烤中，以为自己将要化为灰烬，升腾到一处忽略了时间与空间的地方去了。

三更在幻觉的深渊里浮游，像一只无忧无虑的苍蝇，走走停停，晃晃悠悠。眼前确实有一只嗡嗡嘤嘤的苍蝇，三更以为是刚才的蜻蜓化来的。它们都是虫，都有翅膀，都掌握了飞翔的本领，为何不可以变来变去呢？人都可以这会儿一张脸，那会儿又换一张脸，一天下来生旦净末丑角色频换，比小孩儿换电视频道更勤。虫为何就不能呢？

三更额头感觉到一丝凉意，天花板排泄汁液下来了。三更一下子回到了这个现实的早晨。三更想还是爬起来，原地不动不是生活原貌。他必须起床，三更还有很多事需要在这一天去做。比如找医生问问这腰的问题大不大；离婚的事也不能再拖了；还有头顶这只鲨鱼嘴要找房产商继续交涉……

三更试图爬起来，窗外阳光正灿烂，像歌里唱的“流金岁月”。三更想哼几句歌儿聊表对新的一天的无限敬意。不等搜肠刮肚蓄势润喉，脱口而出的却是干巴巴的一句“我他妈的真烦！”

三更垂在床沿的脚丫晃晃荡荡的，像在空气里游泳。三更在找一双破袜子。套袜子的空儿三更想，从哪开始呢？先看病，然后顺道去民政局办离婚手续，最后拉开架势与房产商干上一场。三更想想又觉得不妥，这个安排倾向主观。事实上有很多关键处理论上过不去。比如医院门诊，现在是高峰期。你得屁股挨屁股排队挂号，挂完号在科室排队等主治医生望闻问切，然后又得排队上小便所取尿样，再排队验尿。验完尿又得排队等取化验结果。取了化验结果还得回科室排队，像聆听领导教诲一样听医诊与医嘱。医生们肯定会危言耸听，没有及时治疗会怎样怎样。你唯有像天就要塌下来似的诚惶诚恐地询问，咋办？该吃啥药？该禁忌什么？

三更害怕在人头挤挤的场合听医生抽丝剥茧分析病情，那与剥光衣服陈列在玻璃柜里供人参观无异。但是医生是敬业的，他必须在愈多的人群围观时分析病理，才更能显示学识的渊博与医术的玄妙。三更注意到许多医生单独见病人时，往往惜言如金，少言寡语，像亲手制造了多起医疗事故一样的愁苦缄默；而人多时，几乎有问必答，而且举一反三、旁征博引。尤其是与生殖系统有关的疾病，更能激起医者与旁观者的演说欲与倾听欲。几乎可以断言，凡是此类病都与一个或若干个或粉色或黄色或灰色的故事有关。“粉色”指吃着碗里，又看着锅里的婚外情；“黄色”指寻野花，觅荒草，无度纵欲之举；“灰色”是那关起门来毫无节制地自我折腾、自得其乐。三更无法确切知道自己这腰疼与哪一种颜色有关。

三更坐在清晨的床沿，边套着裤子边用排除法想。三更与老婆分居已近两年，可以说尚属一根棍子撑到天亮的那种——待字闺中。婚内婚外界限不明朗，可先排除粉色。其他两种色彩，看来都有嫌疑。那么到时候难保医生借查病史之机，把三更的这两种色彩像扯线头一样扯了出来。黄色花钱，花自己的钱开发别人的资源；灰色免费，用自己的资源，但伤筋累骨。两者都偷偷摸摸。无论哪一种都足以引起人群的骚动与侧目。

三更最近一次去医院看病，医生怀疑是前列腺炎，要三更做直肠检。直肠检就是肛检。医生当众要三更脱下裤子。三更回头看了看攒动的人群，男男女女，把一间小小的门诊室挤得像入夜的鸡笼。他们手里都拿着各式各样的单子，眼里既充满急躁的期待，又抹着层幸灾乐祸的神色。三更犹豫了。

能不犹豫吗？当着这么多人把屁股露出来，朝陌生人撅着。你来做做看啊！三更并非惜体如金，比不上金贵的黄花闺女。男人身体贱，土捏的嘛。三更实在是没有当众露阴的魄力。即便是与那些开发身体资源换钱的女子做事儿，三更也要把最后的“马其诺防线”留到被子里去扒，完事后也是在被子里套上小裤衩的。甚至偶尔与女人玩鸳鸯浴，也坚持穿着小裤衩。女人们光着身子找钱给他，笑他真是一个不谙世事的童男子。他一面狼狈不堪地动作，一面争辩道，得有隐私权的。三更很佩服那些从不把身体当回事的人，敢在众人面前光溜溜喜洋洋地耀武扬威。上大学的时候，同宿舍八个人翻墙到外面有热水的地方搓澡。三更第一次在别人面前“皇帝新装”了一下。在热气腾腾的水雾里，七束明亮的目光都聚焦到他的胯下，然后齐齐叹道，喔喔，多么精致的小老二啊！三更慌忙用手中的浴巾把个“精致的小老二”遮得严严实实。从此，三更再也不把它示人。现在要在众多目光编织的网里像一条鱼，不着一缕，怪不得三更心里波澜起伏。三更搭着皮带扣的手都渗出汗来了。

医生失去了耐性。他说，不脱靠后，下一个，下一个。

三更嗅出医生声音里浓烈的药味，听得他耳破欲裂。但三更后面的队伍却仿佛听到天籁仙音，呈现了兴奋的骚动，一个个抻长着脖颈往前蹭跳。三更在心里把自己狠狠地鸡巴、鸡巴了一回。不就一个白屁股吗？那些细皮嫩肉的女人都敢露，我为何不敢？我他妈的还金贵个啥啊！脱！脱！脱！三更一下子把裤子拽到脚背，将一个很少让阳光普照的与大腿黑白分明的屁股，像一面卫星接收锅朝向身后蜂拥而至的人群。

三更喘息着说，来吧，医生。口气像一个面临初夜的古典村姑。

紧排在三更后面的人见这架势，猝不及防，拼命地向后退。再不避开，脸就贴上三更的屁股了。但他们并没有散去，而是意犹未尽地目睹医生怎样地把一根套有橡皮套子的手指，插入三更的屁眼。而三更的一张瘦脸早已鳖成劣质酱油的色泽。

医生给三更一小块玻璃片，让三更持平在尿道口，像要接什么东西。三更不明白医生的用意。看医生厌烦的神色，三更也不敢问，只有照办。现在他被后面的医生整得玻璃片老拿不稳。

医生突然喝道，有没有？有没有？

三更哆嗦了一下，说，什么什么？三更不知道有没有什么。

医生说，到底有没有啊？

三更说，什么有没有啊？

医生不耐烦了，从三更背后转过来，看了看说，玻璃片上都湿了，还不清楚有没有，真是莫名其妙，害我还在后面瞎掏。

原来他是在掏啊，后面往死里掏，前面就出来，怪不得疼得要命。

医生指着三更手上的玻璃片说拿好，别晃，晃没了，又要重来的。

三更听了这话，愈发小心得要命，把一块有灰白黏稠汁液的玻璃片子拿得跟国宝似的。医生很快就开完了一张单子对三更嚷嚷道，化验完把结果送过来。

三更平持着玻璃片子蹑手蹑脚穿行在拥挤混乱的一条条走廊上。人群看看三更，又看看三更手护着的小玻璃片子，一脸讥诮。三更愈加窘迫，仿佛赤身裸体暴露在光天化日之下，身旁还醒目地标注着详尽的文字说明。这个想法使三更走路的样子显得更加虚浮，像所有夜游者在深夜绽开的样子。

三更收回千山万水的思想，下了一个果断的决心。暂不去医院，另找个人烟稀少的时机再去。或者，干脆，找私人诊所算了。

唉，再说吧。难不成先去办离婚？办离婚应该不会像医院那样人山人海。这年头，离婚虽然越来越像是赶时髦，但还远远赶不上吃了这个毒物喝了那个垃圾而得病的。提起离婚这个话题三更就头疼，倒不是又涉及太多隐私之类的东西。三更上一次去办是去年六月五号吧，刚领了工资，还来不及花掉。三更心想现在办一个离婚不知道要花多少钱。听说结婚、离婚都降价了，挺便宜的。离婚只要六块，比结婚少了三块。幸亏上次没离成，这回调价了。三更信心就更足了，他下定决心要排除万难去争取离婚的最后胜利。三更决定要离，当然不会是离婚要价比结婚便宜的缘故。两个话扯不到一块的人偏偏要用一册红本本扭在一起，三更的耐性已经挨到冬天的末梢了。虽说冬天挨过去就是春天，但三更知道，他的婚姻不可能有万物吐芽、生机勃勃的春天。

上一次，负责办离婚的是一个留着齐耳短发，打扮得像红军女战士的中年妇女。

红军女战士一开口就问，咋的？赶时髦啊？

三更的女人回头看看三更，没有吭声。

三更说，不是的，合不来，得分开来过。

红军女战士嗓门亮亮地喊，我看不是合不来，外边有人了吧？

你凭什么这样责问我？三更心想但他忍着没有说出口。

红军女战士究竟觉悟高，马上和颜悦色说，坐下，坐下，都坐下，说来听听，有啥问题可以沟通的，尽量沟通嘛。夫妻就像暖水壶和杯子，天仙绝配呢。

这个比喻打得可真好啊！

红军女战士以前肯定是干妇女主任或者工会主席什么的，多么会做思想工作啊。三更心里赞叹。

我是水壶，她是杯子。这几年没少往她杯子里放水，杯子即便不溢出来，恐怕也被撑大了。可她愣是一潭死水。也不是说非得要弄出一女半子来。问题是种瓜得瓜，种豆得豆，我三更种下那么多瓜啊、豆啊，总该有点什么吧？哪怕半颗蚕豆也可以，这个要求并不过分。虽说过程重要，但结局更扣人心弦啊！可她就是一马平川、风平浪静。三更只是想想而已，他不会把这些心里话和盘讲给红军女战士听的。这么多年来，三更已习惯把想法掖在心里。

结婚第一年天天有人热切地问三更，怎么样，怎么样，喜欢生男的，还是女的？仿佛生男生女三更可以甩开膀子说一不二。

三更笑笑说，女的，女的，女的乖些，不闹。三更回答的神态，俨然那小小的女孩子已经安静地坐在他面前。

第二年，遇到三更的人就揶揄地问，变卦啦？是不是要蓄足劲弄出一个男孩啊？是啊，男的金贵，要酝酿得久一些。

三更声音低了些应道，哪有啊，哪有啊，太早了，我们有计划的。

究竟是什么鬼计划，三更也说不清，不过是临时搪塞的理由罢了。但这一回三更可就上心了。两年过去了，怎一丝动静都没有呢？三更暗地里找了几家私人诊所，做了一大堆检查。结果出来后，医生笑眯眯地恭喜他没事。但三更心里像填满了杂七杂八的东西，一点也轻松不起来。这不明摆着，男的没事女人就有事嘛。接下来第三年、第四年的光阴，三更就过得仓皇了。人，三更尽量避开，能避尽量避。公众聚会更是不敢去。

三更害怕关心啊！三更更害怕那种集体式的关心。

有一次一个同事在全科室男男女女面前对三更说，我知道一个方子，挺管用的，某某试了就威力无比，你要的话，免费提供。

其他同事一听，明明幸灾乐祸，却要装出庄重的样子附和道，有这么好的东西……是啊，是啊，试一试嘛，阿补啊。

他妈的！当街拦人推销印度神油啊，这算哪门子关心？

三更拉下脸说，你他妈的留着自个儿用吧！这是三更头一回对同事用粗话。

女人前几年也急，四处找药吃。后来似乎就认命了。三更最怕这种认命。命在自己手里，你认了，命也就跟着认了；你不认，命也就跟着你走。三更这样想。但时间不管你认不认命啊，一年一年的，日子快得连撕日历的工夫都来不及。

三更决计要离。时逢好年头，离婚也降价，像商店里的打折物品，多体贴人心啊。不离白不离！

但红军女战士得理不饶人。她说，原则上我是无权干涉别人隐私，但这关系到一个家庭的完整和美。大而言之，关系到国家民族长盛不衰的大事。同志啊，千万不可掉以轻心、等闲视之啊！

他妈的，都下不了蛋，还怎样长盛不衰？三更说，无论如何一定要离！

女红军不再理他。甩了甩短发问女人，你呢，你就没有一点主意？你也说说，咋没法过？

女人看了看三更，怯怯地说，我没用。

啥？没用？你倒是说说你怎么没用？女红军继续循循善诱。

女人拿不定主意，说，还是不说，又拿眼瞧了瞧三更。

三更说，离又不是结，干嘛要查问这么多嘛？

你这同志真是的，千万不能马虎啊。这比不得小孩儿过家家，今天这个，明儿那个，没个准。红军女战士显然对三更的态度很气恼。

三更霍地站了起来说，以后再来吧，以后再来吧！

说完就往外走，也不等女人。女人拉了拉坐皱的裤子，也慌慌地站了起来说，那我们走了。

红军女战士说这才对嘛，甭离甭离，能过就过下去，离，麻烦又费钱，不合算。

三更边走边骂，妈个鸡巴，离婚也艰难，过草地爬雪山似的。

现在离婚费调整了，不知道管离婚的人有没有调走？要还是那个立场坚定的红军女战士，事儿八成又要黄掉。看来得先摸个底，俟机而行，别到时候又给缠个没完。顶好是找个年轻些的，压根儿不谙我党我军优良的思想教育传统与经验的人办。那种人对你这屁大的事没多少兴趣，办起事雷厉风行。

唉，这事且先搁下，先去弄屋顶上的黑渍。

对，先去找房产商理论。今天天气明朗，适合唇枪舌剑。

要不要叫几个同样遭遇的业主一块去，造造浩大声势？万一谈崩了，要动粗，人多力量大嘛。

算啦，还是别去跟那些自私的市侩之徒白费口舌。你这边热乎乎的一张脸，人家贴给你的却是一个冷屁股。三更有过类似的教训。那时全城时兴“小灵通”。小灵通就是会移动的电话，假手机，主叫收费等同固定电话，接听不要钱。这是很贪便宜的事儿，像天上下的馅饼雨。一夜之间很多屋顶上都插了根黑不溜秋的线架子，横横竖竖的，遥遥望去，像田里稻草人儿。这稻草人儿每隔五百米就来这么一根。你说这么大的一个城，得弄多少根啊？倘用来唬麻雀儿，城里也没栖息多少鸟儿让它唬。好在它是用来逮什么什么信号的。这就有一个问题浮出来了：装有稻草人的屋顶不成了信号团聚的中心吗？这还了得！科学家都说了，电磁波辐射会致癌，至少也会整得你神经错乱。电信局赶紧登报否定了科学家的论断。但人民群众的眼睛是雪亮的，死活不让装在自家屋顶，寸土不让。电信局没折，咬咬牙出台了一系列“免费午餐”让大家品尝。什么每月补贴五百块电费；免费赠送一部某某型小灵通；月租费全免云云。好说歹说，终于有人看在“午餐”上松了口。第一家俯首甘为“电信牛”，渐渐地大家就不再管癌不癌的，放弃立场，给装了。

那时登高鸟瞰，真是“千楼万楼天线开”！好不热闹。三更住顶楼，也装了一个。三更并不知情，没有人告诉他。有一天三更爬上楼看月亮，月亮没看到，倒看到了稻草人。三更那时的气比天还大。三更立马噔噔噔地下楼来，挨家挨户敲门，引经据典苦口婆心地阐述稻草人对身家性命的危害。三更提出，必须联合起来，一致对外，投诉电信局擅自安装的侵权行为。再怎么着，也该告知住户一声。听的人大多唯唯诺诺。

有的说，居委会肯定是同意了的，要不您先去打探打探，要是居委会吞了电信局什么的，您再通知一声，咱们一道去把它讨回来。

三更气不过，指着他们家的孩子说，你瞧瞧，都是正长脑袋瓜子的年纪，万一让那稻草人真弄出个什么来，悔之晚矣。

三更预言到这份上，对方仍然执迷不悟，手上忙着活，一副事不关己的样子。三更只好甩头走人，心里酸楚得浑身不着劲。考虑到自己一人势单力薄，跟居委会那些更年期女人理论，肯定很快就会败下阵来。若与财大气粗的电信局抗衡，则无异于以卵击石，肝脑涂地是不争的事实。

但是叫三更如何咽得下这口浊气呢？我三更既没有硬硬的后台，也没有亮亮的金子，无权无职赤贫一个。但我有赤胆忠心——不怕牺牲的赤胆，忠于生活的红心。

三更勉强算个君子，动口不动手。让三更去大打出手，是绝不可能的。但怨气要如何消弭呢？

三更走出房子，顺着墙壁往上看，看到了一根粗黑的线像蛇似的爬上屋顶，与稻草人接到一块。对了，这是电线。三更了解到稻草人要通电才能活过来，没有电就是真正意义的稻草人。

三更灵感骤起。惹不起你们，难道还奈何不了这小小的一根电线吗？剪！剪断它！剪断你个鸡巴，看你还逞啥能？三更为自己找到这个锦囊妙计兴奋得手舞足蹈。

待要付诸现实，三更遇到了新问题。三更住七楼，电线紧贴着楼道内墙从一楼爬到七楼顶。三更想，如果就近下手，不就等于自暴目标吗？人家一看，喏，在你家门口这地方被剪断的，“近水楼台先得月”嘛，你还有啥话说。

三更听人说，这叫破坏电信设施，抓住了要判刑的。判刑？那可是与婚姻一样遭罪，三更可不敢去招惹那玩意！选择在哪一层下手呢？……三楼吧。三更选择三楼绝非空穴来风。当三更为大家的幸福劳顿奔波，只有三楼那一家子尖酸刻薄地说，你这样费心费神的，是不是可以捞到好处啊？

他妈的，就嫁祸给他。就这么定。

作案地点选定了，接下来是时间问题。总不能大白天一个人旁若无人地忙乎吧。当然得在夜里。可夜里几点呢？三更绞尽脑汁，把夜肢解成无数的时间段，然后逐一排除。但最终，三更对自己的分析判断没有把握，把握不了哪个时间段楼道里无人出入起落。理论的东西总是给人信不过的轻浮感。唯一的办法就是进入实践，实地实时摸清楼道里所有人的作息时间。如何摸清？三更一无现代监控设备，二无充沛的精力，总不能一宿不睡，蹲在楼道口厮守吧。再说，傻瓜似的蹲一宿，人家心里能不疙疙瘩瘩吗？不疑心你要干啥坏事，也要怀疑你脑袋有问题。

那咋办？干脆下半夜下手。

三更还是犹豫不决。因为四楼住着一个坐台小姐，那骚女人回家没有一个准信。还有呢，她屋里常有不明来历的男人出出入入。要是干得正欢时让他们瞅见，事儿就砸了。三楼可是上四楼的必经之道。

三更苦恼万分，放着那么多的时间，他愣是找不到一个属于自己的时间段，全都他妈的属于别人的，借都借不来。三更想，倘若有第二十五小时，只属于他三更一个人，该是多么快乐的事啊。不，不需要一个小时，剪断那么一根线，只要一二十分钟就够了。可就是没有。

净是想啊想的，一点用也没有。干脆，见缝插针，碰碰运气。

三更拿了把“张小泉”，真要下去试了。有一回眼看快要刀落线断了，脚步声却从楼下传上来。三更只好作罢。三更并不气馁，屡试，却屡让脚步声搅黄了。一而再，再而三，三更终还是学不来曾国藩的屡败屡战。只好收兵回营，爬上楼望着耀武扬威的稻草人兴叹。

稻草人让三更食不甘味，困不香眠。久而久之，三更心想，整幢楼五六十号人，他们都不在乎生命天长地久，我还穷讲究什么曾经拥有呀。再说啦，我三更常常三天两头不着家，哪像他们天天在家里歪着，要讲辐射当然是他们吃得多。

三更的阿 Q 思维让三更心神俱松神采奕奕。

想起这段旧事，三更便断了拉帮结派共抵外患的念头。三更决定单刀赴会房产商，据理力争。何况，理在三更这儿，就是告到天边去，还是你房产商无理。

三更心想，先得平心静气地提出合情合理的要求，然后再含蓄地暗示，如若不拿出切实可行的方案并付诸实践，必将诉之法律。千万不可急功求成，大声嚷嚷，即便理在咱这。听说那些腰缠万贯的房产商个个脾气大着呢，一言不合，一脚把你踹出来都敢呢。咱小百姓一个，还是别招惹人家，力求晓之以理，动之以情，倘若不成，再作他计。三更转念又想，这个事说小是小，只是一个发射台的问题。要真上庭，法官们也许会认为小题大做！听说现在办案得有一些婉约的经济润滑，否则把你个案子压咸菜似的扣在文件堆里，不见天日。久而久之，弄得你失去耐性而作罢。

三更有一回蹲厕，那是一个盖儿低低的挺逼仄的破公厕。正酣畅淋漓，突然有人冲进来丢了一门叫“天地绝响”的大鞭炮。听名儿就知其威力。轰的一声巨响，外界声音全被三更的耳朵拒绝了。三更以为耳膜彻底决裂了。过了好一会儿，三更的两只耳朵里好似养了几只正值发情期的鸣蝉，兀自聒噪不已。那吱吱吱的声响要命地叫着，三更心烦意乱。他急急揩了屁股提起裤子系紧皮带。做这一系列动作时，三更不忘回想刚才跑进来作孽的家伙的长相身材。虽说黑灯瞎火，但鞭炮燃起来的火光还是暴露了那小子模糊的轮廓。臭小子溜掉当儿得意的奸笑，更印证了三更心里的猜疑。

三更心里有底了，虽然耳里犹在大奏命运交响乐。

待三更冲出公厕，那小子早就没了影，只有几个半大小子正兴奋地高声谈论那轰天巨响。

三更使了点小策略，从他们中得知了肇事者的小名。他妈的，真是臭肥家的鸟小子！三更在心里咬牙切齿地骂着。耳里的声音并不因查出罪魁祸首而歇息，反而愈演愈烈。三更承诺请告密者吃肯德基，但必须替三更作证。告密者看在西洋大餐上，答应了三更，但他死硬不与臭肥家的照面。

三更满口应承。他想，你是人证，到时候上庭就由不得你了，肯德基还在其次呢。

三更筹划着让臭肥家的从此不敢再臭。这臭肥名里的“臭”字，源于他家是远近闻名臭名昭著的无赖。其子年仅十八，其父风范早已形成。刚好借这个机会为民除害。三更心里突然崇高起来。原来拉屎还可以拉出崇高的事儿来，谁想得到呢？想得到还不天天蹲在茅坑里，不就人满为患，这还得了。

三更起草了一份申告书，第二天亲自送到民事调解庭去。三更回到家里等待法庭的传唤。三更每天出门碰见臭肥家的。臭肥家的吊着一双白眼，很不屑的挑衅神态，仿佛说有种的你也来放我一炮啊。

三更把头仰得高高的，心里想，过不了几天，让你知道我的厉害，我不与你粗人一般计较，我要拿起法律的武器捍卫我的利益。

眼看日子一天天地说没就没了，大盖帽的影子仍没有在三更门前闪现。

三更的失望像梅雨时节的苔藓拼命地往心里长。

三更决定再去一趟法院。接待三更的人说，别急别急，总得有个先来后到吧，马上就轮到你了。

三更没有法子，只好回来继续等。

三更的耳朵还是老样子。三更开始失眠了，因为耳里那从来不困不倦的“蝉”。三更去医院做了一个双侧耳膜共振检查，抱回一大堆药，吃得昏天暗地。三更没忘把医院打的发票小心地掖起来，以备到时找臭肥家的报销。

大年转眼过了，法官们还是没有来。三更绝望的情绪日盛。

吃了一大堆药后，三更的耳朵缓解了不少。三更的耐性与愤懑无可救药地在一天天无望的等待中一点点地消失，像慢慢浸入地下的一摊水，想拦都来不及。因为压根不知道它什么时候走的，一点先兆都没有。

最可气的是，三更居然不时闪烁着这样的念头：臭肥家的是无意的，他若知道正在里面新陈代谢的是我三更，就不会往里扔炮，可能是认错人了。三更这样想着，没有意识到心里已经把它当成一场误会消融，原谅了臭肥家的。

法院的人到底还是没有让三更等来。人证用不着，肯德基当然无须兑现。但吃了那么多药，耳朵至今还偶尔吱几声，无论如何，三更心里还是悻悻然。

机关小干部三更躺在床上好像刚开始思想，又好像想了很久很久。三更的思想横越了秦皇汉武唐宗宋祖，想得双目迷离、脑袋昏沉。三更终于下定决心排除万难起床，不再像一条癞皮狗那样横躺着。

三更恍恍惚惚地从上而下拉下连头外套，待黑黑的头壳从外套口子里钻出来。三更猛然发现天就黑了下来，像扣着一只密不透风的大锅盖，严格说更像少年时代三更严父的那一张黑脸。

嘿，起床了！“十全大补”三更啊。